Matthias Brandt

BLACKBIRD

Roman

Kiepenheuer
& Witsch

EINS

– Mitte August –

Warum ging eigentlich keiner ans Telefon?

Hier oben in meinem Zimmer pochten die Bässe, trotzdem hörte ich es im Erdgeschoss immer wieder klingeln. Unter dem roten, rissigen Lackleder, auf dem ich mich fläzte, rieselte und knirschte es. In der linken Naht war ein kleines Loch, aus dem immer, wenn ich mich auf den Sitzsack fallen ließ, einige der kleinen Styroporkügelchen herausgeschossen kamen, mit denen er gefüllt war. Ich feuchtete meinen Zeigefinger mit Spucke an, sammelte ein paar Kügelchen auf und schnippte sie durch die Gegend. Das dritte blieb an der Zimmerdecke kleben, endlich.

Nach dem elften Klingeln sprang ich dann doch auf. Vielleicht war das ja Bogi, der anrief. Ich rannte die Treppe runter und ging, obwohl es zu dem Apparat im Flur kürzer gewesen wäre, zu dem im Wohnzimmer. Also das, was bis vor Kurzem noch unser Wohnzimmer gewesen war.

Jetzt standen hier nur noch lauter halb gepackte Kartons rum. Mein Vater zog mit seiner neuen Freundin in irgendein Nest, in dem ich noch nicht mal tot überm Zaun hätte hängen wollen. Es war nicht wirklich am Arsch der Welt, aber man konnte ihn von da aus schon sehen. »Meine Lebensgefährtin«, hatte er ein bisschen verlegen gesagt, als wir uns in seinem Zimmer gegenübergestanden hatten, und ich hatte nur gedacht, dass ich dieses Wort nicht gerne für jemanden benutzen würde, in den ich verliebt war. Einen besseren Vorschlag hatte ich allerdings auch nicht. Woher auch? Ich war fünfzehn und gerade in niemanden verliebt. Also nicht so wie mein Vater in diese Claudia.

Meine Mutter und ich wussten noch nicht, wo wir demnächst wohnen würden.

Auf dem Weg zum Telefon kam ich am halb nackten Nymphensittich vorbei. »Kackfresse«, zischte ich ihm zu und hoffte, er würde es irgendwann mal nachplappern. Anstatt mich immer nur anzuglotzen und sich die Federn auszurupfen.

Ich nahm den Hörer ab und sagte nichts.

Machte ich grundsätzlich nicht. Der Anrufer hatte ja schließlich unsere Nummer gewählt. Dann sollte *der* jetzt gefälligst mal erklären, wer er war und was er wollte.

»Äh, Schnellstieg.«

»Was?«

»Schnellstieg. Herr Schumacher?«, sagte der Anrufer.

»Nee. Hier ist Morten.«

»Ach, ja, hallo. Morten, ach du bist das. Hier – ist der Dieter.«

»Was?«

»Herr Schnellstieg. Dieter Schnellstieg. Der Vater von Manfred. Bogi.«

»Ach so. Ja. Hallo.«

»Ja, genau. Hallo Motte.«

»Hallo.«

Das hatte jetzt ein bisschen gedauert, bis ichs kapiert hatte. Bei ihm aber auch.

Bogis Vater war dran.

Mit dem hatte ich noch nie telefoniert.

Wenn ich Bogi angerufen hatte, war er entweder selbst drangegangen, weil er schon auf meinen Anruf gewartet hatte, oder Anette, seine dämliche Schwester, oder seine Mutter. Aber nie sein Vater.

Bogi war mein bester Freund und hieß eigentlich Manfred Schnellstieg. Das sagte aber außer den Lehrern keiner. Manchmal vielleicht noch seine Eltern.

Bogi hieß so, seit Udo Mönch uns vor ein paar Jahren in der großen Pause gefragt hatte, ob wir gestern Abend auch den Film mit Manfred Bogart gesehen hätten.

»Hä?«

»Na, den Film!«, hatte Udo gesagt.

»Wie hieß der noch? Kassaplancka! Mit dem Manfred Bogart!«

Wir hatten uns krankgelacht, und Udo Mönch, dieser Vollhorst, war stinksauer abgezogen.

»Wollt ihr mich verarschen? Was soll das denn für'n Name sein, Hampfree?«, hatte er im Weggehen gekräht.

Seitdem war also Manfred Schnellstieg nur noch Bogi genannt worden. Noch einen Manfred gab es auf der Schule nämlich nicht. Da konnte er sich bei seinen Eltern bedanken, für seinen tollen Vornamen. Also echt, Leute. Manfred. Wahnsinn.

Eigentlich hätte ja Udo Mönch nach der Nummer einen

Spitznamen kriegen müssen. Und zwar nicht so einen netten wie Bogi, sondern Dummklumpen oder Flachzange, aber der Typ war wirklich so blöd, dass einem zu dem überhaupt nichts einfiel, noch nicht mal das.

Was wollte Bogis Vater eigentlich von mir? Gabs Ärger, weil er den Amselfelder gefunden hatte, den Bogi im Garten versteckt hatte? Jetzt am Wochenende war unsere Turnierfahrt, für die wir uns im Kaisers vor ein paar Tagen zwei Flaschen Rotwein geholt hatten. Einen Ausweis wollten die im Supermarkt nicht sehen, obwohl die uns ja kannten und wussten, dass wir das Zeug noch nicht kaufen durften. Amselfelder, Jugo-Wein, war der zweitbilligste gewesen. Der noch billigere war aber aus Brombeeren, und Bogi hatte mal gehört, von dem bekäme man Dünnpfiff, deshalb hatten wir lieber die Finger davon gelassen.

»Besonders bekömmlich« hatte auf der Amselfelderflasche gestanden, und »ohne Stiele und Stengel gekeltert«. Ich konnte mir, wenn ich ehrlich war, unter bekömmlich nichts vorstellen. Irgendwas für alte Leute anscheinend. Überhaupt: Wein aus Stengeln? Wahrscheinlich bedeutete »bekömmlich« auch einfach, dass man davon nicht gleich im Strahl kotzte, sondern erst später.

»Der haut total rein, der Blackbirdfielder.« Bogi hatte in letzter Zeit dieses Englischding, und ich hatte gedacht: Jaja, alles klar, Bogi, woher willst'n das wissen, wenn wir das auf der Fahrt zum allerersten Mal ausprobieren wollen?

Während wir telefonierten, stellte ich mir vor, wie Herr Schnellstieg jetzt bei sich zu Hause an dem alten Apparat in der Diele stand. Wie er sich verdrehte auf seinen beigen Cordschlappen mit der zahnfleischfarbenen Sohle. Das mit der Zahnfleischfarbe konnte ich beweisen, weil Bogi und ich mal im Badezimmer der Schnellstiegs den Hausschuh von Bogis Vater zum Vergleich neben das Gebiss seiner toten Oma gehalten hatten, das da noch rumgelegen hatte. Mal sah ich Bogis Vater jetzt ganz deutlich vor mir, dann wieder nur verschwommen. Wie wenn man durch die Milchglasscheiben der beiden Schwingtüren guckte, die bei den Schnellstiegs den Windfang hinter der Haustür von der Diele trennten. Jedenfalls war es, wenn man in das Haus kam, erst mal so, als ob alle hinter der Scheibe Geister wären, gar keine echten Menschen, oder als ob sie im Nebel stünden. Erst später, wenn man zu ihnen reingegangen war, bekamen sie eine klare Form, und man konnte sie voneinander unterscheiden.

»Ist was mit der Turnierfahrt?«, fragte ich.

»Nein. Pass mal auf. Der Manfred, der, äh, Bogi musste leider ins Krankenhaus. Der kann nicht mit.«

Sogar die Schnellstiegs nannten ihren eigenen Sohn mittlerweile Bogi.

Wieso denn Krankenhaus? Der war doch gestern noch in der Schule gewesen. »Bis morgen«, hatten wir uns verabschiedet. Und heute war Samstag, wir sollten nachher zu dem Fußballturnier fahren. Ich verstand kein Wort.

»Bist du noch da?«, fragte Herr Schnellstieg.

»Ja.«

»Ja. Die, äh, haben da beim Manfred was gefunden, was sie jetzt mal untersuchen müssen. Weil, wenn das … Deshalb ist der jetzt in der Klinik. Im Sankt Joseph.«

»Ah, Sankt Joseph«, wiederholte ich, als ob ich mich mit Krankenhäusern auskennen würde.

»Mhm …«, räusperte sich Bogis Vater. »Petra! Kannst du mal kommen?«, rief er dann, »ich geb dir mal Manfreds Mutter, ja?«

»Hallo, Motte?« Jetzt war Bogis Mutter dran. Ich schluchzte. Wahnsinn, jetzt ging diese Flennerei wieder los. Passierte mir in letzter Zeit dauernd, ohne dass ich wusste, warum. Einfach so, ohne Stiele und Stengel gekeltert.

»Ja, pass auf, Motte, du musst wirklich nicht weinen. Der Manfred war doch gestern Nachmittag beim Arzt, wegen der Impfung. Und da hat man was gefunden, wo sie jetzt im Krankenhaus mal nachgucken wollen. Aber wahrscheinlich ist es gar nichts.«

Ich zog den Rotz hoch und sagte nichts. Frau Schnellstieg auch nicht. Wir atmeten eine Weile in unsere Telefonhörer. Bogis Opa hatte mal erzählt, die Nazis hätten gewollt, dass man statt Telefonhörer Fernsprechhantel sagte. Und dass der Telefonhörer sowieso gar nicht Telefonhörer hieße, sondern Handapparat. Die hatten Probleme.

Dann weinte Bogis Mutter plötzlich auch, obwohl sie mir doch vor fünf Sekunden noch gesagt hatte, das müsse nicht sein. Ganz leise nur, aber ich merkte es. Wenn der andere nicht zeigen will, dass er heult, hört man das Schniefen erst recht.

Was denn jetzt? Wir heulten, und ich wusste noch nicht mal, weswegen genau. Die Ärzte sollten besser mal nachgucken, hatte sie gesagt. Aha. Irgendwann legte ich einfach auf.

Ich ging die Treppe hoch und in mein Zimmer zurück. Jetzt hat sich gerade alles verändert, dachte ich. Nee, dachte ich nicht. Keine Ahnung, was ich wirklich dachte. Vielleicht fragte ich mich auch nur, ob auf dem Sitzsack immer noch mein Abdruck zu sehen war.

Bevor ich die Tür schloss, stoppte ich kurz. Hinter mir hatte ich was gehört. »Coco!«

Der Nymphensittich. So ein Idiot. Coco am Arsch.

ZWEI

– Mitte September –

Ich fuhr mit dem Siebzehner bis zum Bahnhof, stieg da in die Vier, am Museum raus, und von hier aus waren es dann zu Fuß nur noch fünf Minuten bis zur Klinik.

Seit ein paar Tagen merkte man, dass es wieder früher dunkel wurde. In einer Woche wäre mein sechzehnter Geburtstag und in drei Monaten Weihnachten.

Den Besuchstermin hatte ich mit Bogis Mutter ausgemacht. Die anderen würden später auch noch kommen, um Bogi Hallo zu sagen. Also Walki, Detlef Walkenhorst, und Jan Borowka auch. Wir könnten aber nicht so lange bleiben, hatte Frau Schnellstieg gesagt, weil Bogi wegen der Behandlung jetzt so schnell müde werden würde.

Komisch war das. Bogi, mit dem ich seit Jahren fast jeden Tag verbracht hatte, war von einem Moment auf den anderen weg gewesen. Ich konnte mich eigentlich nicht daran erinnern, wie wir uns angefreundet hatten. Eines Tages war er einfach da gewesen in meinem Leben, und ich in seinem, und von dem Moment an hatte das keiner von uns jemals infrage gestellt. Und jetzt konnte ich auf einmal nicht mehr mit ihm reden und bekam nur noch so komische Nachrichten von seiner Mutter ausgerichtet. Dass er sich über meine Grüße sehr gefreut hätte, so was.

Wie das klang.

Bei unserem letzten Gespräch, bevor er in die Klinik gekommen war, hatten wir übers … – okay, was solls, wir hatten übers Furzen geredet. Genauer gesagt übers Fürze-Anzünden. Bogi kannte sich damit ziemlich gut aus, ernsthaft.

Er wusste zum Beispiel, dass Methanfürze gut brannten, Kohlendioxidfürze, das waren die, wenn man zum Beispiel zu viel Cola getrunken hatte, aber nicht.

Solche Sachen. Wir hatten ja nicht gewusst, dass es für lange Zeit unser letztes richtiges Gespräch sein würde. Dann hätten wir uns natürlich ein anderes Thema ausgesucht. Den Satz des Pythagoras. Hypotenusen. Katheten. Weiß der Geier. Aber so? Bogi hatte jedenfalls gerade irgendwo gelesen, dass man seine Fürze auf keinen Fall anzünden sollte, weil es einen Rückstoß geben konnte und man dann explodierte, oder so. Er hatte das schon das eine oder andere Mal gemacht, also Anzünden, nicht Explodieren, und sich nun im Nachhinein erschreckt. Andererseits, im Krankenhaus lag er ja jetzt trotzdem, dachte ich. Blöder Gedanke, aber da kann man ja nichts gegen machen, wenn einem so was durchs Hirn geistert.

Jedenfalls war das ein Hobby von Bogi, hatte ich mir ja nicht ausgedacht. Er redete nun mal gerne drüber. Und tat es auch oft. Furzen jetzt, nicht Reden. Reden auch, aber eben nicht ganz so gerne wie Furzen.

Okay, ist jetzt auch mal gut damit.

Ich musste erst mal über die Kaiserallee rüber, was gar nicht so einfach war, weil ich keine Lust hatte, bis zur Fußgängerampel zu latschen. Die rasten hier alle lang wie nichts Gutes. Das Tempo machte die Leute verrückt. Die bretterten mit hundert Sachen durch die Stadt und hielten sich deswegen für die Größten.

Sogar wenn sie, keine Ahnung, Hausmeister am Brahms-Gymnasium waren wie Herr Schaff. Und der war nun eindeutig nicht der Größte, das konnte ich sogar beweisen. Herr Schaff hatte sich neulich einen Ledergürtel gekauft, auf dessen breiter Schnalle »Chef!« gestanden hatte. Das musste man ja auch erst mal bringen: in den Laden gehen, den Gürtel sehen und denken, wow, super Gürtel, und dann zur Verkäuferin hin und sagen: Genau diesen Gürtel mit dieser abgefahrenen Schnalle will ich haben. Das ist die Gürtelschnalle, die mir von den, was weiß ich, hundertsieben hier am allerbesten gefällt. Noch viel besser als die mit Peace oder War oder was weiß ich. Aber, Achtung, mit dieser Gürtelschnalle war Schaff dann auch noch gleich in seiner Kellerwerkstatt verschwunden und hatte mit dem Lötkolben oder dem Schweißgerät, ich hatte keine Ahnung, was man dafür brauchte, ein großes S vor den Chef gebastelt, und hinten aus dem Ausrufezeichen ein zweites f, was nur halb gut gelungen war. Sodass man da jetzt »SCheff« lesen konnte, wenn man sich ein bisschen Mühe gab. Also noch nicht mal »SChaff«. Ziemlich trostlose Sache das Ganze. Eigentlich guckte man aber sowieso nur knapp über seinen Hosenstall und rätselte rum, was da geschrieben stand.

Aber, wichtige Frage, warum um alles in der Welt war

mir das eigentlich peinlich? Konnte mir das mal einer erklären? Ihm selbst, Schaff, war es das nämlich ganz offensichtlich nicht, der stolzierte mit vorgeschobenem Becken durch die Gänge vom Brahms.

Die Antwort: Den Idioten war nie was peinlich. Schlagersängern übrigens auch nicht, wenn wir schon mal dabei sind. Das konnte man nur werden, wenn einem überhaupt nichts peinlich war. Sonst würde das ja gar nicht gehen. Sich wie diese Knalltüten bei dem Labersack Dieter Thomas Heck hinzustellen und so einen Dreck zu singen. Vor all den Leuten. Obwohl, andererseits, lustig wars schon auch.

Oder, dachte ich, Dietmar Rosin aus der Zwölften zum Beispiel. Der hatte sich während der Kursfahrt nach London tätowieren lassen, sich aber vorher mit dem Tätowierer besoffen. Und jetzt stand auf seinem rechten Oberarm »Led Zelepin«. Kein Wunder, dass der mit einundzwanzig immer noch in der Zwölften war. Walki hatte übrigens gesagt, der Rosin bekäme schon eine Glatze. In der Zwölften! Ernsthaft.

Egal, der Schulhausmeister Karl-Heinz Schaff raste jetzt vielleicht auch gerade in seinem schimmeligen Ford Taunus hier lang, während ich immer noch versuchte, auf die andere Seite der Kaiserallee zu kommen.

Noch was: Unsere Biolehrerin Frau Strobel hatte mal kurz vor den Ferien, ausgerechnet als Schaff mit seinem neuen Gürtel bei uns die Tagessensation gewesen war, im Unterricht einen Film über das Nacktschwanzgürteltier gezeigt.

»Von männlichen Tieren ist als einzige Lautäußerung

ein schweinartiges Quieken bekannt«, sagte der Sprecher im Film. Frau Strobel konzentrierte sich, als der Projektor ratterte, auf ihre Handarbeit, Makramee oder wie der Quatsch hieß. Die hatte den Film ja schon hundertvierunddreißigmal oder so gesehen.

Und Schaff tauchte genau in diesem Moment zu dem Text leibhaftig draußen vor den Fenstern auf und trug große Laubhaufen zusammen, in die ich mit Walki, Jan und den anderen dann, wenn er weg war, reintrat, um das ganze Zeug wieder dahin zu verteilen, wo Schaff es hergeholt hatte. Das war lange, bevor er seinen bescheuerten Laubbläser bekommen hatte. Egal, wir schmissen uns in dem blöden Bioraum jedenfalls weg vor Lachen, und Frau Strobel verstand nicht, was an dem Film so komisch sein sollte.

Warum mir der Mist ausgerechnet jetzt einfiel, als ich hier über die Straße rüberwollte, verstehe, wer will. Kraut und Rüben. Wahrscheinlich war ich einfach ein bisschen aufgeregt, weil ich Bogi gleich zum ersten Mal wiedersehen würde, seit er in die Klinik gekommen war, und ich wollte mich ablenken.

Irgendwie kam ich am Ende doch noch über die Kaiserallee rüber. Zur Straße hin war das Krankenhausgelände mit einer langen roten Backsteinmauer abgegrenzt. Nach einer Weile kam rechts die Pforte.

Ich schaute den Pförtner an und wartete erst mal ab, ob er mich was fragen wollte.

Den Ausweis sehen oder so, keine Ahnung, wie das hier lief.

Aber der Pförtner nickte nur stumm.

Seine beleuchtete Loge sah aus wie ein Aquarium. Herr

Gallenkamp, unser Physiklehrer, hatte eins, von dem er dauernd erzählte, mit Prachtguppys drin.

Er sagte: »Brachtgubbis.«

Wir fragten ihn immer danach, weil er, solange er von seinen Fischen reden konnte, keinen Unterricht machte.

Ich hatte in Physik eine Zwei in mündlicher Beteiligung, obwohl ich, ungelogen, kein einziges Wort von dem Scheiß verstand. Alles nur, weil ich mich ständig nach den Brachtgubbis von Herrn Gallenkamp erkundigte.

Ich ging auf den Eingang des Hauptgebäudes zu. Ein großes altes Haus, aus den gleichen verwitterten Backsteinen gebaut wie die Mauer zur Straße hin.

Hinter vielen Fenstern brannte schon Licht, obwohl es erst vier Uhr nachmittags war.

Wahrscheinlich ließen die ihre Neonröhren einfach Tag und Nacht brennen, damit nur keiner auf die Idee kam, sich hier womöglich eine Sekunde lang nicht krank zu fühlen.

Vor dem Eingang stand ein Rettungswagen, aus dem gerade jemand, der auf einer Trage lag, rausgeschoben wurde.

Ich guckte nicht so genau hin, weil ich keine Lust auf Blut hatte. Aus der Trage klappten jetzt laut scheppernd vier Metallbeine raus, die unten noch kleine Räder dran hatten. Ich konnte mir nicht vorstellen, dass das so toll war für den, der da drauflag.

Der eine Sanitäter trug ein Haarnetz und war bestimmt ein Zivi, ein Drückeberger, wie Kragler, unser Sportlehrer, gesagt hätte.

Mittwochs in der ersten und zweiten war immer Doppelstunde Sport. Bei Oberstudienrat Horst Kragler.

»So, Freunde, Körperschule!«, brüllte er, und wir mussten uns dann erst mal in einer Reihe nebeneinander aufstellen und diesen ganzen Militärscheiß machen. Über Hindernisse springen, unter anderen durchkriechen, Seile hochklettern, das ganze Programm.

»Hopp, hopp, hopp, Männer, keine Müdigkeit vorschützen!« Dann mussten wir die kleinen Lederbälle werfen, als seien es Handgranaten. Sagte Kragler nicht, verstanden wir aber auch so.

War man seiner Meinung nach zu langsam, holte Kragler sein kleines rotes Notizbuch raus und kritzelte irgendwas rein.

»Schumacher nicht nahkampftauglich«, oder was weiß ich. War mir auch egal, ehrlich gesagt.

Michael Habel schaffte es mal am Seil gerade noch so bis nach oben. Er war, um nicht lange drum herumzureden, ziemlich fett. Es war sowieso keine gute Idee, ihn da hochklettern zu lassen, auch wenn er es natürlich versuchte. Am Ende hatte er jedenfalls keine Kraft mehr, rutschte aus vier oder fünf Metern Höhe ab und riss sich dabei an beiden Händen die ganze Haut weg. Er lag unten rum und schrie wie am Spieß, in beiden Handflächen war das rohe Fleisch zu sehen, der Boden war ganz blutig, und ein Krankenwagen musste kommen. Michael Habel hatte sich auch das Bein gebrochen, da hatte auch die alberne Matte nichts genützt. Der Knochen guckte vorne am Schienbein raus, ganz gelb, ohne Quatsch jetzt. Sogar die Sanis machten große Augen, als sie den Habel da so liegen sahen. Kragler stand dabei und tat so, als könne er sich gar nicht erklären, wie das passiert war.

Nach ein paar Wochen saß Michael Habel zwar wieder im Unterricht, aber mit immer noch bandagierten Händen und Gipsbein, und guckte noch dämlicher aus der Wäsche als vorher. Wenn er überhaupt mal was sagte, dann ging es nur darum, wie viele Platten und Schrauben er jetzt im Bein hatte. So genau wollten wirs aber gar nicht wissen. Aufs Klo musste immer einer mitgehen und ihm die Hosen runterziehen. Ernsthaft. Lieber wäre ich aus dem Fenster gesprungen.

Kragler hatte wohl ausnahmsweise mal Ärger gekriegt und hielt sich in der nächsten Zeit ziemlich zurück, murmelte aber noch öfter unverständlich vor sich hin als früher.

Wir hatten ihn übrigens auch in Erdkunde. Ich sah zu, dass ich so oft wie möglich mit Bogi zusammen Kartendienst hatte, sodass wir am Anfang der Stunde wenigstens ein paar Minuten Unterricht verpassten.

Er begrüßte uns dann jedes Mal mit: »Fünf Minuten vor der Zeit ist des Soldaten Pünktlichkeit, Schumacher.«

»Tut uns leid, war so viel los im Kartenraum, Herr Kragler«, sagte ich, bevor wir »Das Deutsche Reich in den Grenzen von 1937« an den Ständer klemmten und abrollten. Kragler wollte unbedingt wieder nach Schlesien zurück, wenn ich das richtig verstanden hatte. Oder Schlesien sollte zu ihm kommen. Zu uns, keine Ahnung. Kragler wollte es sich wiederholen, mit unserer Hilfe. Weil es wohl eine tolle Sache war, also Schlesien jetzt. Ich wusste ehrlich gesagt noch nicht mal, wo das lag.

Schlesien war für Kragler das, was für Herrn Gallenkamp die Brachtgubbis waren. Ob Kragler vielleicht dachte, wir seien deswegen öfter mal nicht bei der Sache, weil uns Schlesien so sehr fehlte? Egal, jedenfalls wollte ich auf keinen Fall nach Schlesien. Und dass Schlesien sich auf den Weg zu mir machte, war ja auch unwahrscheinlich. Und selbst wenn Schlesien irgendwann hierherkäme, wäre ich dann schon längst weg, weil ich rechtzeitig von hier nach Berlin verschwinden würde. Wegen der Scheißbundeswehr und so.

Die fassten einem da bei der Musterung an die Eier. Ehrlich. Hatte Ludger, der große Bruder von Detlef Walkenhorst, erzählt. Der Arzt hätte ihm gesagt, er solle die Unterhose runterziehen – »Heben Sie mal Ihr Glied an« –, dann hätte er ihm an den Sack gefasst und befohlen, er solle husten. Hätte Ludger dann gemacht, hust, hust.

Der Arzt: »Eins, zwei, alles da.«

Man glaubt es nicht.

Walki und ich hatten am Boden gelegen, als Ludger uns das erzählt hatte.

Andererseits, irgendwie auch nicht überraschend, wenn man sich diese Bundeswehrtypen ansah. Denen war alles zuzutrauen. Udo Mönchs Vater zum Beispiel war beim Bund, Offizier oder so. Udo erzählte immer rum, dass er sich nach der Schule erst mal für zwölf Jahre bei denen verpflichten würde. Zwölf Jahre! Zwölf! Er hatte mit ein paar anderen Spacken einen Verein gegründet. Die schrieben das jetzt auch überall drauf:

»Bundeswehr-Fanclub-Brahms-Gymnasium!« Wie dämlich musste man eigentlich sein? Dabei hatte Udo Mönch Schiss, dass sie ihn beim Bund später gar nicht erst nehmen würden, wegen seinem Scheuermann.

Jedenfalls stand ich hier immer noch vor dem Krankenhaus rum, und die Zivis hoben jemanden aus dem Rettungswagen und schoben die Trage dann auf einem Rollwagen in die Klinik rein. Ob Bogi hier auch so angekommen war?

»Wilhelm Verderblich, Krankenwagenbau«, las ich auf einem kleinen Schild hinten auf dem Auto, als ich vorbeiging.

Super Name.

Als ich drin war und mich umguckte, fragte mich eine Krankenschwester, wohin ich wolle, und ich sagte ihr, zu Bo…, zu Manfred Schnellstieg. Sie guckte nach und meinte, den gäbe es hier nicht. Aber dann stellte sich raus, dass das hier die Notaufnahme war und ich nach nebenan zum Haupteingang musste.

Okay, noch ein Pförtner hinter Glas. Ich beugte mich zu der Klappe aus durchlöchertem, vergilbtem Plastik runter und sagte, dass ich zu Bo…, zu Manfred Schnellstieg wolle. Der Pförtner guckte in einem Buch nach. Sah aus wie ein Klassenbuch.

»Mpfmmpfmmpfmomommpf?«, hörte ich aus der Pförtnerkabine.

»Wie bitte?«

Meine Mutter hatte behauptet, dass man mit »Wie bitte?« weiter käme als mit »Hä?«.

»Mompfmommpfpfmpf.«

Stimmte aber nicht, wie es aussah.

Also ließ ich die dämliche Höflichkeit einfach wieder weg:

»Hä?«

»MOMPFMMMPFPFPFPFMMOMP!«

Es war zwecklos, ich zuckte mit den Schultern.

Der Pförtner schrieb dann auf einen Zettel: 3. Stock rechts, Station 3b, und reichte ihn mir durch das Sprechloch, das er hierfür jetzt endlich mal aufmachte.

»Da. Dritter Stock rechts. 3b.«

Ja, das stand ja auch auf dem Zettel, das hätte er dann auch gleich so sagen und die blöde Klappe aufm... – egal.

Ich verstand den Pförtner jetzt sehr gut, wollte auf der Geschichte aber nicht weiter rumreiten. Das würde ja zu nichts führen.

»Danke«, sagte ich und ging.

In die oberen Stockwerke führte eine große Treppe, und rechts davon waren auch noch Fahrstühle, von denen ich normalerweise einen genommen hätte. Ich war nicht besonders wild darauf, die drei Stockwerke hochzulatschen, wenn es einen Lift gab. Leider war ich grundsätzlich ziemlich faul. Aber dann hatte ich plötzlich Angst, mit einem Verletzten zusammen im Aufzug stecken zu bleiben, der da drin ein Blutbad anrichten würde, wie Michael Habel damals in der Turnhalle.

Ich nahm immer zwei Stufen auf einmal, Augen stur geradeaus gerichtet. Auf keinen Fall, dachte ich die ganze Zeit, wollte ich einer von denen hier sein. Und weil die, die hierhergehörten, alle so langsam waren, bewegte ich mich möglichst schnell.

Dann stand ich außer Atem vor der Tür zur Station und versuchte, ein bisschen runterzukommen.

Ich steigerte mich in diese Situationen immer ziemlich rein. Genau genommen war es Schwachsinn, dass ich so ein Tamtam machte. Schließlich war es ja Bogi, der hierbleiben musste. Und nicht ich.

Die Glastür war mit Comicbildchen beklebt, Kinderstation.

Bogi war über ein Jahr jünger als ich und hatte, als er noch richtig klug gewesen war, die Sechste übersprungen.

Seitdem waren wir in derselben Klasse. Vor etwas über einem Jahr, mit dreizehn, war dann übrigens Bogis Gehirn verloren gegangen, und er war ohne es aus den Sommerferien zurückgekommen. Tatsache. Es war wohl irgendwo in den Fluten des Mittelmeers vor Formentera verschollen, einfach so. Jedenfalls war Bogi wegen seines Alters jetzt hier gelandet und nicht auf der Erwachsenenstation.

Über Donald Ducks Schnabel war der Klingelknopf. Eine Schwester kam und öffnete mir. Sie war ziemlich hübsch.

»Schw. Merle« stand auf dem Schild an ihrem Kittel.

»Ist der, äh, Manfred Schnellstieg da?« Ich wusste, dass das so ziemlich die dämlichste Frage war, die ich hier stellen konnte.

»Der Bogi? Ist in der Giraffe.«

Die sagten hier also auch schon Bogi.

»Äh, bitte?«

»In der Giraffe. Da sind so Tiersymbole auf den Türen. Findest du schon.«

Weg war sie, auf ihren quietschenden Sandalen.

Ich ging den Flur entlang und entdeckte die Figuren auf den Türen, Schildkröte, Maus, hinten links war dann endlich die Giraffe.

Die Tür von Bogis Zimmer war zu, ich klopfte vorsichtig, legte mein Ohr an das kalte Holz und hörte von drinnen erst nichts und dann, als ich noch mal klopfte, leise ein »Ja?«.

Er saß im Schneidersitz auf dem Bett.

Wie lange ich ihn nicht mehr gesehen hatte.

Bogi wirkte total verändert. Er hatte nicht plötzlich eine Glatze bekommen, oder was wegen der Behandlung noch für Scheiß passieren konnte. Meine Mutter hatte mir da sonst was erzählt. Es war nichts Äußerliches. Sondern … wie konnte man das jetzt sagen? Als ob er, obwohl er noch gar nicht lange hier war, schon hierhergehörte und nicht mehr zu unserer Welt, zu meiner. So was durfte ich natürlich nicht denken, das war doch das Gegenteil von dem, was alle mir eingetrichtert hatten, Bogis Mutter, meine Mutter. Dass Bogi gerade jetzt unbedingt das Gefühl brauchte, einer von uns zu sein und so. Dass das ein wichtiger Teil des Heilungsprozesses sei.

Aber wie sollte das bitte schön gehen, das mit dem Dazugehören, wenn er den ganzen Tag über im Frotteepyjama in dem bekackten Giraffenzimmer rumlag, während wir draußen gerade unsere Welt umkrempelten? Das erklärte einem natürlich keiner.

Das nächste Problem war, dass ich gerade ziemlich aggressiv wurde wegen dem ganzen Scheiß hier. Ausgerechnet jetzt kam das wieder hoch, wo ich Bogi endlich wiedersah. Aber das brodelte ja schon die ganze Zeit in mir, eigentlich seit ich nach der Heulerei am Telefon und dem ersten Schreck wieder auf meinem Sitzsack gesessen und die Musik noch lauter aufgedreht hatte, um über das nachdenken zu können, was Bogis Eltern mir am Telefon erzählt hatten. Ich wartete immer darauf, traurig zu werden, weil ich dachte, dass man das von mir erwartete, aber wenn ich ehrlich war, war ich vielleicht nur zehn Prozent der Zeit traurig und den Rest eben sauer. Sogar auf Bogi selbst. Idiotischerweise, schon klar. Aber der sollte mal aufhören mit dem Scheiß, irgendwas unternehmen. Gesund werden. Das war doch kein Zustand mit dieser komischen Krankheit, deren Name klang, als sei es gar keine. Wenigstens keine schlimme. Wie hörte sich das denn an, Non-Hodgkin-Lymphom? Doch so, als ob es *keine* Krankheit sei, oder? Bestimmt wäre es besser gewesen, es hätte Hodgkin-Non-Lymphom geheißen. Besonders für Bogi.

Aber eigentlich war ich sauer auf ihn, weil ich mein altes Leben wiederhaben wollte, inklusive ihm, Bogi. Ich fand einfach, dass ich auch ohne den Mist schon genug um die Ohren hatte, keine Ahnung, hatte ich mir ja nicht ausgesucht, dass ich das jetzt dachte. Die Gedanken klopfen doch nicht an und fragen erst mal um Erlaubnis, bevor sie reinkommen. Die sind auf einmal da.

Bogis Mutter hatte mir das genau erklärt mit der Krankheit, dass es irgendwas mit den Lymphdrüsen zu tun hatte, und ich hatte ihr auch die meiste Zeit zugehört. Was nicht so einfach war, ehrlich gesagt. Aber dass es Krebs war und man an dem Scheiß sterben konnte, dass es sogar ganz schön wahrscheinlich war, dass man das tat, damit rückte sie erst raus, als ich viermal nachgefragt hatte.

»Na du?«, sagte ich und grinste Bogi an.

Ich hatte das Gefühl, er brauchte ein bisschen, um mich zu erkennen.

Dann, in dem Moment, in dem wir uns in die Augen schauten, fröstelte es mich, ohne dass ich wusste, warum. Ich freute mich total, ihn zu sehen, und wollte gleichzeitig nur noch wegrennen. Schnell schaute ich den räudigen Teddybär auf Bogis Bett an.

Wahrscheinlich gibts für die wirklich wichtigen Dinge, die man fühlt, keine Worte. Jedenfalls nicht die richtigen. Man tut eigentlich immer nur so, als ob. Weil man sich alles zurechtquatschen muss. Damit die Welt nicht stehen bleibt und es irgendwie weitergeht.

Vor Kurzem war alles für mich noch einfacher zu verstehen gewesen. Wenn ich zum Beispiel über etwas wütend gewesen war, war ich es total und hundertprozentig, bis irgendwann eben das nächste Gefühl auftauchte.

Und das war dann meistens das komplette Gegenteil von Wut gewesen. Ich hatte mich im nächsten Moment gefreut oder war total albern geworden, kein Problem. Mal hatte sich das schnell abgewechselt, mal länger gedauert, aber es war immer ein Nacheinander gewesen. Und eines Tages, ohne dass ich gemerkt hatte, wie, war das Nacheinander weg gewesen und alles in mir gleichzeitig passiert. Alle Gefühle schossen kreuz und quer in mir rum und waren nicht mehr auseinanderzuhalten. Auf einmal war ich gleichzeitig froh und traurig. Ich lachte mich schlapp, obwohl ich eigentlich alles zum Kotzen fand. Ich hatte mich in … verliebt, keine Ahnung, geht ja keinen was an, und hatte sie gleichzeitig gehasst. Und noch nicht mal gewusst, wofür. Na ja, wahrscheinlich dafür, dass ich in sie verliebt war. Eigentlich war das total anstrengend und gar nicht auszuhalten, aber ich hatte aufgehört, mich dagegen zu wehren und darauf zu warten, dass es vorbeiging, weil ich ahnte, dass das sinnlos war, weil es für immer so bleiben würde.

Und jetzt stand ich also hier bei Bogi im Zimmer.

Ich ging zu ihm hin, und wir umarmten uns. Aber nicht richtig, sondern irgendwie eckig. Wir nahmen uns in den Arm, ohne dass der Rest des Körpers mitmachte. Ich glaube, ich hatte einfach Angst, ihm wehzutun, und Bogi merkte das.

»Motte. Na?«, sagte Bogi.

Bogi nannte mich Motte. Alle anderen eigentlich auch.

Dann war erst mal Stille. Wars das schon? Mehr fiel uns zu unserem Wiedersehen nicht ein? Während wir uns umarmten, hatte ich über meine linke Schulter noch mal auf den alten, räudigen Teddy geschaut, den ich aus Bogis Zimmer zu Hause kannte.

Aber ich hatte immer gedacht, der hätte da mehr so als Witz rumgelegen. War aber nicht so. Der Teddy war ernst gemeint. Und das machte mich jetzt fertig, dass der Bär Bogi anscheinend wirklich tröstete. Lucky hieß er. Hatte schon Bogis Mutter gehört, als die klein gewesen war.

Weil mir wirklich nichts anderes einfiel, sagte ich schließlich: »Bayern hat drei zu zwei gespielt.«

Bogi war Fan von denen. Ohne Scheiß. Bei den Schnellstiegs war das genetisch. Als er erst ein paar Tage auf der Welt gewesen war, hatte er schon Manfred geheißen und war evangelisch und Mitglied bei Bayern München gewesen. Das waren ja immerhin schon mal drei Sachen, die das Leben in ganz bestimmte Bahnen lenkten, oder? Im Großen und Ganzen war für Bogi nach kaum einer Woche schon klar gewesen, wohin die Reise ging.

Ricarda Hummel aus unserer Grundschule zum Beispiel hatte keine Arme. Oder nur so kleine Stummel mit Fingern dran, und zwar nicht zehn, sondern weniger. Ist ja auch egal, ich hatte die nicht gezählt. Ja, schon klar, man konnte das jetzt nicht damit vergleichen, dass einer Manfred hieß. Ich meine ja nur. Alle taten immer so, als könnte aus uns sonst was werden, wenn wir uns nur genug anstrengten. Als läge alles immer nur an uns selbst. Aber das war Blödsinn.

Jedenfalls hatten wir immer so tun sollen, als wäre es nichts Ungewöhnliches, wenn Ricarda an ihrem Tisch gesessen und mit den Füßen was aufgeschrieben hatte.

Dabei wäre es doch eigentlich normaler gewesen, sich mit ihr einfach mal darüber zu unterhalten, wie sie das hinkriegte. Sie zum Beispiel zu fragen, wie sie das Bein überhaupt so hochbekam und den Stift hielt und so.

Das war ja immerhin was, was die anderen nicht konnten. Meine Schrift war zum Beispiel schon unlesbar, wenn ich mit der Hand schrieb. Meine Fußschrift hätte ich erst gar nicht sehen wollen. Egal. Aber nein, wir sollten so tun, als sei es normal, seinen Aufsatz mit den Füßen zu schreiben. Verlogene Scheiße, wenn man mich fragt.

Worum es mir geht, ist Folgendes: Ricarda Hummels Mutter konnte ja nichts dafür, dass sie damals nicht wusste, dass sie diese Schlaftabletten nicht hätte nehmen sollen. Aber seinen Sohn, kaum dass er die erste Windel vollgeschissen hatte, Manfred zu nennen, gleich zum Taufen in die Kirche zu schleppen und ihn dann auch noch bei den blöden Bayern anzumelden, das machte man ja mit voller Absicht.

Ich dachte mir das nicht aus, es gab Beweise. Fotos von Bogi als Säugling mit rot-weißem Käppi hingen bei den Schnellstiegs in der Diele. Man konnte nur hoffen, dass er sich nicht einfach damit abfand. Aber sonst waren seine Eltern echt in Ordnung. Nicht, dass hier ein falscher Eindruck entsteht.

Bogi könnte sich übrigens später mal im Rathaus umbenennen lassen. Hatte ich in der Zeitung gelesen. Also nicht nur Bogi natürlich, sondern jeder. Ich auch, wenn ich jetzt statt Morten, was weiß ich, Ludolf hätte heißen wollen. So, Leute, jetzt will ich hier mal einen Riesenapplaus für Ludolf Schumacher am Schlagzeug hören! Bogi musste also nicht immer ein Manfred bleiben. Obwohl, wenn man ihn freiwillig hätte entscheiden lassen, wie er hätte heißen wollen, wäre dabei wahrscheinlich was noch Schlimmeres rausgekommen. Bogi war nicht gerade geschmackssicher. So hatte meine Mutter das jedenfalls mal gesagt, als meine Eltern ihn eingeladen hatten, mit uns ins Restaurant zu kommen, und er sich dafür schick gemacht hatte, sprich, in seinem Ballonseidentrainingsanzug aufgekreuzt war. Je länger ich über den Kram mit der Namensänderung nachdachte, fand ich: Am besten, man ließ einfach alles so, wie es war.

Bogi und ich saßen also auf diesem Scheiß-Krankenhausbett und merkten, dass wir gerade wenig miteinander anfangen konnten. Ziemlich traurig war das.

»Ja, ja. Drei zu zwei. Super, oder? Mein Vater bringt mir jetzt immer den Kicker mit«, sagte Bogi schließlich.

»Ah, echt?«

Wir schwiegen wieder. Es ging nicht weiter.

»Und, wie gehts dir so?«, fragte ich.

Das war jetzt genau die Scheißfrage, die ich wirklich nicht hatte stellen wollen. Noch vorhin in der U-Bahn hatte ich mir das geschworen. Was sollte er denn darauf antworten?

»Och. Ganz okay eigentlich. Die sagen, dass ich Weihnachten wahrscheinlich erst mal wieder rauskann«, sagte Bogi dann aber doch.

»Echt? Ist doch super.«

In der Pause, die jetzt entstand, schaute ich aus dem Fenster in den Baum, der bis hier oben reichte und sogar noch ein Stockwerk höher. Buche oder Eiche, keine Ahnung, irgend so was, ich konnte die Dinger nicht auseinanderhalten. Zwischen den Ästen hüpfte eine Amsel herum, ein Regenwurm guckte aus ihrem Schnabel und wand sich. Wahrscheinlich hatte die hier ihr Nest. Obwohl, es war Herbst, brauchten die da Nester? Andererseits, schließlich mussten Vögel ja auch im Herbst irgendwo schlafen. Was weiß denn ich? Für einen Moment sah es so aus, als ob die Amsel mich durchs Fenster anschaute.

»Was heißtn Eiche auf Englisch?«

»Oak«, sagte Bogi.

»Und Amsel?«

»Blackbird.«

»Echt jetzt? So wie das Lied?«, fragte ich.

»Mhm.«

Dann war wieder Schweigen.

Ich fand mich selbst zum Kotzen, weil es meine Aufgabe gewesen wäre, uns beiden das hier gesprächsmäßig zu erleichtern, Bogis war es jedenfalls nicht. Das Problem, oder besser, eines meiner Probleme, war aber neuerdings folgendes: Die Wörter und Gedanken in meinem Kopf wurden immer mehr, aber immer weniger davon kamen am Ende als verständlicher Satz heraus. Das war wie in dem Film, den wir vor den Ferien in Erdkunde gesehen hatten, also nicht in dem Nacktschwanzgürteltierfilm, sondern dem anderen. Das Zeug eben, das wir immer zu sehen bekamen, wenn die Lehrer uns noch irgendwie für ein paar Stunden beschäftigen mussten, egal womit. Am Ende des Schuljahrs trugen die eigentlich nur noch den Super-8-Projektor von einer Klasse in die andere, wenn man ehrlich war.

Egal, ich meine jedenfalls den Film, wo sie die ganzen Bäume gefällt und in den Fluss geschmissen hatten, die dann zum Sägewerk schwimmen sollten. »Wie entsteht Papier?«, hieß der, glaube ich. Irgendwann klappte das aber nicht mehr, es waren so viele gewesen, die Bäume, dass sie den Fluss verstopften, und deshalb gabs eine riesige Überschwemmung und noch anderen Kack. Kein einziger Baum kam bis zum Sägewerk, bis irgendein Schlaumeier aus der Stadt mit Tonnen von Dynamit anrückte und die Sache wieder zum Laufen brachte.

Und so wie in dem Fluss sah es jetzt in meiner Birne aus. Nur, dass weit und breit keiner mit einer Ladung Sprengstoff zu sehen war.

Zum Glück klopfte es irgendwann, und Walki guckte

rein. Also, erst nur seine Haare und kurz danach auch der Rest.

Afro nennt man die Frisur, glaube ich. Aber Afro ist ja irgendwie auch bescheuert, wenn einer rote Locken hat und ansonsten weiß ist wie Quark, von den Sommersprossen mal abgesehen. Kalkfresse hatte ihn mal einer genannt, was nicht so nett gewesen war. Walki war im letzten Jahr unheimlich schnell gewachsen und fast einen Meter neunzig groß. Er zog jetzt immer den Kopf ein, wenn er durch eine Tür ging. Das war dann aber auch wieder ein bisschen übertrieben.

»Na, du Behindi! Hehehe, ein Vollhorst ist das, der Bogi! Hängt der hier im Krankenhaus rum!«

Das war nicht Walkis Stimme, sondern die von Jan Borowka, der hinter ihm rumkrähte. Wegen Walkis Wachstumsschub im letzten Jahr war Jan mittlerweile einen Kopf kleiner, und man konnte ihn hinter Walki nicht sehen. Die beiden kamen rein und gaben Bogi die Hand. Die machtens richtig, dachte ich. Irgendwie komisch, das mit dem Handschlag, aber letztlich auch eine reelle Sache. Würde ich mir auch angewöhnen. Jan klopfte auch im Vorbeigehen gerne dreimal mit den Knöcheln auf den Tisch, das war mir dann doch irgendwie zu viel.

»Boginski, mein Freund«, sagte Jan und schaute Bogi während des Händedrucks fest in die Augen.

Jan war, wie gesagt, ein ganzes Stück kleiner als Walki und ich. Von einem Wachstumsschub konnte in seinem Fall keine Rede sein. Bis jetzt nicht. Obwohl, es war auch eher unwahrscheinlich, dass sich daran noch grundsätzlich was ändern würde. War so ein Gefühl.

Seit einer Weile versuchte Jan, das wettzumachen, zum Beispiel dadurch, dass er rauchte wie ein Schlot, Selbstgedrehte. Auch wenn das Rauchen ja an seiner Körpergröße nichts änderte. Er hatte sich Cowboystiefel mit diesen schiefen hohen Absätzen zugelegt und lief damit rum, als ob er nicht nur zwei, sondern vier Eier in der Hose hätte. Wirkte so, nicht meine Schuld. Jan drückte einem wie gesagt jetzt andauernd heftig und lange die Hand und stierte einem dabei in die Augen. Solches Zeug eben. Na ja, wenn ihm das die ganze Sache leichter machte, das mit den fehlenden Zentimetern, meine ich, wars mir auch egal. Im Grunde war Jan schwer in Ordnung, nicht, dass man jetzt denkt, ich würde hier ständig auf ihm rumhacken. Er hatte ziemliche Muskeln, an den Oberarmen zum Beispiel. Und richtige Brustmuskeln auch, steinharte Wölbungen und Kugeln. Walki und ich bestanden ja nur aus Haut und Knochen.

Wir redeten eigentlich nie darüber, was unsere Eltern machten, oder so. Beruflich, meine ich. Irgendwie hatte man das Gefühl, in unserer Stadt arbeiteten die meisten in irgendwelchen Büros, aber was genau die da machten, keine Ahnung, es wäre auch keiner von uns ernsthaft auf die Idee gekommen, danach zu fragen. Dafür waren die Alten einfach zu uninteressant. Ich glaube, dass meine Eltern die reichsten waren, aber ein Thema war das nicht. Die ärmsten Eltern hatte jedenfalls Jan, so viel stand fest. Zu der Siedlung, in der er wohnte, wäre ich, als ich noch kleiner war, im Leben nicht gegangen. Das waren eigentlich gar keine richtigen Häuser, sondern mehr so Baracken, bei denen man sich irgendwann mal Mühe gegeben hatte, sie nicht ganz so schäbig aussehen zu lassen. Man hatte sie bunt angemalt und so, meine ich, aber das war alles auch schon wieder eine Weile her, und deswegen sah es mittlerweile trostloser aus, als wenn man es gleich so gelassen hätte, wie es vorher gewesen war. Wenn man einen Kackhaufen bunt anmalen würde, bliebe es ja trotzdem immer noch ein Kackhaufen, oder? So ungefähr.

Als ich Jan das erste Mal besucht hatte, hatte seine Mutter uns Streichkäsebrote gebracht, und er hatte sie direkt angepflaumt, dass sie verschwinden soll. Ich weiß noch, dass ich mich erschreckt hatte, weil das ja von ihr total nett gemeint gewesen war und ich so was von Jan nicht gewohnt war. Irgendwie hatte er sie behandelt wie ein Tier. Also Nutztier, meine ich, nicht Haustier, zu denen war man ja meistens lieb. Später war dann auch noch Jans Vater gekommen, der hatte aber nur kurz durch die Tür geschaut, und ich glaube, er hatte Jan wegen irgendwas fertigmachen wollen, jedenfalls hatte er ziemlich böse geguckt, aber als er mich da sitzen gesehen hatte, hatte er sich umgedreht, ohne was zu sagen. Jan war ganz still geworden, als er seinen Vater zur Wohnungstür hatte reinkommen hören. Ich war ehrlich gesagt froh, als ich wieder draußen war. Jans Mutter hatte mir noch nachgewunken, und ich hatte mich, als ich ihr liebes, müdes Gesicht gesehen hatte, dafür geschämt, dass ich mich vor dem Geruch in der Wohnung geekelt und erst draußen vor dem Haus wieder richtig hatte atmen können.

Ich sah jetzt, dass auf Bogis linkem Handrücken was klebte. Sah aus wie so ein Röhrchen von einem durchsichtigen Kuli, wo sie weißes Klebeband drübergemacht hatten.

»Was isn das da fürn Ding auf deiner Hand?«, fragte ich.

»Das ist der Zugang«, sagte Bogi, »für die Medikamente und so.« Er fing an, an dem Klebeband rumzupulen, und ich sah, wie sich das Röhrchen mitbewegte, man konnte das mit der Haut zusammen nach oben ziehen und – ach du Scheiße – das Ding steckte in Bogi drin! Ich guckte schnell zur Seite, weil ich nicht wollte, dass Bogi mitbekam, wie ich hier fast wegkippte. Ich war nicht gerade begeistert, wenns um Spritzen und Blut und so ging. Zugang, aha. Klang nicht gerade beruhigend. Bogi tat so, als sei nichts. Obwohl ers trotzdem merkte, dass ich in die Ecke hätte kübeln können. Ich bin mir ziemlich sicher.

»Und? Mit den Schwestern? Wie siehts aus? Hehe«, sagte Jan, der dabei mit der flachen rechten Hand auf seine linke Faust klopfte. Walki und ich verdrehten die Augen.

Ja, genau, Jan, das war das, womit sich unser Bogi hier wahrscheinlich die Zeit vertrieb: Er legte die Krankenschwestern flach, die vor seinem Giraffenzimmer schon ganz ungeduldig Schlange standen. Und danach jagten die ihm dann noch schnell das Zeug in die Adern, von dem ihm später die Haare ausfallen würden.

Aber Bogi lachte sogar über den Schwesternspruch und quatschte mit Jan dann noch eine Weile übers Essen, das es hier gab, und was Bogi den ganzen Tag sonst noch machte. Normale Fragen eben, über die Bogi sich freute, wies schien. Jedenfalls mehr als über mein dämliches Rumgedruckse vorhin. Ich fragte mich, warum ich eigentlich keine normale Unterhaltung mit meinem besten Freund zustande brachte, dems gerade nicht so gut ging und der vielleicht einfach gerne ein bisschen abgelenkt werden wollte.

Jan und Walki, der bis jetzt stumm, aber irgendwie ganz zufrieden dagesessen hatte, waren bis eben noch bei der Fußball-AG gewesen und hatten deshalb ihre Sporttaschen und den Ball dabei, den WM-Ball, den Jan zum Geburtstag bekommen hatte, viel besser als die Eier in der Schule. Walki war in letzter Zeit immer unheimlich gut gelaunt, und ich fragte mich, ob das möglicherweise damit zu tun hatte, dass er in den Pausen dauernd mit Neandertal-Klaus und den anderen Kiffern auf dem Schulhof hinten bei den Fahrradständern rumhing.

»Sollen wir alle zusammen draußen ’n bisschen kicken gehen?«, fragte Walki jetzt und grinste. Walki wollte sich einen Vollbart wachsen lassen, aber die paar kringeligen roten Flusen an seinem Kinn sahen aus wie Schamhaare, die sich nach oben verirrt hatten.

Was war das denn für eine Scheißidee? Sollte Bogi jetzt etwa im Schlafanzug und mit seinem komischen Zugang in der Hand Fußball spielen gehen, oder was? Der würde es doch nicht mal die Treppe runter schaffen. Dachte ich mir. Sagte ich natürlich nicht.

»Nee, ich kann nicht. Ich werd gerade auch immer ziemlich schnell müde«, sagte Bogi und grinste ein bisschen so, als ob er sich dafür schämte. Und statt ihn zu trösten oder zu beschützen, stand ich nur da und glotzte und bestaunte seine Krankheit und kam mir doof vor dabei, aber ändern konnte ich nichts. Von uns vieren war einer verlegener als der andere, schließlich musste der arme Bogi die Situation auflösen.

»Ihr könnt doch vielleicht draußen was spielen, und ich guck euch von hier oben aus zu. Das ist ja dann fast wie selber kicken.«

Wir drei Deppen grübelten eine halbe Minute lang über diesen Vorschlag nach.

»Ja, Spitzenidee«, kam dann von Walki, der einfach froh war, hier wieder rauszukommen und was machen zu können, womit er sich auskannte. Jan, der meistens das machte, was Walki machte, stand im nächsten Augenblick schon parat, Ball in der rechten, Sporttasche in der linken Hand.

»Ja dann, hasta la vista, halt die Ohren steif, Boginski.«

»Wir können dann ja noch mal raufkommen und Tschüss sagen.«

Ich war nicht besonders gut im Verabschieden.

»Nee, lasst mal, gibt ja dann auch Abendessen.«

War der etwa froh, uns loszuwerden? Andererseits hätte man ihm das nicht übel nehmen können.

»Tschüss, Bogi«, sagte Walki.

Wieder Handschlag, mit der linken, der ohne Zugang.

»Ich guck euch dann von hier oben vom Flurfenster aus zu«, sagte Bogi.

Ich ging zu ihm hin und umarmte ihn noch mal vorsichtig.

Spürte seine Rippen. Der war doch schon immer so dünn gewesen, oder?

»Bis bald, Bogi, ja? Nächste Woche«, sagte ich.

»Okay, bis bald.«

Ich winkte noch mal und dachte, dass ich das demnächst besser hinkriegen müsste, das mit dem Besuchen.

Dann, während wir zur Tür rausgingen, sah ich noch, wie Bogi sich hinlegte. Wir gingen die Treppe runter, schweigend. Ich dachte: »Der Bogi …« – und dann fühlte ich etwas, wofür ich keine Worte hatte, was sehr wehtat, erst unter der Zunge, dann hinten am Kopf und am Ende auf der linken Seite, direkt unter den Rippen. Etwas, das bitter schmeckte und kurz und grell aufleuchtete, als hätte ich die zuckende Neonröhre, an der wir eben vorbeigegangen waren, verschluckt. Dann schüttelte ich den Gedanken mit einem Ruck aus meinem Kopf, wie wenn ich beim Schwimmen Wasser ins Ohr bekommen hätte. Vorsichtshalber versuchte ich, danach für eine Weile erst mal an gar nichts mehr zu denken. Das bekam ich sogar hin, weil ich mich ausnahmsweise konzentrierte.

Und als wir unten angekommen waren und ich die Gedanken wieder reinließ, die um meinen Kopf schwirrten wie blau glitzernde Fliegen um einen Kuhfladen, dachte ich, dass Bogi bestimmt wieder gesund werden würde.

Draußen war es schon dämmerig.

Wir gingen zu einer Wiese, die Bogi von oben aus sehen konnte, und stellten uns möglichst nah an die Laterne. Bogi, im Neonlicht, sah uns zu. Mein Bogi, der vor ein paar Wochen erst den Jugo-Fusel besorgt hatte. Bekömmlich, ohne Stiele und Stengel gekeltert.

Dann machten wir ein bisschen Blödsinn mit Ballhochhalten und Zwei-gegen-einen und so und kamen uns irgendwie doof vor dabei, hier vor den Kranken so einen Larry zu machen, aber irgendwie wars auch ganz lustig und erleichternd, sich zu verausgaben. Bogi stand am Fenster und rührte sich nicht.

Zum Abschied winkten wir ihm noch mal zu, und er winkte zurück. Wir gingen zum Tor raus. Da saß jetzt ein anderer Pförtner. Jan hatte ein Cappy dabei, und wir teilten uns die süße Plörre aus dem Plastikbeutel.

Ich zog an der Kippe, die Jan sich gedreht hatte, und musste so husten, dass ich fast in den Gully gereihert hätte. Irgendwie wussten wir nicht, was wir zu dem Ganzen hier sagen sollten.

»Wie heißt die noch mal, die Krankheit?«, fragte Jan mich.

»Non-Hodgkin-Lymphom.«

Er überlegte ein bisschen und sagte dann: »Komischer Name. Man sagt ja auch nicht, was weiß ich, Nicht-Dackel-Hund, sondern Terrier.«

Wir gaben uns die Hand, und ich stieg in die Vier, Walki machte sich zu Fuß auf den Weg in Richtung Neuberg, weil er seine Monatskarte vergessen hatte und schon zweimal beim Schwarzfahren erwischt worden war, und Jan, der in die Nordstadt musste, wartete auf den Zweiundzwanziger.

Im Bus dachte ich darüber nach, seit wann Bogi und ich eigentlich befreundet waren. Wahrscheinlich seit dem Tag, als er – Weiberfastnacht durften wir in der Grundschule immer kostümiert zur Schule kommen – in einem roten Schlafanzug mit goldenem Querstreifen über der Brust vor mir auf dem Schulhof gestanden hatte, eine gelbe Wollmütze auf dem Kopf, an die grüne Spülschwämme genäht gewesen waren. Ich hatte ihn gefragt, was sein Karnevalskostüm darstellte, und er hatte geantwortet: »Ausgelaufene Batterie.«

DREI

– Ende September –

Dass sie Jacqueline Schmiedebach hieß, wusste ich nicht, bevor Jan es mir erzählt hatte. Wir hatten vor der Schule gestanden, und sie war auf ihrem Hollandrad an uns vorbeigefahren. Ganz kurz hatte sie zu uns hingeschaut und gelächelt. Oder vielleicht auch gelacht. Und dann so getan, als sei das wegen was anderem gewesen, gar nicht unseretwegen. Es hatte überall gekribbelt, und dann hatte das Kribbeln einen Namen bekommen.

Als sie um die Ecke gebogen war, hatte Jan, der neben mir gestanden und eine geraucht hatte, in dieselbe Richtung geschaut und »Jacqueline. Träumchen« gebrummt.

Und etwas später, ich guckte immer noch zu der Straßenecke, hinter der sie längst verschwunden war: »Jacqueline Schmiedebach. Is aufm Einstein. 10c. Wohnt drüben. Buchburg oder Kiesheim. Erste Sahne.«

Ich stand rum.

»Was is?«, hatte Jan mich gefragt.

»Wie, was is?«

»Fahr hinterher.«

»Spinnst du?«

»Fahr ihr hinterher, du Spacko.«

»Was soll das denn bring…, pff, ich kenn die doch gar nicht«, hatte ich gesagt, und Jan hatte geantwortet:

»Genau. Deswegen.«

Ich war auf mein Rad gesprungen, ihr bis zur Fähre gefolgt und hatte ihr nachgeschaut. Die ganze Zeit über hatten ihre strohblonden Haare im Wind geweht, sie hatten so geleuchtet, dass ich Jacqueline auch noch am gegenüberliegenden Ufer hatte wegfahren sehen, als alle anderen, die auf der Fähre gewesen waren, längst zu kleinen, nicht unterscheidbaren Stecknadelköpfen geworden waren. Mein erster Gedanke war nicht gewesen, wie schön sie war, sondern nur, wie gerade sie auf dem Rad gesessen hatte. Das war das Allererste, was mir an ihr auffiel. Wie kerzengerade sie auf ihrem Fahrrad saß, als sie an Jan und mir vorbeirauschte.

Im Deutschunterricht war neulich dieses Wort vorgekommen, Anmut. Frau Standfuss hatte versucht, das zu erklären, aber ich hatte mir darunter nicht wirklich was vorstellen können. Außerdem fand ich, dass es blöd klang. Fast wie Almut, und Almut Gerhardts war die dämlichste Kuh in unserer Klasse, wenn nicht überhaupt der ganzen Schule. Es war also schwer, mit einem Wort, das einen an diese Pissnelke erinnerte, was Schönes in Verbindung zu bringen. Aber jetzt, als Jacqueline vorbeifuhr, ahnte ich doch, was mit Anmut gemeint sein könnte. Oder besser, wie sich das, was damit gemeint sein könnte, anfühlte.

In den nächsten Tagen versuchte ich, ihr scheinbar zufällig zu begegnen. Zuerst wollte ich herausfinden, zu welchen Zeiten sie die Fähre nahm. Ich lungerte stundenlang am Anleger rum, sah sie aber nie. Sie wohnte auf der gegenüberliegenden Seite des Flusses, das wusste ich schon mal, und sie ging hier, auf unserer Seite, aufs Einstein, das Naturwissenschaftliche Gymnasium, das im selben Viertel lag wie meine Schule.

Ich würde mit ihr sprechen, sie treffen müssen, das war in dem Augenblick, wo ich sie gesehen hatte, ganz klar gewesen.

»Augenblick« – schon wieder so ein Wort, von dem ich das Gefühl hatte, es jetzt erst wirklich zu verstehen. Ich würde Geduld haben und wahrscheinlich oft am Anleger warten müssen, bis sich eine nächste Begegnung ergab. Aber zum ersten Mal in meinem Leben war Warten für mich nicht dasselbe wie Langeweile. Auf einmal war es schön zu warten, und ich wollte dieses Warten jetzt gegen nichts auf der Welt eintauschen. Einige Nachmittage lang stand ich am Fähranleger herum und beobachtete alle möglichen Leute. Jacqueline Schmiedebach war nicht dabei. Komische Vögel gab es hier. Sonst, wenn man nur ein paar Minuten lang auf die nächste Fähre wartete, bekam man die gar nicht mit. Der Typ mit der Aktentasche zum Beispiel hatte jetzt schon eine Weile zu mir rübergeguckt. Keine Ahnung, was der von mir wollte. Komische Frisur. Sah aus wie ein Mopedhelm, aber aus Haaren. Er erinnerte mich an einen von den alten Lehrern am Brahms, Herrn Seegler, bei dem ich immer das Gefühl hatte, dass der sogar schon Lehrer gewesen war, als es noch gar kein Brahms-Gymnasium gegeben hatte, sondern als das hier noch eine von Uren und Wisenten bewohnte Auenlandschaft gewesen war. Und dass er auch damals schon in der nullten Stunde an fünf Tagen in der Woche um Viertel nach sieben Uhr morgens Altgriechisch für Freiwillige unterrichtet hatte. Irgendwelchen Riesenechsen wahrscheinlich, was weiß ich. In seinem grauen Anzug am rechten Hosenbein immer noch die Fahrradklammer. So ungefähr hatte man sich das vorzustellen. Am Ende war dann, weil es wegen der Eiszeit auf der Wiese zu kalt wurde, das Brahms-Gymnasium um Herrn Seegler herumgebaut worden. Und anstatt der Warane, die hatten ja mittlerweile bei ihm Altgriechisch gelernt und waren wegen des besseren Klimas in den Süden gewackelt, waren ihm die Menschenschüler geschickt worden. So ungefähr stellte ich mir das vor. Egal, jedenfalls war er schon sehr lange da, der Herr Seegler.

Weiß der Geier, wohin das noch führen sollte, wenn ich nicht lernte, mich zu konzentrieren. Das sagte mir jeder.

Ich überlegte, woran mich die Haarmütze von dem Typen hier an der Fähre erinnerte, dann fiel es mir ein. Bogis jüngere Schwester Anette hatte diese Playmobilfiguren, bei denen konnte man die Frisur wie einen Helm abnehmen und wieder draufstecken. Nachdem er noch eine Weile rübergeglotzt hatte, nickte der Typ und kam auf mich zu. Ach du Scheiße. Ich guckte erst mal woandershin, egal wohin, aber das nützte nichts. Der Mann steuerte mich direkt an. Aktentasche, Haarhelm, Spießersandalen.

»Na, mein Freund«, sagte er. Ich antwortete nicht.

»Freier Nachmittag? Was gibts denn hier für Attraktionen? Mit den jungen Damen poussieren? Petra, Babsi, Susi?«

Wovon redete der?

Er wippte eine Weile auf seinen Sandalen hin und her und guckte aufs Wasser.

»Willst du dir 50 Mark verdienen?«, fragte er dann.

»Hä?«

»Da kommst du mit mir hinten in die Büsche, und ich hol dir einen runter.«

Er sprach einen komischen Dialekt, Hessisch oder so. Wie der Typ im Fernsehen, Heinz Schenk. Sagte nicht »runter«, sondern »runnä«. Und »fuffzisch Maak«. »Isch hol dir ajn runnä.«

Ich überlegte einen kurzen Moment, ob ich das jetzt wirklich gehört hatte oder vielleicht immer noch weiter fantasierte und das hier noch in die Abteilung Auerochsen, Warane und Eiszeit gehörte.

Der Haarhelmmann grinste mich an, und ich fand, es sei besser, mich erst mal aus dem Staub zu machen. Dann fuhr ich los, so schnell ich konnte die Uferstraße entlang. Ich schaute mich nicht um, aus Angst, dass der Typ mir womöglich nachrannte. Ich konnte ja nicht wissen, was jemandem noch einfiel, der einem solche Angebote machte. Als ich sicher war, weit genug weg zu sein, hielt ich an.

Sah ihn da stehen, wie er mir nachglotzte.

Ausgerechnet jetzt fuhr auf der anderen Seite die Fähre los, auf der möglicherweise Jacqueline Schmiedebach war. Ich musste also so schnell es ging wieder näher zum Anleger hin. Aber ich konnte doch, solange der Arsch in meine Richtung starrte, nicht einfach umdrehen und zurückfahren. Am Ende dachte der noch, das sei seinetwegen. Also stieg ich ab, hob mein Rad auf die Schulter und rannte damit die Uferböschung hoch, um dann unbeobachtet oben auf der Promenade zurückzufahren. Allerdings hatte ich unterschätzt, wie steil der Anstieg und wie schwer mein Rad war, sodass ich, als ich schon fast oben war, erst immer langsamer wurde und mich dann in Zeitlupe zweimal hinlegte. Wobei ich gar nicht weiß, ob hinlegen für das, was hier passierte, der richtige Ausdruck ist. Es haute mich wegen der Steigung vertikal auf die Fresse. Auch eine neue Erfahrung.

Ich bin die Gerade, und der Hügel ist der Vektor, dachte ich, während ich umkippte. Oder umgekehrt.

Meine Knie und Hände sahen danach aus wie Sau. Gott sei Dank hörte mich hier keiner rumkeuchen. Alles übrigens super Voraussetzungen dafür, gleich Jacqueline Schmiedebach anzusprechen und sie zu fragen, ob wir uns mal treffen könnten.

Als ich endlich oben angekommen war, sprang ich aufs Rad und raste Richtung Anleger. Die Fähre war schon fast da. Ich rannte die breite Steintreppe runter, mit dem über die Stufen hüpfenden Fahrrad an meiner Seite, dong dong dong. Und als ich unten war, sah ich, wie Jacqueline gerade die Rampe hochkam. Sie fuhr ganz nah an mir vorbei und schaute mir direkt ins Gesicht. Ich muss nach dem ganzen Heckmeck ziemlich blöd aus der Wäsche geguckt haben. Sie runzelte ganz kurz die Stirn, aber dann lachte sie und fuhr weiter. Ich war bestimmt knallrot geworden, aber am Ende musste man sagen, dass sie immerhin gelacht und sich nicht angewidert abgewendet hatte.

Als ich mich noch mal kurz umsah, stand der Typ mit dem Fifi auf dem Kopf immer noch da und grinste. Der wollte gar nicht mit der Fähre fahren, sondern stand hier rum und wartete auf Pappnasen wie mich, die er anquatschen konnte. Das hieß natürlich auch, dass ich ihn demnächst Nachmittag für Nachmittag hier am Fähranleger treffen würde, während ich auf Jacqueline Schmiedebach wartete. Und dass er womöglich dachte, ich käme seinetwegen.

Ich sprang aufs Fahrrad und fuhr ihr nach, egal, wie verboten ich inzwischen aussah, verschwitzt und eingesaut, mit knallroter Visage. War jetzt auch schon egal. Jacqueline fuhr die Allee runter in Richtung Innenstadt, sie hatte eine Sporttasche auf dem Gepäckträger, aus der ein Tennisschläger schaute. Als sie an einer Ampel hielt, blieb ich in sicherer Entfernung stehen. Aber beim nächsten Mal wars mir dann auch schon egal, und ich hielt direkt neben ihr, guckte aber in die andere Richtung.

Das war gar nicht so leicht. Als die Ampel grün wurde, fuhr sie geradeaus weiter – ich war mir sicher, dass sie bei Gelb noch ganz kurz zu mir rübergeschaut hatte. Ich tat so, als müsse ich rechts abbiegen, nur um sie danach, als sie ein Stück vorausgefahren war, weiter zu verfolgen. Sie fuhr in den Stadtpark, in dessen Mitte die Tennisplätze vom THC lagen.

Später sah ich ihr heimlich so lange beim Spielen zu, bis ich schließlich zur Mathenachhilfe losmusste. Ich war sowieso schon viel zu spät dran. Mein Herz klopfte. Ja, schon klar, tat es immer. Aber jetzt merkte ich es. Das war der Unterschied.

Mein Herzklopfen war lauter als das Ploppen der Tennisbälle, denen Jacqueline Schmiedebach jetzt auf dem Aschenplatz nachlief. Ich wusste genau, wie es aussah, wenn sie sie aufsammelte, ohne dass ich mich dafür noch einmal hätte umdrehen müssen.

VIER

– Ende September –

Am Abend stand ich plötzlich meinem Vater im Wohnzimmer gegenüber, wir waren uns dort zufällig begegnet. Ich weiß gar nicht, ob wir uns überhaupt schon mal anders über den Weg gelaufen waren als zufällig.

An der Stelle, wo wir uns getroffen hatten, waren wir erstarrt, als ob wir in diesem Moment am Boden festgetackert worden wären.

Ich hatte ihn vorher am Fenster stehen und auf die Sträucher gucken sehen, die untergehende Sonne spiegelte sich auf seiner Glatze, weswegen sie noch speckiger aussah als sonst. Die Glatze, nicht die Sonne. Vielleicht überlegte er, welche Pflanzen er ausbuddeln und in seinem neuen Garten in der Tundra neu einpflanzen könnte. Obwohl, ich wusste ehrlich gesagt gar nicht, ob es da überhaupt einen Garten gab.

Er hätte mich gar nicht bemerkt, wenn ich mir in seinem Rücken nur den Apfel aus der Schale genommen und mich dann leise wieder verkrümelt hätte. Ich fands dann aber doch komisch, ihm nicht wenigstens Hallo zu sagen.

Es schien, als ob er sich darüber erschreckte, dass ich hinter ihm stand. Wahnsinn. Immerhin wohnte ich ja hier. Na ja, egal, jetzt standen wir jedenfalls im Wohnzimmer rum.

Um diese Starre wieder aufzulösen, hätte einer von uns eine Entscheidung treffen, einen Anfang machen, dem anderen irgendwie entgegenkommen müssen. Das war aber weder meine Stärke noch die meines Vaters. Jetzt, wo sich hier alles auflöste, erst recht nicht.

Mich aufs Sofa zu setzen wäre vielleicht eine Möglichkeit gewesen. Oder nach dem Hallo den Raum einfach wieder zu verlassen und ihn da stehen zu lassen. Schien ihm ja zu gefallen, alleine am Fenster. Wir waren aber schon zu tief in der Sackgasse gelandet. Alles nur wegen des dämlichen Apfels.

Der Fernseher lief.

Mein Vater hatte nur ab und zu vom Fenster aus mit einem Seitenblick hingeguckt. Mürrisch nannte man das wohl. In dem Glas, das er in der rechten Hand hielt, war das gelbe Zeug gewesen, das nach Lakritze roch, aber nicht danach schmeckte. Den Namen hatte ich vergessen, Pardon oder so. Er hatte mir mal erklärt, er sei »frankophil«, ich wusste aber schon wieder nicht mehr, was das genau bedeutete. Irgendwas mit Frankreich und Alkohol jedenfalls.

Ein paar fast schon geschmolzene Eiswürfel hatten vor sich hin geklackert.

Wir waren uns in den letzten Wochen aus dem Weg gegangen, deswegen fiel mir erst jetzt auf, dass ich ganz schön gewachsen sein musste. Ich war mittlerweile sicher einen halben Kopf größer als er. Er hatte die drei obersten Knöpfe seines Hemdes geöffnet, darunter kräuselte sich das graue Brusthaar, und ich sah, dass er neuerdings ein Kettchen trug. Wahnsinn. Ich hatte da selber mal drüber nachgedacht in letzter Zeit, ob das vielleicht eine gute Idee wäre mit so einem Kettchen, Kettchen oder Armband, hatte ich gedacht, oder vielleicht sogar beides, aber die Sache hatte sich hiermit endgültig erledigt.

Schließlich hatte er das Schweigen gebrochen: »Deine Mutter hat dir das ja alles erklärt –«

Erklärt? Was jetzt genau? Hörte ich da einen Punkt oder ein Fragezeichen?

Was mein Vater gerade gesagt hatte, war sofort im Teppich versickert oder vielleicht auch einfach irgendwo in der Luft hängen geblieben, weswegen ich nicht gewusst hatte, ob er eine Antwort von mir erwartete. Im Zweifelsfall nicht. Bitte jetzt bloß keine Aussprache, dachte ich. Ich brauchte das nicht, wirklich nicht, es war alles in Ordnung, wie es war. Meine Eltern sollten das so regeln, wie sie es für richtig hielten. Oder auch nicht. Hauptsache, sie ließen mich damit in Ruhe.

Der Satz meines Vaters hatte jetzt schon so lange im Raum gestanden, dass er bestimmt nicht mehr damit rechnete, dass ich darauf noch etwas sagen würde. Na gut, dann standen wir eben weiter wortlos hier herum.

Er war vor einiger Zeit aus seiner Firma rausgeflogen, und ich hatte mich gefragt, wie man aus einer Firma rausgeschmissen werden konnte, deren Chef man angeblich war. So hatte er jedenfalls immer getan, wenn er von »seiner« Firma erzählt hatte. Ich hatte bis jetzt gedacht, Chefsein bedeutete, dass man derjenige war, der die anderen rausschmeißt.

Danach hatten meine Mutter und er wohl gedacht, dass man in einem Aufwasch den ganzen Rest dann auch noch erledigen könnte, sich scheiden lassen, die Familie auflösen und so. Oder das, was davon noch übrig war.

Ich hätte meinem Vater gerne klargemacht, dass mir das alles nicht wirklich etwas ausmachte. Das mit meiner Mutter und ihm und dass er ausziehen und mit seiner »Lebensgefährtin« zusammenziehen würde. Und dass er jetzt nicht wusste, was er mit mir reden sollte, das hatte mir eigentlich auch nichts ausgemacht. Wenn das jemand verstand, dann ich. Gut, vielleicht war jetzt aber auch gar nicht der Moment, das zu klären. Damit wir hier allerdings mal vom Fleck kamen, hatte ich dann doch noch gelogen: »Ja, hat sie. Mir alles, äh, erklärt.« Mein Vater hatte genickt. Ich auch. Ein langes Nicken von uns beiden. Dann eine Weile nichts. Dann wieder ein sehr langes Nicken von ihm.

»Hmmm«, brummte er zustimmend.

Schweigen. Der Einzige, der die ganze Zeit gequatscht hatte, war der Nachrichtensprecher gewesen. Abgesehen vom Nymphensittich, der zweimal »Coco!« gekreischt hatte, was sonst.

Und dann hatte mein Vater angefangen zu lachen. Also das, was bei ihm Lachen hieß. Erst waren seine Augen zu zwei schmalen Schlitzen geworden. Neben ihnen hatten sich fächerförmig tiefe Furchen durch sein Gesicht gezogen, einige nach oben bis zur Stirn, andere seitlich zu den Ohren hin und dann noch welche nach unten über die Wange. Es war für mich vollkommen unvorstellbar, selbst mal so alt und ledrig zu werden wie er. Den Mund leicht geöffnet, hatte er erst lange Zeit gar keine Geräusche gemacht, und ich hatte schon gedacht, hoffentlich erstickt der nicht und kippt mir hier aus den Latschen. Nach einer Weile hatte ich dann schließlich ein Keuchen gehört, das so ähnlich klang wie das unseres Hundes, als er, in dem Winter, bevor er starb, Bronchitis gehabt hatte und wir dauernd mit ihm zum Tierarzt gefahren waren.

Und dann erst war von meinem Vater zum ersten Mal ein Laut zu hören gewesen, der wirklich wie Lachen klang. Allerdings rückwärts, als ob er die Silben umgedreht hätte. Er hatte also nicht »Ha, Ha, Ha, Ha, Ha«, sondern »Ah, ah, ah, ah, ah« gemacht. Weil er dabei nicht aus-, sondern eingeatmet hatte. Irgendetwas hatte er da vielleicht falsch verstanden. Obwohl man Lachen ja eigentlich nicht lernen musste, das konnte man doch von alleine, oder? Ich jedenfalls. Schließlich war mein Vater erst rot und später violett im Gesicht geworden. Kein Wunder. So ganz ohne Atmen ging es ja nun auch nicht. Das Lachen hatte sich in einen Hustenanfall verwandelt, und er hatte den Raum verlassen, ohne mich noch einmal anzuschauen. Sein Husten und Röcheln hatten sich entfernt, waren aber auch noch zu hören gewesen, nachdem er oben, am Ende der Treppe, in seinem Zimmer verschwunden war.

Dann war Stille. Wahrscheinlich hatte sich mein Vater auf den Schreck, dass er seinem Sohn im Wohnzimmer begegnet war, erst mal eine angesteckt. Alles klar. Das war die Aussprache zu der bevorstehenden Lebensveränderung gewesen.

Okay, gegen Lebensveränderung war ja erst mal nicht viel zu sagen. Zum Beispiel müsste ich, wenn wir umzogen, nicht mehr jeden Tag mit dem Fahrrad den verdammten Berg in die Waldstadt hochfahren, bis mir die Lunge aus dem Hals hing. Oder im stinkenden Siebzehner-Bus sitzen und dabei zuhören, wie der sich hier hochorgelte. Die Sache hatte viele Vorteile, nicht zuletzt was Jacqueline Schmiedebach anging. Dass Bogi und ich dann nicht mehr Nachbarn wären, war dann halt so. Waren wir ja jetzt schon nicht mehr, wenn man ehrlich war. Obwohl ich da lieber nicht so genau drüber nachdachte, weil ich mir immer vorstellte, wie er alleine in seinem Krankenhauszimmer lag. Und dass ich das Gefühl hatte, eigentlich bei ihm sein zu müssen. Aber anstatt dass ich das zum Anlass genommen hätte, sofort zu ihm zu fahren, versuchte ich, nicht mehr an ihn zu denken. So sah es aus.

Meine Mutter hatte sich neuerdings vorgenommen, sich mehr um mich zu kümmern. Jedenfalls quatschte sie mir in alles Mögliche rein und wollte dauernd Gespräche führen. Darüber, wie es mir ging und so, du lieber Himmel. Wegen der Bogisache. Und wie ich mir meine Zukunft vorstellte. Einmal wollte sie sogar über Sex reden. Ernsthaft. Das muss man sich mal vorstellen. Meine Mutter! Ich hatte dann aber gleich dafür gesorgt, dass sie die Klappe hielt und das auf keinen Fall noch mal versuchte. So ein Wahnsinn. Die sollte gefälligst jemand anderen zutexten.

Der Aufklärungsunterricht in der Schule damals war übrigens ziemlich witzig gewesen. Nicht wegen des Themas, sondern weil Frau Strobel in Bio sich so schämte und die ganze Stunde über eine rote Birne hatte und total leise sprach und den Kram nur unterrichtete, weil man sie dazu gezwungen hatte. Sie war ziemlich katholisch und so. Unser Direktor hatte sogar selber ein Aufklärungsbuch geschrieben, und ich hatte ihn mal top gelaunt aus dem Sexshop kommen sehen. Ich schwöre, ohne Quatsch jetzt! Damals, als ich noch in den alten Plattenladen, »Musikhaus Bornstedt«, gegangen war. Der, in den man halt ging, bevor »Rockworld« aufgemacht hatte. Schräg war das gewesen. Wir hatten uns direkt in die Augen geguckt. Idiotischerweise war *mir* die Situation peinlich gewesen, ihm offenbar gar nicht. Ich hatte schnell weggeguckt und so getan, als hätte ich ihn nicht erkannt.

Der stand dann noch eine Weile da rum und schaute sich in aller Ruhe die Schaufenster vom Sexshop an. War ja dienstlich, sein Besuch, wegen Aufklärung und so. Der Sexshop hieß »Dr. Müller's«, mit Idiotenapostroph, wie Frau Standfuss gesagt hätte, und als mein Vater dann erst mal zu Claudia in deren Wohnung in dem Ort gezogen war, in dem garantiert *niemals* ein Sexshop eröffnen würde, stand an einer Klingel »Dr. Müller«! Ich hatte mir einen Ast gelacht, als ich das gelesen hatte. Vielleicht hatte ja der Sexshoptyp früher hier gewohnt. Claudia hieß jedenfalls nicht Müller, sondern Hunger-Löper. Ich hatte versucht, mir vorzustellen, wie der wohl aussähe, so ein Hungerlöper. So ähnlich wie ein sehr dünner Marabu, aber mit fisseligen roten Haaren statt Federn vielleicht. Wenn sie jetzt meinen Vater heiratete und an »Hunger« und »Löper« auch noch sein »Schumacher« dranhängte, würde es langsam eng werden auf dem Klingelschild.

Ich hatte das Gefühl, meine Eltern, vor allem meine Mutter, warteten nur darauf, mir jetzt ein Problem anhängen zu können, weil sie sich scheiden ließen. Wie gesagt, die versuchten andauernd, einen in ihren Stress mit reinzuziehen. Dabei dachte ich, ob die beiden jetzt in einer gemeinsamen oder in zwei getrennten Wohnungen nicht miteinander redeten, war doch eigentlich egal. Mir jedenfalls.

Als ich nach Hause gekommen war und mein Fahrrad neben der Garage fallen gelassen hatte, war ich durch den Garten und dann durch die Küchentür ins Haus geschlichen und hatte versucht, unbemerkt in mein Zimmer zu kommen. Aber meine Mutter hatte mich trotzdem gehört und war aufgesprungen und mir entgegengekommen. Ich war die Treppe hochgerannt, immer drei Stufen auf einmal. So war ich ihr entwischt.

»Hallo, Mama«, hatte ich ihr noch schnell zugerufen und im nächsten Moment auch schon meine Zimmertür zugedonnert.

Hätte ich mich nicht so beeilen müssen, hätte ich im Vorbeigehen in der Küche noch was zu essen abgegriffen, weil ich ziemlichen Hunger hatte, nachdem ich den Berg hochgestrampelt war. Aber das Risiko, dabei vollgelabert zu werden, war einfach zu groß. Ich schloss die Tür ab, machte die Musik an und schmiss mich aufs Bett. Die Musik tat gut. Musik wollte nichts von mir. Sie war einfach so da und legte sich um mich herum.

Im Ringwald, der am Ende unserer Straße begann, sollte es irgendwo auf einer Lichtung eine Marihuanaplantage geben, die da jemand angelegt hatte.

Das hatte ich in der Pause auf dem Schulhof von Walki

gehört, der es wiederum von Neandertal-Klaus hatte. Und wenn sich jemand damit auskannte, dann der.

Wahrscheinlich hatte Neandertal-Klaus sie sogar selber gepflanzt und dann so davon erzählt, wie man das mit etwas macht, das man eigentlich besser für sich behalten würde, aber nicht kann, weil man auch mal ein bisschen angeben möchte und sonst nichts hat, womit man angeben kann. So in der Art. Neandertal-Klaus sah übrigens genau so aus, wie er hieß. Vielleicht war es aber auch umgekehrt, und sein Aussehen hatte sich mit der Zeit seinem Namen angepasst. Jedenfalls wollte ich unbedingt wissen, wo die Plantage war. Ich kannte mich im Ringwald besser aus als jeder andere. Na ja, nicht besser als Bogi oder der Förster vielleicht. Aber genauso gut wie die und eben besser als alle anderen.

Der Ringwald, hatten wir in Erdkunde bei Kragler gelernt, war ein »geologischer Halbhorst«. Kragler hätte uns den Arsch aufgerissen, wenn wir darüber gelacht hätten. Er hieß nämlich Horst. Na ja, von da an für uns eben Halbhorst. Oberstudienrat Halbhorst Kragler. Oder Halbstudienrat Oberhorst Kragler. Oder so. Er konnte froh sein, dass der Ringwald nur ein Halb- und kein Vollhorst war, dann wäre nämlich erst was los gewesen. Von den Graspflanzen würde ich Bogi unbedingt erzählen müssen, wenn ich ihn das nächste Mal besuchte.

Ja, wenn.

Ich dachte dann lieber wieder an Jacqueline. *Dabei* fehlte mir Bogi nicht. Du lieber Himmel, sein Gequatsche hätte eher alles kaputt gemacht. Womöglich hätte Bogi, nachdem ich Jacqueline richtig kennengelernt hätte, wir endlich ein Paar wären und die beiden sich dann auch getroffen hätten, erst mal einen fahren lassen. Zuzutrauen wäre es ihm gewesen. Ich musste lachen.

Komisch, jetzt gab es da plötzlich etwas, das sich »mein Leben« nannte und über das ich dauernd nachdachte, als ob es irgendwie außerhalb von mir stattfand. Etwas, das ich »gestalten« sollte, so hatte es mir mein Vater zumindest vor einiger Zeit mal gesagt. Ich solle mal über meine Lebensgestaltung nachdenken, und ich hatte mich gefragt, wovon der Mann redete. Wahrscheinlich, dachte ich, bin ich ja auch nur zufällig ich. Ich könnte genauso gut jemand anders sein. Alleine schon, wenn ein anderes Spermium ein bisschen schneller gewesen wäre, wäre ich jetzt vielleicht nur eins dreiundfünfzig groß gewesen und hätte eine Riesennase gehabt, also noch viel größer, als mein Zinken sowieso schon war, und ich würde zu Modelleisenbahnertreffen fahren oder was weiß ich. Wäre ich dann auch ich oder jemand anders? Schwer zu sagen, weil es den, den ich jetzt »ich« nannte, in dem Fall ja gar nicht gäbe. Von diesem ganzen Zeug rauchte mir der Schädel, kein Wunder, dass ich kaum noch zu was Vernünftigem kam. Irgendwie fühlte sich mein ganzes Leben in letzter Zeit so an, als ob ein riesiges »Aber« vom Himmel gefallen wäre. Bei allem, was ich tat und dachte, meldete sich immer dieses »Aber«.

Ich freute mich nicht mehr wie früher, wenn etwas schön war oder auch nur klappte, sondern dachte stattdessen nur noch darüber nach, dass es ja auch hätte schiefgehen können. Und die beiden Male, die Jacqueline Schmiedebach mich angelächelt hatte, war es mir zwar durch und durch gegangen, *aber* es war trotzdem auch immer ein kleiner

Zweifel geblieben, ob sie mich nicht doch ausgelacht hatte. Das »Aber« war schlimmer als alles andere, ganz ehrlich.

Woher war das plötzlich gekommen? Und vor allem warum, dachte ich, während ich immer noch an die Decke starrte.

Obwohl, nein, Denken konnte man das nicht nennen. Ich fühlte eher so etwas Schweres in mir rumwabern. Immer, wenn ich es packen und loswerden wollte, flutschte es zwischen meinen Fingern durch.

Vielleicht könnte ich ja eine rauchen? Ich war eigentlich kein Raucher, aber ich wollte es gerne werden und hatte neulich aus der Wohnzimmerschublade eine Schachtel Mentholzigaretten mitgehen lassen. Meine Mutter rauchte die. Ich hoffte, das Pfefferminzaroma würde den widerlichen Tabakgeschmack erträglicher machen, und ich würde es irgendwann hinbekommen mit dem Inhalieren. War ja total peinlich, diese Rumhusterei.

Ich nahm die Schachtel aus ihrem Versteck in meinem Bücherregal hinter den Karl-May-Büchern, die da immer noch standen und die ich nie gelesen hatte, weil dieser Abenteuer- und Westernscheiß mich keine Sekunde interessiert hatte, weiß der Geier, was die alle an dem Zeug so toll fanden. Ich klemmte sie vorne in meinen Hosenbund unter dem Gummizug der Unterhose fest, damit sie mir nicht, wenn ich an meiner Mutter vorbeimusste, womöglich aus dem Hosenbein rutschte. Dann zog ich noch mein Sweatshirt drüber.

Das Feuerzeug hatte ich in die Schachtel getan. Ich horchte von innen an meiner Zimmertür, und als ich nichts hörte, drehte ich sehr langsam den Schlüssel rum, öffnete leise die Tür, schnappte mir meine Armeejacke, schlich in Richtung Treppe und lauschte, was unten abging. Meine Mutter war immer noch im Wohnzimmer und telefonierte jetzt. Das hieß, schnell die Treppe runter und, bevor sie noch was sagen konnte, durch die Haustür raus.

Ich hörte hinter mir noch was, aber da saß ich schon strampelnd auf dem Rad und fuhr in Richtung Ringwald. Am Ende der Straße bog ich links ab und überfuhr dabei fast den Dackel von Schliemann, der hier an der Ecke wohnte. Die beiden kamen gerade von einem ihrer viertausend Spaziergänge zurück, die sie täglich zusammen machten. Schliemann war steinalt und trug gerne Jägerklamotten, Kniebundhose und so. Aber ich glaube nicht, dass er Waffen hatte und rumballerte, Tiere erschoss. Jedenfalls hatte ich ihn nie mit so was gesehen. Obwohl, zuzutrauen wäre es ihm gewesen, weil es hieß, er wäre früher irgendwas bei den Nazis gewesen. Waren ja anscheinend alle. Sein Haus sah so blockhüttenmäßig aus. Komischer Vogel. Aber der Dackel war eigentlich ganz in Ordnung.

Schliemann brüllte ~~mir nach~~, ich beschleunigte und fuhr den knirschenden Waldweg runter in Richtung Kreuztal.

Ich hätte wirklich zu gerne gewusst, wo diese verdammte Grasplantage war, aber der Ringwald war ziemlich groß. Obwohl er ja, wie gesagt, nur ein Halbhorst war. Seit einiger Zeit traute ich mich nicht mehr ins Unterholz, so wie früher. Ich hatte in der Zeitung gelesen, dass Wildschweine, von denen es hier eine Menge gab, Menschen fraßen. Komplett, mit allem Drum und Dran. Killerschweine. Mit Knochen und allem, meine ich. Es war in dem Interview darum gegangen, dass ein Polizist erklärt hatte, die sicherste Methode, eine Leiche verschwinden zu lassen, sei, sie in einen Wald zu legen, in dem es viele Wildschweine gäbe. Dann sei sie innerhalb von zwei, drei Tagen restlos verschwunden. Ich hatte mich schon ein bisschen gewundert, warum ausgerechnet ein Polizist in der Zeitung solche Tipps gab. Andererseits war das für den vielleicht endlich eine Möglichkeit gewesen, dass ihm überhaupt mal jemand zuhörte. Ich müsste mit der blöden Zeitungsleserei wieder aufhören. Mein Vater verbrachte den halben Tag mit dem Mist, und wohin es geführt hatte, sah man ja.

Rauchend stand ich im ausgetrockneten Bachlauf unter der kleinen Holzbrücke im Kreuztal und versuchte, nicht zu husten. Ich konzentrierte mich auf den Mentholgeschmack.

Der Wind pfiff, von den Bäumen wirbelten die ersten gelben Eichenblätter, die so hart waren, dass es wehtat, wenn man eines davon an den Kopf bekam.

Ich dachte an Jacqueline Schmiedebach, und im nächsten Moment hatte ich dann schon wieder ein schlechtes Gewissen, dass ich nur noch an sie dachte und überhaupt nicht mehr an Bogi. Wie er da gestanden hatte hinter seinem Krankenhausfenster. Obwohl, ganz ehrlich? Ich dachte eigentlich nur noch an Jacqueline. Vielleicht ab und zu noch ein paar andere Sachen nebenbei. Aber eher nicht.

Auf dem Rückweg fuhr ich noch unten am Freibad vorbei. Durch den Zaun schaute ich auf das leere Becken und die beiden Sprungtürme, den Dreier, und daneben den Fünfer und Zehner.

Schwer vorzustellen, dass hier im kommenden Sommer

wieder alles voller Leute sein würde und ich den nächsten Versuch machen würde, vom Zehner zu springen. Versuch ist gut, wahrscheinlich würde ich wieder Ewigkeiten lang dort oben herumstehen, ganz taub vor Angst, obwohl ich so eine Ahnung hatte, dass der Sprung womöglich was ändern würde, in mir drin, meine ich. Vielleicht stimmte das aber auch gar nicht. Am Ende war es nur das, was man immer erzählt bekam, und es zwiebelte einem nach dem Sprung nur tagelang die Pelle, alles andere wäre genauso wie vorher.

Als ich wieder zu Hause ankam, sah ich auf dem Dach des Hauses zwei schwarze Gestalten rumturnen. Eine ziemlich große und eine nur halb so große. Die Schornsteinfeger waren da. Ich schaute kurz zu, wie sie sich mit den an Ketten befestigten Metallkugeln, die so aussahen wie aus irgendwelchen Mittelaltercomics, da oben zu schaffen machten.

Immer wieder das gleiche Spiel, ich schlich durch die Küche rein und versuchte, unbemerkt am Wohnzimmer vorbeizukommen. Aber diesmal war meine Mutter schneller als ich und erwartete mich schon im Treppenhaus. Sie sah traurig aus. Das war eigentlich das, was mich am meisten fertigmachte. Viel mehr als die Streitereien. Eigentlich wollte ich auch gar nicht ihr, sondern nur ihrer blöden Traurigkeit aus dem Weg gehen. Meine eigene wegen Bogi reichte mir.

»Motte, wir können uns morgen eine Wohnung in der Neuen Stadt angucken.«

»Äh, wann denn?«

»Um drei.«

Das ging nicht. Das würde bedeuten, dass ich morgen Jacqueline Schmiedebach nicht am Anleger würde erwarten können.

»Da kann ich nicht.«

»Was soll denn das heißen, da kannst du nicht? Das ist wichtig.«

»Ja, pff, nimm die doch einfach, die Wohnung. Wird schon passen«, sagte ich.

Ganz ehrlich, es war mir wirklich egal.

»Willst du überhaupt nicht wissen, wo wir demnächst leben werden? Interessiert dich das gar nicht, wies weitergeht? Mich nämlich schon.«

Okay. Ihre Stimme fing schon wieder an zu zittern, und wenn das jetzt noch zwei- oder dreimal zwischen uns hin und her ginge, dann würde sie für den Rest des Tages in ihrem Zimmer verschwinden und Kopfschmerzen haben, und ich würde irgendwann zu ihr hingehen müssen, um mich zu entschuldigen. Wir würden dann eine halbe Stunde bei ihr rumstehen und uns umarmen und so. Also sie mich, besser gesagt.

»Wo genau ist das denn?«, fragte ich deshalb, um mir das alles zu ersparen.

Sie wollte mich dann aber schon gleich hier in den Arm nehmen, ich konnte mich gerade noch herauswinden, weil hinter uns jemand die Treppe runterkam. Der Schornsteinfeger, den ich eben auf dem Dach gesehen hatte.

»So, wir wären dann fertig, Frau Schumacher.«

Meine Mutter verschwand in der Küche, wahrscheinlich um Trinkgeld zu holen. Sie drückte diesen Leuten immer gleich Geld in die Hand, sobald die nur das Haus betreten hatten. Ich fand das ziemlich peinlich. Später erzählte sie mir immer, wie wahnsinnig nett die gewesen wären. Kein Wunder.

»Danke schön!«, flötete sie und, zack, hatte der Mann einen Zehner in der Hand. Zehn Mark!

Ohne Scheiß jetzt.

Da hätte man ja auch mal drüber diskutieren können. Das war mein Taschengeld für zwei Wochen. Das bekam der, weil er das machte, was er sowieso machte, zu seiner Schornsteinfegerknete noch dazu.

»Kaffeekasse«, sagte meine Mutter noch, und der Typ murmelte irgendwas von »Firma dankt«.

Ich war mir sicher, dass die Firma von dem Zehner nie was zu sehen bekam.

»Motte, willst du den Herrn Schornsteinfeger nicht mal anfassen? Das bringt Glück«, sagte meine Mutter.

Ich dachte, ich höre nicht richtig.

Außerdem mochte ich es nicht, wenn ich vor fremden Leuten Motte genannt wurde. Die dachten dann, das wäre mein Name, und sie könnten mich auch so nennen. Ich suchte mir das aber ganz gerne aus, wer das durfte und, was wichtiger war, wer nicht.

Mir reichte das hier jetzt auch mit der Rumsteherei. Außerdem hatte ich Angst, dass ich noch nach Zigarettenqualm roch. Gerade wollte ich mich verkrümeln, als der halbe Schornsteinfeger, der etwas später runtergekommen war, auch was sagte:

»Hi, Motte.«

Ich war so baff, dass ich diese seltsame Gestalt erst mal

nur anguckte, die schwarzen Klamotten, die komische Mütze auf dem Kopf und vor allem das schwarze Gesicht.

»Kennst du mich nicht mehr? Ich bin die Steffi.«

Meine Mutter und der große Schornsteinfeger lächelten, als ob wir zwei Pudel wären, die sich beschnüffelten, oder was weiß ich.

Wer zum Teufel war Steffi?

»Wir waren in einer Klasse in der Grundschule. Steffi Fuchs«, sagte der kleine Schornsteinfeger.

Steffi Fuchs, Steffi Fuchs …

Ach so, ja, klar, Stefanie, die Kleine mit den schiefen Zähnen. Die mal vom Apfelbaum in einen großen Laubhaufen gesprungen war, in dem noch die Heugabel gelegen hatte. Hinterher hieß es in der Schule, sie hätte lange operiert werden müssen, weil die Heugabel auf der einen Seite ihres Bauches in sie reingegangen und auf der anderen Seite wieder rausgekommen war. Aber sie war an allen Organen vorbeigeflutscht, sonst wäre sie gestorben, oder so ähnlich. Steffi war mit der Heugabel in ihr drin in den Rettungswagen gelegt worden, den Stiel hatten sie vorher weggeflext, ohne Scheiß jetzt. Frank Wolters hatte das erzählt, der war dabei gewesen. Die beiden wohnten in einem von den Neubauklötzen, die sie an den Feldrand geklatscht hatten, deswegen spielten die öfter zusammen.

Im Krankenhaus hatten sie die Zinken dann aus ihr rausgezogen. Das war das Interessanteste gewesen, was während der ganzen Grundschulzeit passiert war. Alleine schon, weil wir sonst niemanden gekannt hatten, der schon mal operiert worden war. Danach hatten wir Steffi Fuchs immer komisch angesehen, weil wir uns gefragt hatten, ob sie jetzt Löcher im Bauch hatte, wos durchpfiff. Was man so denkt als Kind.

Aber wieso stand die jetzt hier als Schornsteinfeger verkleidet? Jedenfalls schien sie trotzdem noch gerne zu klettern.

»Die Steffi ist mein Lehrling. Seit dem Sommer«, sagte der Zehn-Mark-Man.

»Du bist die mit der Heugabel, oder?«, fragte ich.

Jetzt grinste sie, und das sah ziemlich lustig aus mit ihrem schwarzen Gesicht, sodass ich mich ein bisschen entspannte.

»Ja, genau. Das weißt du noch?«

»Was denkst du denn?« Pause.

Mutter glotzte. Schornsteinfeger glotzte.

Alles, was sie einem beigebracht hatten, das man garantiert und hundertprozentig nicht machen sollte, zum Beispiel andere Leute einfach so anzustieren, machten die hemmungslos selbst, dauernd.

»Und du bist hier jetzt ..., äh, du machst jetzt ...«

»Schornsteinfegerlehre, genau«, sagte sie.

»Ah, okay, ja, klar. Cool.«

Komisch war das, dass die wirklich schon arbeitete.

Ich kam mir auf einmal ziemlich kindisch vor, als Steffi hier in ihren Arbeitsklamotten vor mir stand.

Was auch deswegen seltsam war, weil wir, seitdem wir aufs Gymnasium gekommen waren, die Realschüler immer ziemlich von oben herab behandelt hatten. Als ob das Halbidioten wären. Von denen vom Brettergymnasium, den Hauptschülern, gar nicht zu reden. Ich kannte, ehrlich gesagt, gar keinen Hauptschüler. Es sollten ja jetzt alle Abi machen und studieren und so. Und wenn es selbst so eine Holzhupe wie Udo Mönch aufs Gymnasium geschafft hatte, fragte man sich natürlich, wer da eigentlich hinging, auf die Hauptschule. Egal, Steffi brachte jedenfalls ganze Sätze raus. Bessere als ich, wenn ich ehrlich war.

Sie war wirklich ziemlich klein. Ihre Unterlippe stand ein bisschen vor, und sie hatte Grübchen, weil sie dauernd grinste. Ihre Schneidezähne waren das Gegenteil von Hasenzähnen, falls es das gibt, sie standen ein wenig nach hinten. Und leuchteten im rußigen Gesicht. Sie hatte ihre Mütze abgenommen, und ihre Frisur war so ähnlich wie die von Bowie auf dem Cover von »Low«. Ziemlich genial eigentlich, weil bei dem ja sicher mindestens vierzehn Friseure damit beschäftigt gewesen waren und Steffi einfach ihre Schornsteinfegermütze aufgehabt hatte, und trotzdem war das Gleiche dabei herausgekommen.

»Ja, dann, Steffi, wir sind ja noch nicht fertig für heute«, sagte der Schornsteinchef.

Die beiden zogen weiter zum Nachbarhaus. Ich guckte ihnen nach. Dem Schornsteinfeger und Stefanie Fuchs, die damals in die Heugabel gesprungen war.

FÜNF

– Erster Oktober –

Erster Oktober

~~Liebe~~ Hi Jaqueline!

Also, ich fange mal so an: ~~wie gehts dir?~~
wie geht's dir? Das Schwierige an dem Brief hier
ist ja, das du gar nicht weißt wer ich bin und wie
ich heiße
Ziemlich viel also, ~~daß~~ das du nicht weißt.
Und deshalb fange ich erstmal ~~irgendwie~~ an dir ~~irgendwie~~
zu erzählen wer ich bin und warum ich dir schreibe.
~~Vielleicht weißt du es ja schon wenn ich dir sage, das ich
der Typ von der Fähre bin, der dem du dann an der
Ampel zugelächelt hast als du zum Tennis gefahren
bist, aber vielleicht erinnerst du dich auch nicht,
egal. Du stehst ja wahrscheinlich ziemlich oft neben
jemandem an der Ampel Halla.~~
Und wieso ich überhaupt weiß, das du Jaqueline bist

und deine Adresse und Schule und Klasse kenne ~~usw~~.
Das ist ja nicht wie wenn man jemandem schreibt, mit dem man sowieso schon dauernd redet.
Also, was weiß ich, ~~einen Brief~~ eine Ansichtskarte aus dem Urlaub schickt zum Beispiel. Keine Ahnung.
Da hat man dann ja meistens schon ein Thema.
~~Vielleicht hast du noch niemandem so einen Brief geschrieben~~ hast wie ~~ich jetzt den hier an dich~~. ~~Du weißt schon.~~
~~Deswegen~~. (~~Hä???~~)
Vielleicht kannst du dich ja an mich erinnern, wenn ich dir erzähle, dass ich neulich an der Fähre gestanden habe, und wir uns dann kurz angeguckt haben. Aber nicht dass du mich jetzt verwechselst! Ich bin nicht der ungefähr 500 Jahre alte Typ mit ~~Haaren~~ der Frisur, die so aussieht wie ein Mofahelm. nur aus Haaren natürlich.
Jedenfalls hast du kurz gelächelt, als du an mir vorbeigefahren bist.
Und später dann nochmal als wir nebeneinander an der Ampel gestanden haben. Aber ich weiß jetzt natürlich nicht ~~100%~~ ~~hundertprozentig~~ ob du genau mich da angelächelt hast. Obwohl sonst stand da eigentlich niemand. Egal. Natürlich ~~nicht egal, aber du stehst ja wahrscheinlich ziemlich oft~~ neben jemandem ~~an der Ampel. Haha.~~
Nicht dass du jetzt denkst ich wäre dir da die ganze

Zeit hinterhergefahren oder so. Ich musste nur zufällig
zur Mathenachhilfe und da hatten wir den gleichen Weg.
Also Mathenachhilfe hatte ich natürlich nicht zufällig.
~~Ich heiße Morten Schumacher. Aber alle nennen mich~~
~~Motte und bin auf den Johannes-Brahms in der 10b~~
~~und du auf dem Einstein oder?~~

Ich heiße Morten.
Morten Schumacher.
Aber alle nennen mich Motte.
Ich bin sechszehn, seit heute!
Echt jetzt. Lustig was?
Ich bin auf dem Brahms in der 10b und du auf dem
Einstein in der 10c oder?
Keine echte Frage übrigens
Hat mir nämlich einer erzählt der Freunde vom Judoverein
auf dem Einstein hat, die dich kennen.
Und der ist eben bei mir in der Klasse und irgendwie
auch ein ziemlich guter Freund von mir,
Jan Borowka.
Er macht gerade ~~einen ziemlichen Larry~~ ???
Weil er seit kurzem den braunen Gürtel hat. Egal.
Ich weiß gar nicht wie Jan und ich drauf kamen.
Naja, wahrscheinlich weil du grade ~~vorz~~ vorbeigefahren
bist. Haha.
Die meisten finden das Morten ein ziemlich altmodischer

Name ist. Keine Ahnung ich kenns ja nur so.
Es ist dänisch für Martin. Außerdem hat mich vorher keiner gefragt. Ich wohne in der Waldstadt, am Lindenhain 4. Unsere Telefonnummer 30286.
Nur so.
Jedenfalls bist du neulich also bevor wir uns an der Fähre gesehen haben mit dem Fahrrad ~~an meiner Schule~~ am Brahms-Gymnasium vorbeigefahren.
Und da habe ich gedacht, dass du echt ziemlich ~~hübsch~~ sympathisch bist. Weiß nicht ob man das so schreiben kann. Vielleicht findest du das ja auch blöd.
Aber ich habe gedacht, das ich es dir eben deshalb schreibe damit es für dich NICHT blöd ~~für dich~~ ist.

~~Ich~~ Dieser Brief ist übrigens ~~ziemlich~~ ~~relativ~~ geheim.
~~Wenn du mich blöd findest dann schmeiß ihn bitte einfach weg. Weil das wäre sonst für mich ziemlich unangenehm.~~ Jedenfalls kann ich mir ~~irgendwie ziemlich~~ gut vorstellen, dass wir uns mal treffen oder so.
Du musst auch erstmal gar nichts dazu sagen, kannst ja drüber nachdenken. Wir könnten uns übrigens ziemlich oft sehen, weil das Brahms und das Einstein ja so nah zusammenliegen. Es wäre gar nicht viel anders, als wenn wir auf derselben Schule wären. Auße vielleicht in den Pausen undso.

Aber sonst eigentlich nicht. Jedenfalls müssten wir nicht immer irgendwie durch die halbe Stadt fahren, wenn wir uns mal verabreden wollten.
Praktisch oder?
Was hörst du denn so für Musik?
Zu Weihnachten habe ich ein Album von David Bowie geschenkt bekommen. Es heißt Heroes.
Das ist im Moment auch meine Lieblingsplatte.

Bowie sowieso, ich bin ziemlicher Bowie Fan.
Hast du dir jetzt wahrscheinlich schon gedacht.
Als ich dich neulich zufällig an der Fähre sah, warst du wohl grade auf dem Weg zum Tennis.
Du bist im THC oder?
Weißt du eigentlich, das THC auch das Zeug heißt, das in Marijhuana drin ist?
Haben die wahrscheinlich nicht gewusst als die den Club gegründet haben. ~~Aber Tennis gibts wahrscheinlich auch schon länger als Gras, obwohl...~~
~~Ich war lange beim Fußball, beim SV03, aber dann hatte ich den Bänderriss, weil ich in der Schule die Treppe runtergeflogen bin und sollte nicht mehr hin.~~
~~Obwohl das mit der Treppe ja in dem Sinne mit Fußball gar nichts zu tun hatte.~~
~~Echt peinlich war das, die halbe Schule stand um mich rum wie ich da lag.~~ Die haben sich einen

abgegeiert, obwohl mir das eigentlich höllisch wehtat.
Jedenfalls bin ich dann ewig mit dem Gehgips
rumgelaufen. Und danach hatte ich irgendwie
auch keine Lust mehr Fußball zu spielen
Ja, jetzt weißt du vielleicht ein bisschen, wer ich
bin. Oder wer der Typ ist, der da neulich an
der Fähre stand und dich angelächelt hat und
du mich. Ich fänds jedenfalls toll, wenn wir uns
mal treffen könnten und vielleicht eine Cola oder
so trinken und ein bisschen quatschen. Aber nur
wenn du Lust hast.
Ja, wie machen wir das jetzt? Achso, klar als
erstes schicke ich dir jetzt mal diesen Brief.
Am besten höre ich jetzt auch mal auf zu
schreiben, weil sonst wird das hier kein Brief
sondern ein Paket. Haha.
Deine Adresse habe ich aus dem Telefonbuch.
Ich hoffe die stimmt auch, sonst wird sich wohl
jemand ganz schön wundern. Weil ich wie gesagt
finde, das du total symphatisch bist.
Außerdem siehst du besser aus, als alle Mädchen
hier auf dem Brahms. Was echt ungerecht ist.

~~Wenn ich dir den Brief gegeben habe, musst du übrigens nichts sagen, auch später nicht, wenn du nicht willst. Obwohl ich das natürlich echt traurig fände.~~

Auf jedenfall warte ich, wenn du das nächste mal Tennis hast, um vier Uhr nachmittags unten an der Fähre. Als ich dich da zufällig gesehen habe war es Mittwoch glaube ich.
Naja ich werde ja sehen ob du da bist.
So jetzt ist aber wirklich mal gut.
~~Love and Peace~~!
Viele Grüße!
~~Dein Motte~~ Morten

Okay, ich hab das dann alles noch mal sauber abgeschrieben. Ohne den durchgestrichenen Mist natürlich. Mir ist fast die Hand abgefallen. Und dann habe ich Jacqueline das wirklich geschickt. Vielleicht war ich lebensmüde, was weiß ich. Oh, Mann.

SECHS

– Anfang Oktober –

Folgenden Plan hatte ich mir überlegt, weil ich den Brief an Jacqueline nicht mit der Post schicken wollte: Ich würde ihn Walki geben, damit *der* ihn seiner Schwester Manuela, die nicht aufs Brahms, sondern wie Jacqueline aufs Einstein ging, geben sollte, damit *die* ihn dort in der großen Pause Jacqueline geben konnte.

So dreisatzmäßig, dachte ich.

Aus drei bekannten Größen wird eine vierte, unbekannte bestimmt, oder so ähnlich. Stimmte doch irgendwie.

Über Jans Freunde vom Judoclub, von denen Jan ja überhaupt erst wusste, dass Jacqueline Jacqueline hieß, wollte ich das nicht abwickeln. Ich war ja nicht bescheuert. Obwohl, ja, doch, schon. Aber nicht so.

Die vom Einstein benutzten denselben Sportplatz wie wir vom Brahms, sodass die Klassen sich dort zwischen den Stunden begegneten. Walki tat dann zwar meistens so, als würde er seine Schwester nicht kennen, aber da würde er heute eben mal für die gute Sache über seinen Schatten springen müssen. Wahrscheinlich war es ihm peinlich, in seiner Sporthose und so zu den Mädchen vom Einstein rüberzugehen. Walki hatte ziemlich dünne Beine. Und rote Haare eben, also, an den Beinen auch. Die Mädchen hatten ihn wohl auch mal deswegen ausgelacht, so genau war das nicht aus ihm rauszukriegen gewesen, aber irgendwas musste da vorgefallen sein.

Ich hatte darüber nachgedacht, Jacqueline vielleicht doch den längeren Brief, also den Entwurf, zu schicken. Mit allen Verbesserungen drin und so, wodurch man ja auch gesehen hätte, wie viel Arbeit ich mir gemacht hatte. In der kürzeren Fassung, hatte ich plötzlich das Gefühl, stand nicht genau genug drin, was und wie ich für sie empfand. Ich hatte mir diesen Brief nämlich abgerungen. »Abgerungen« hatte Frau Standfuss in Deutsch neulich mal gesagt, als sie über die Geschichte von Franz Kafka mit dem Käfer gesprochen hatte. Der Kafka habe sich das abgerungen. Ich hatte über die Geschichte wahnsinnig lachen müssen, bis es sogar Frau Standfuss zu viel geworden war, und das will was heißen. Theoretisch war mir klar gewesen, dass das alles echt traurig war mit dem guten Mann, Samson, oder wie der hieß, aber was will man machen? Wenn man lachen muss, muss man lachen. Und wenn man auf keinen Fall lachen darf, muss man erst recht lachen.

Frau Standfuss war wirklich in Ordnung. Vor allem, wenn man bedachte, dass sie schon steinalt war. Sie war so in Ordnung, wie man es als Lehrer überhaupt nur sein konnte.

Egal, Franz Kafka hatte sich die Geschichte also abgerungen, sagte Frau Standfuss, und deshalb sollte man sich darüber nicht lustig machen. Was ich gar nicht tat, ich musste eben nur darüber lachen, dass der Typ auf einmal ein Käfer war, das war doch was anderes. Außerdem verstand ich nicht, was das miteinander zu tun haben sollte. Warum man über was Abgerungenes nicht lachen durfte. Und eigentlich war mir das sowieso egal, ob Franz Kafka bei seiner Wörtersucherei vor lauter Verzweiflung in den Schreibtisch gebissen oder ob er nebenbei mit seinem Onkel telefoniert und die Geschichte dabei mal eben auf den Notizblock gekritzelt hatte. Es war einfach eine echt gute Geschichte, oder? Genau genommen ging es uns doch gar nichts an, wie er das gemacht hatte.

Trotzdem, das mit dem Abringen hatte mir gefallen. Weil ich Wörter mochte. Und weil ich Frau Standfuss mochte. Und weil sie mochte, dass ich Wörter mochte. Sie zwinkerte mir manchmal zu, bevor sie wieder irgendwas sagte, von dem sie wusste, dass es mir gefallen würde. Inkommodieren zum Beispiel. Oder vermaledeit. Oder wenn sie mich und die anderen mit ihrer Zigarette im Mundwinkel fragte, ob wir nicht zum Herrn Kragler zur »Leibesertüchtigung« müssten. Kraakler sagte sie immer, als sei er ein Oktopus.

Walki oder Jan dürften natürlich niemals erfahren, dass ich mir den Brief an Jacqueline abgerungen hatte. Konnte man sich ja ungefähr vorstellen, was dann los gewesen wäre: »Na, Motte, heute wieder was abgerungen?« Wenn ich darüber nachdachte, war es eigentlich eine Pest mit den beiden. Leider waren sie nun mal meine besten Freunde. Nach Bogi meine ich.

Zu Hause hatte ich den Brief am Abend zuvor erst sorgfältig in einen Umschlag und dann in mein Biobuch gesteckt, damit er nicht zerknickte.

In der ersten Stunde würde uns Frau Strobel mal wieder über das Wunder der Fortpflanzung aufklären. Dachte sie zumindest, wenn sie mit dem blöden Holzpimmel ankam. Sie schämte sich dabei so wahnsinnig, dass sie gleich anfing rumzuschreien, wenn mal einer kicherte. Und irgendjemand kicherte eben immer, wenn ein Holzpimmel rumstand, das war praktisch nicht zu verhindern. Was hatte die denn anderes erwartet?

»Wenn ihr lacht, höre ich sofort auf«, kreischte Frau Strobel. Michaela Färber am Nebentisch hatte schon eine knallrote Birne. Ein vernichtender Blick von Frau Strobel in meine Richtung. Als ob ich was mit Michaela Färbers Gekicher zu tun hätte.

Frau Strobel: »Also wenn der Penis …« Der Laden tobte.

»Ich hab euch gewarnt. Schluss damit, weg!«

Und der Holzpimmel verschwand wieder im Schrank bei den Totenköpfen und den anderen Organen.

Frau Strobel stand dann erst mal lange am Fenster des Bioraums und guckte sich auf dem Schulhof das Laub an, das vorbeiwehte. Sah aus wie diese Gestrüppbälle im Western. Tumbleweeds hießen die übrigens, hatte mir mein Vater beigebracht. So was wusste der dann wiederum. Wenn das mit Claudia Hunger-Löper wieder nichts werden würde, könnte er ja in Westernshows auftreten. Gerhard Tumbleweed Schumacher. Nach der Stunde passte ich Walki vor der Tür des Bioraums ab, um die Briefübergabe klarzumachen.

»Bongschuur, Mott«, näselte Walki mich an.

Er hatte neuerdings diesen Französischtick, obwohl er es noch schlechter konnte als ich. Also gar nicht.

»Sag mal, hat deine Schwester heute Sport?«, fragte ich ihn.

»Wieson?«

Er hatte es anscheinend irgendwie hinbekommen, seine Nasenlöcher beim Sprechen zu verschließen, und dachte, das würde schon reichen, um als Franzose durchzugehen.

»Wieso ist egal. Hat die Sport oder nicht?«

»Isch glob schonn.«

»Kannst du bitte normal mit mir reden? Die sind doch vor uns auf dem Sportplatz, oder?«

»Isch glob schonn. Wasse dü will vonn iihr?«

»Meinst du, die kann jemandem vom Einstein was geben?«

»Wääm?«

Ich musste mich ziemlich zusammenreißen.

»Kannst. Du. Deiner Schwester. Was. Für jemanden. Vom. Einstein. Mitgeben?«

»Warom isch soll?«

»Kannst dus nicht einfach *machen,* Walki? Bitte.«

Ich merkte, dass ich hier nicht weiterkäme, wenn ich ihn nicht in die Sache einweihen würde. Das hatte ich bei meinem eigentlich ganz guten Plan nicht bedacht. Ich hatte mir den neugierigsten Kurier ausgesucht, der zu finden war. Den zweitneugierigsten, wenn man ehrlich war. Jan war noch schlimmer. War doch klar, dass Walki das nicht machen würde, ohne dass ich ihm den Inhalt des Briefs Wort für Wort erzählt oder besser noch vorgelesen hätte. Wäre Bogi jetzt hier gewesen, hätte ich wenigstens jemanden um Rat fragen können. Wahrscheinlich hätte Bogi den Brief genommen und ihn dann Walki gegeben und ihm gesagt, dass er nicht dauernd nach Sachen fragen sollte, die ihn nichts angingen. Und Walki wäre kurz eingeschüchtert gewesen. Lange genug immerhin, um ihn seiner Schwester ohne weitere Anstellerei zu geben.

Bogi stellte man einfach weniger Fragen als mir. Weil man sich bei ihm nie fragte, ob er mit dem, worum er einen bat, auch noch irgendeine andere Absicht verfolgte. Bei mir dagegen schon, und das hatte wohl auch seinen Grund, da brauchte man nicht drum herumzureden. Wenn ich mal wieder Zeit hätte, würde ich mir darüber Gedanken machen, versprochen.

Walki nahm den Brief, den ich aus meiner Schultasche, oder besser, aus der Plastiktüte, die neuerdings meine Schultasche war, geholt hatte. Er guckte, an wen er adressiert war, bekam große Augen, und dann schaute er mich an, als sei er bei – weiß der Henker – Scotland Yard. Dann roch er auch noch an dem Brief.

»Wäär istö Jacqueline Chmiiddöbaack?«

Auf die Gefahr hin, mich zu wiederholen, mir wäre es wirklich lieber gewesen, Walki hätte diese Französischsache jetzt mal sein lassen. Aber er war davon gerade nicht abzubringen.

»Kennst du nicht.« Hatte ich ernsthaft geglaubt, damit durchzukommen?

»Aaah! Mirr att erssält lö pöti Yann! Mott is bissschöön verlippt in die Jacqueline.«

»Halt einfach mal die Fresse, Walki.«

Wir standen immer noch in der Nische mit dem Waschbecken, das, warum auch immer, im Flur vor dem Klassenraum angebracht war, obwohl es drinnen auch noch eines gab.

Es klingelte wie immer zweistimmig. Da waren das Schrillen der mechanischen Glocken auf den Fluren und gleichzeitig der elektrische Gong aus den Lautsprechern in den Klassenzimmern, durch die auch die Durchsagen kamen, wenn eine Feueralarmübung war oder der Direx sich einfach mal wieder gerne selbst hören wollte.

Frau Standfuss hatte sich gerade die Treppe hochgearbeitet und watschelte rauchend den Flur entlang auf uns zu. Zwischen den Stunden, auf dem Weg von einer Klasse in die andere, rauchte sie immer ihre Gitanes-Filter und drückte sie dann im Türschloss aus. Was ihr wohl schon einigen Ärger mit Schaff, dem Hausmeister, eingebracht hatte. Aber Frau Standfuss gehörte nicht zu der Sorte von Leuten, die sich gerne was sagen ließen. Von so einer Knalltüte wie Schaff schon mal gar nicht.

»Hör bitte mal mit dem Scheiß auf, Walki. Machst du das mit dem Brief für mich?«

Walki sah mich lange an, dann fuchtelte er plötzlich mit dem Brief in der Luft herum wie in einem dämlichen Musketierfilm. Er küsste den Brief, hauchte mir ein »Oui-ch« zu und steckte ihn in seine Armeetasche. In dem Moment kam auch schon Frau Standfuss an uns vorbei, und Walki sprang zu ihr hin und fragte: »Soll ich Ihnen die Tasche abnehmen?«

»Danke, Detlef«, sagte Frau Standfuss, und Walki nahm ihr die alte ausgebeulte Ledertasche aus der Hand, die immer so schwer war, als ob mindestens zwanzig Bücher drin wären. Ihre Thermoskanne mit Tee nicht zu vergessen. Und ungefähr fünfzig knallrote Lippenstifte, vermutete ich. Ich hatte natürlich nie in die Tasche reingeguckt, wäre ja noch schöner. Sie schminkte sich jedenfalls dauernd die Lippen. Hauptsächlich aber ihre Schneidezähne, jedenfalls landete da immer der größte Teil der Farbe.

Wir gingen in den Klassenraum, erst Walki mit der Tasche, dann Frau Standfuss, und ich trottete hinterher und überlegte, ob das wirklich so eine gute Idee war mit Walki und dem Brief an Jacqueline und allem. Oder ob das nicht lieber alles noch mal genau überlegt werden müsste.

Bei einem anderen Lehrer wären wir im Leben nicht darauf gekommen, dem die Tasche zu tragen. Und wenn der auf allen vieren den Gang entlanggekrochen gekommen wäre. Aber bei Frau Standfuss war das anders. Auf die ließen selbst die größten Vollidioten nichts kommen. Sie war nicht nur wahnsinnig nett, sondern auch sehr lustig. Udo Mönch hatte mal vor den Zeugniskonferenzen rumkrakeelt, er würde der Standfuss Gift in die Thermoskanne tun, damit sie tot umfiele und ihm im Sommerzeugnis keine Fünf in Deutsch geben könnte. Aber selbst ein Vollvogt wie Udo Mönch meinte das nicht so, er hatte nur Schiss sitzen zu bleiben, wegen der Bundeswehrsache und so. Was übrigens auch nicht so abwegig gewesen wäre.

Udo Mönch war praktisch Analphabet. Er hatte aber, als er das sagte, nicht gemerkt, dass Frau Standfuss schon in der Tür gestanden und mitgehört hatte. Wir wurden alle ganz still, und sogar Udo Mönch raffte, dass irgendwas los war.

»Lieber Udo, wenn ich daran denke, dass ich Sie in Deutsch benoten soll, würde ich eigentlich lieber das Gift trinken und tot umfallen.«

Dann murmelte sie noch was, das aber keiner so richtig verstand, nämlich:

»Ist nicht von mir, sondern von Churchill. So ähnlich …«

Ich hab später im Lexikon nachgeguckt, wer das war. Irgendwie sah der Frau Standfuss sogar ähnlich.

Der Wahnsinn war jedenfalls, sie hat dem Mönch dann trotzdem eine Vier gegeben. Glatt, nicht mal minus! Die Begründung dafür hätte ich gerne gehört. Aber egal, Frau Standfuss war eine wirklich feine Frau, Churchill hin oder her.

Sie hatte sich jetzt an ihren Tisch gesetzt, ihre Bücher und die Thermoskanne ausgepackt und fing an zu erzählen. Was ich eigentlich immer mochte, aber heute war ich so mit dem Brief an Jacqueline und der ganzen Aktion beschäftigt, dass ich ihr nicht zuhören konnte und kein einziges Wort von dem, was sie sagte, verstand.

Schon als wir uns hingesetzt hatten, war mir plötzlich klar gewesen, dass Walki mir den Brief *sofort* zurückgeben müsste. Das ging so alles nicht. Ich saß auf der rechten Seite des Hufeisens, Walki mir schräg gegenüber. Ich nahm Blickkontakt zu ihm auf und versuchte, ihm flüsternd klarzumachen, was ich von ihm wollte. Was gar nicht so einfach war, weil Walki mit Beginn des Unterrichts sofort in eine Art Wachkoma gefallen und nicht mehr ansprechbar gewesen war. Er hatte eine Technik entwickelt, dabei trotzdem noch interessiert zu gucken, was ziemlich beeindruckend war und meistens auch funktionierte. Bei Frau Standfuss aber, glaube ich, ehrlich gesagt nicht. Nur hatte sie wohl grundsätzlich was übrig für solche Tricks, die einem halfen, den ganzen Quatsch hier irgendwie zu überstehen, und sagte deswegen nichts. Schließlich hatte sie sich selbst ein paar davon zugelegt mit ihrem Rumgeschlurfe, den roten Zähnen und den komischen Gewändern, die sie trug, und der Qualmerei. Alles nur, damit sie in Ruhe gelassen wurde. Jeden Tag mit solchen Knalltüten wie Kragler im Lehrerzimmer rumzusitzen war schließlich kein Spaß, da musste man sich schon was einfallen lassen.

Walki saß also da unter seinem Lockenknäuel und schaute in die Weite. Er wirkte nicht direkt abwesend, hatte aber so ein ganz feines Lächeln im Gesicht. Ich gab Jan, der neben ihm saß, ein Zeichen, dass er Walki anstoßen und auf mich aufmerksam machen sollte. Der blinzelte kurz. Ich malte mit den Fingern ein imaginäres Rechteck in die Luft, Walki runzelte die Stirn, ich flüsterte »Brief zurück« und zeigte dann auf mich. Walki zog eine Augenbraue hoch und schaute wieder zu Frau Standfuss. Es war zwecklos, den Brief jetzt während der Stunde von ihm zurückbekommen zu wollen. Ich musste warten, bis wir zusammen zum Sport rübergingen.

Natürlich hatte das Ganze nicht nur Walki mitbekommen, sondern auch seine Nachbarn. Die guckten mich jetzt alle ganz interessiert an, Jan, Michael Habel rechts neben ihm und Max Philipp und Martina Färber links. Die beiden gingen seit drei Wochen miteinander und durften nur noch bei Frau Standfuss zusammensitzen, weil sie die ganze Zeit aneinander rumfingerten. Aber Frau Standfuss meinte, das würde letztendlich weniger Unruhe bringen, als wenn man die beiden trennte. Verdammte, verschissene Hufeisensitzordnung, dachte ich, als ich in die glotzenden Gesichter mir gegenüber schaute, die alle wissen wollten, was los war.

Das Buch, über das Frau Standfuss sprach, hatte ich eigentlich ganz gerne gelesen, bevor ich von Jacqueline Schmiedebach aus meiner Umlaufbahn katapultiert worden war. Ich fand die Geschichte mit dem Schattenverkaufen gut. Auch, weil viele Wörter darin vorkamen, die ich noch nicht kannte. Habseligkeiten zum Beispiel. Der Ausdruck Schuft kam mal wieder vor, den hatte ich eine ganze Weile selbst benutzt, ihn aber irgendwann an Bogi abgegeben. Wir teilten uns das auf, damit jeder von uns seine eigenen Wörter hatte, die nur er verwendete.

»Motte, du Schuft! Mir aus den Augen!«, hatte Bogi mir dann eines Morgens an der Bushaltestelle entgegenkrakeelt. Das war ziemlich lustig gewesen. Wie lustig, merkte ich jetzt, wo ich immer alleine an der Bushaltestelle rumstand. Bogi war der Einzige gewesen, mit dem ich dieses Wörterzeug hatte machen können. Auch weil ich immer schon wusste, was er dachte, bevor er was sagte. Und umgekehrt war das, glaube ich, auch so.

Die Hauptfigur in dem Buch, das wir gerade durchnahmen, hieß so wie einer aus der Sesamstraße, Schlemihl.

Das war der Typ mit dem Schlapphut, von dem man ein O oder eine Acht oder so kaufen konnte. Na ja, es war wohl eher umgekehrt. Der aus der Sesamstraße hieß so wie der aus dem Buch, da hatte Frau Standfuss schon recht gehabt. Aber das hatte sie mir auch schon wieder so irre nett gesagt, also mich nicht vor allen korrigiert. Sondern sie hatte es nach der Stunde im Vorbeigehen geflüstert, als sie sich ihre nächste Gitanes angesteckt hatte. Und das Beste war, dabei war rausgekommen, dass Frau Standfuss Sesamstraße guckte! Einfach so, weil sie ihr gefiel. Die sei doch köstlich, hatte sie gesagt. Da konnte jemand so alt werden wie eine Riesenschildkröte und sich trotzdem über Grobi und Kermit und Krümel freuen. Wahrscheinlich saß sie abends zu Hause vor dem Fernseher und trank ihren Rotwein von Jacques' Weindepot, das war nämlich ihr Lieblingsladen, hatte sie uns erzählt, und guckte Ernie und Bert. Sie war übrigens mal mit Schlagseite zum Unterricht gekommen. Jedenfalls war sie noch langsamer gewesen als sonst, hatte ewig in ihrer Tasche rumgekramt und, als sie endlich ihr Buch gefunden und es auf den Tisch gepfeffert hatte, gelallt: »Le Beaujolais primeur est arrivée!« Und dann hatte sie sich selbst darüber schlappgelacht.

Wahrscheinlich hätte ich meinen Brief lieber an Frau Standfuss schicken sollen statt an Jacqueline Schmiedebach, im Ernst.

Leider konnte ich dem Unterricht gerade überhaupt nicht mehr folgen. Aus weiter Ferne hörte ich, wie Frau Standfuss von dem Mann sprach, der seinen Schatten verkauft hatte und steinreich wurde. Und als der sich dann verliebte, hatte er den Salat, weil ihm das total peinlich war, so ohne Schatten. Am Strand und sonst auch, keine Ahnung.

Thomas John aus unserer Klasse kriegte sich, seit wir das Buch durchnahmen, nicht mehr darüber ein, dass es darin jemanden gab, der auch Thomas John hieß. Thomas John war ziemlich beliebt in der Klasse, weil er unheimlich gut in Volleyball war und deshalb immer seine Mannschaft wählen durfte, die das Spiel dann auch regelmäßig gewann. Deshalb krochen ihm die, die unbedingt mitgewinnen wollten, in den Arsch, also fast alle. Und deswegen lachten jetzt auch fünfzehn Leute mit ihm mit, die das wahrscheinlich eigentlich gar nicht lustig fanden mit den zwei Thomas Johns. Sie wollten aber unbedingt zu seinem Team gehören und machten deswegen gut Wetter. Keiner wusste, wie Thomas Johns Lache klang. Einfach, weil man ihn noch nie alleine hatte lachen hören, sondern immer nur mit seinem Echochor.

»Ich ließ mir frisches Wasser geben und genau beschreiben, wo ich den Herrn Thomas John aufzusuchen habe«, las Ute Steinbauer leiernd vor, mit ihrer unheimlich nervigen Piepsstimme.

Thomas John, also unserer, mir schräg gegenüber, war gleich außer sich vor Begeisterung. Seine Knechte schauten ihn an, und als sie sahen, wie er sich freute, geierten sie los, noch viel lauter als ihr Meister.

Nach der Stunde stand Walki grienend auf dem Gang und erwartete mich. Wir folgten der Gitaneswolke von Frau Standfuss in Richtung Schulhof.

»Walki, ich brauch unbedingt den Brief zurück«, sagte ich.

»Puur kwah?«

»Jetzt hör mal endlich mit dem Scheiß auf, Walki. Bitte.«

»Issn los?«

Und da begann meine Unterlippe zu zittern, und ich musste mich verdammt zusammenreißen, um hier nicht auf der Stelle loszuheulen. Ein Wahnsinn, das alles. Und ich wusste noch nicht mal, weswegen ich eigentlich heulen musste, das muss man sich mal vorstellen. Obwohl, Gründe gabs genug.

»Ganz ruhig. Das sind die Nerven, Ma'm«, zischte Walki mir zu. Ma'm? Was sollte das denn jetzt schon wieder heißen? Er konnte ganze Filme mitsprechen, musste man wissen, wahrscheinlich deswegen. Was man Walki lassen musste, war, dass er merkte, wann es ernst wurde. Und deshalb packte er mich jetzt auch am rechten Oberarm, zog mich in den Windfang am Ausgang und drückte mich gegen die Wand.

»Was los ist, hab ich dich gefragt.«

»Walki, ich muss mir das alles noch mal überlegen. Ich glaube, der ist eigentlich nicht so gut, der Brief. Da steht überhaupt nicht das drin, was ich meine. Nie im Leben trifft die sich mit mir, wenn die den Scheiß liest«, sagte ich.

Walki schaute mich aus seinen hellbraunen Jagdhundaugen an, dann schlug er mir mit der flachen Hand ein paarmal auf die Schulter, während er zur Seite guckte und nickte. Er schien die Sache gründlich zu durchdenken. Währenddessen versuchte ich weiter, die Tränen zurückzuhalten, das war ja so kein Zustand. Dann schaute er mir wieder in die Augen.

»Du willst sie?«

»Ach, leck mich doch am Arsch, Walki.«

»Nein, mach ich nicht. Der ist großartig, dein Brief. Weil ich spüre, dass er *aus deinem Herzen kommt!*«

Dabei schüttelte er mich.

»Vielleicht ist er nicht so gut, wie er geworden wäre, wenn du mich beim Schreiben zurate gezogen hättest, aber egal. Ich wär froh, wenn ich einmal im Leben so einen Brief bekäme. Na ja, vielleicht nicht unbedingt von dir.«

Walki grinste wieder.

Aus dem Herzen. Weiß der Geier, aus welchem Schinken er das jetzt schon wieder hatte.

Dann gingen wir zum Umziehen rüber in die Sporthalle. Walkis schwerer Arm mit den Sommersprossen und den kleinen roten Härchen drauf lag auf meiner Schulter, und ich wusste, dass diese freundschaftliche Umarmung ganz schnell zum grausamen Schwitzkasten werden konnte, wenn ich ihn die Sache mit dem Brief an Jacqueline nicht regeln ließ. Jacqueline und ich, das war jetzt seine Mission.

Irgendwo in mir drin wusste ich aber auch, dass der Einzige, mit dem ich darüber wirklich hätte reden können und der mir hätte sagen können, was ich tun soll, gerade auf der Kinderstation vom Sankt Joseph lag und seinen Teddybär anstarrte. Aber so schnell, wie der Gedanke gekommen war, hatte ich ihn auch schon wieder verscheucht. Das Ganze dauerte vielleicht zwei Atemzüge lang, und schon das war länger, als ich es eigentlich aushalten konnte.

Ich schaute auf Walkis käsige Pranke, breite schwarze Halbmonde unter den Fingernägeln, und war ganz froh, dass jemand diese Briefgeschichte in die Hand nahm.

Ich war jetzt schon am Ende. Dauernd sollte ich Dinge entscheiden, von denen ich null Ahnung hatte. Mangels Know-how oder wie der Mist heißt.

Und so nahm die Sache dann ihren Lauf.

SIEBEN

– Anfang Oktober –

Kragler wartete schon in seinem zu engen waldgrünen Trainingsanzug vor der Sporthalle, um mit uns zusammen zum Sportplatz rüberzugehen. Immerhin hatten wir dabei eine Straße zu überqueren und waren erst sechzehn Jahre alt. Was da alles hätte passieren können!

Auf der Straße fuhr zwar nur ungefähr alle sechs Wochen ein Auto lang, weil es eine Sackgasse war und weil an deren Ende nur der Sportplatz lag, aber egal.

Kragler trug an einer Kordel eine schwarze Trillerpfeife um den Hals, wahrscheinlich war sie schon ziemlich alt, denn sie war am Mundstück ganz abgenagt und auch nicht mehr schwarz, sondern von einem gelben Belag überzogen.

Als wir schließlich alle auf dem Hof standen, pfiff Kragler und joggte in Richtung Sportplatz. Thomas John und Gefolge rannten natürlich sofort hinterher, wir paar anderen ließen uns Zeit. Kragler blieb kopfschüttelnd am Zebrastreifen stehen, um zu warten, bis alle die Straße überquert hatten. Dabei stieß er wieder ein paar kurze Triller aus, um uns Lahmärsche anzutreiben, was aber zu nichts führte. Wir gingen ja deswegen nicht etwa schneller, so weit kams noch. Kragler war ratlos. Das alles war ein eingespieltes Ritual, unwahrscheinlich, dass sich daran jemals was ändern würde.

Die Mädchen vom Einstein, also auch Walkis ein Jahr jüngere Schwester Manuela, sammelten sich gerade, um vom Sportplatz wieder zurück zu ihrer Schule zu gehen. Vorsichtig guckte ich, ob Jacqueline vielleicht dabei war, konnte sie aber nicht erkennen. Einige saßen auf der kleinen, in drei kurzen Reihen ansteigenden Tribüne links des Spielfelds und kramten in ihren Taschen oder Beuteln herum. Ich fragte mich, was die da drin eigentlich immer suchten.

»Ich seh die gar nicht«, sagte Walki.

»MANU?«, brüllte er quer über den Platz, und ich erschreckte mich fast zu Tode. Diese Lautstärke war ich nicht gewöhnt. Einzelkind, deswegen.

Eines der Mädchen auf der Tribüne, deren Kopf bis dahin in ihrem Turnbeutel gesteckt hatte, schaute sich irritiert um.

»Herr Kragler, ich müsste meiner Schwester mal kurz was geben.«

»Bist du bescheuert, Walkenhorst? Das könnt ihr zu Hause machen, jetzt ist Aufwärmen.«

»Die hat ihren Hausschlüssel vergessen und kommt sonst nachher nicht rein.«

Kragler blickte in die Wolken. Womit habe ich das verdient, schien er zu fragen.

»Na komm, mach. Schnell. Mannmannmann. Nicht so latschen. Körperspannung, Mensch! Zack, zack.«

»Danke, Herr Kragler.«

Kragler hasste Walki buchstäblich, ließ ihm aber trotzdem eine Menge durchgehen, weil Walki mit seinen Spinnenbeinen ein wahnsinnig guter Langstreckenläufer war. Aus irgendeinem Grund schien Kragler sich einzubilden, das hätte was mit ihm und seinem bescheuerten Sportunterricht zu tun. Keine Ahnung, wie der darauf kam. Walkis Beine und der ganze Rest, den man sonst noch zum Laufen brauchte, waren ja einfach so gewachsen, da hatte Kragler doch nichts mit zu tun. In Wahrheit musste Walki sich einfach nur in Bewegung setzen, um alle anderen abzuhängen. Hebelwirkung und so. Und die war ja nicht Kraglers Erfindung.

Walki hatte sich den Brief in den Bund seiner Turnhose gesteckt. Fand ich nicht so optimal, mir war aber auch nichts Besseres eingefallen.

Zum Glück fragte Kragler nicht, wo Walki denn eigentlich den Schlüssel habe, den er Manu geben wolle, wenn nicht in seiner Hand. Und wieso er den denn überhaupt dabeihabe. Er habe doch, bevor er auf den Sportplatz ging, gar nicht wissen können, dass seine Schwester ihn brauche. Und so weiter. Das hätte dann für den armen Walki ziemlich stressig werden können.

Aber manchmal zahlte es sich eben aus, einen Lehrer zu haben, der nicht gerade die hellste Kerze auf der Torte war.

Ich sah Walki nach, wie er zu seiner Schwester rüberlief, wie ein Flummi, ein paar Hüpfer, und er war da.

Sein grau verwaschenes Batik-T-Shirt rutschte hoch, und man sah Walkis Arschritze aus der Turnhose linsen. Er ging zu Manuela, die beiden quatschten ein bisschen,

Walki fuchtelte aufgeregt in der Luft rum, und einmal zeigte er auf mich, und ich schaute schnell weg, bevor sich mein Blick mit dem von Manuela traf. Was um alles in der Welt erzählte der ihr denn da?

Dann gab Walki seiner Schwester endlich den Brief. Sie steckte ihn in ihren Sportbeutel, während Walki schon wieder zu uns zurückhüpfte.

Ich war mir total sicher, dass ich auf dem besten Weg war, mich nicht nur auf dem Brahms, sondern auch auf dem Einstein und womöglich sogar auf dem restlichen Planeten zum Affen zu machen. Mir wurde plötzlich schlecht.

»So Freunde, Körperschule!«, brüllte Kragler, und wir drehten unsere Runden um den Platz.

Ich hängte mich dicht an die anderen dran, sodass ich das Gefühl hatte, nur noch ein Teil der Gruppe zu sein.

Seit ich den Brief an Jacqueline aus der Hand gegeben hatte, wollte ich nur noch eins sein: unsichtbar.

In der Nacht zu Mittwoch, an dem ich am Fähranleger auf sie warten wollte, tat ich kein Auge zu.

Immer wieder wälzte ich mich wach auf dem Bett rum oder hockte mich zwischendurch mit angezogenen Beinen auf den Sitzsack. Kopfhörer auf, Bowie, laut. Wieder hinlegen, wälzen, wieder aufstehen. Aus dem Fenster starren. Der Spinne dabei zugucken, wie sie die Fliege verputzte.

Den Schultag hatte ich dann irgendwie überstanden, und jetzt wartete ich wieder dort, wo ich letzte Woche vom Toupetmann angequatscht worden war. Von dem war zum Glück gerade nichts zu sehen.

Eine Fähre nach der anderen sah ich über den Fluss auf

mich zukommen, aber auf keiner von ihnen war Jacqueline. Ich hatte ihr geschrieben, dass ich um vier auf sie warten würde. Jetzt war es schon zwanzig nach.

Dann sah ich sie. Mein Herz raste, aber es war eine Täuschung gewesen. Ich hatte die langen, im Fahrtwind wehenden blonden Haare gesehen und mir den Rest einfach dazufantasiert. Jedenfalls stieg eine Frau aus, die *überhaupt* keine Ähnlichkeit mit Jacqueline hatte. Die Verwechslung war mir peinlich, obwohl sie davon ja gar nichts wusste und es auch niemals erfahren würde. Aber irgendwie kam mir mein Irrtum wie ein Verrat vor.

Weil es doch niemanden gab, der so war wie sie. Wäre mein Gefühl also wirklich so groß gewesen, wie ich behauptete, hätte ich sie doch gar nicht verwechseln *können.*

Spätestens, als die von mir mit Jacqueline verwechselte Frau auf ihrem Rad die Metallrampe hochgefahren war, hatte ich mich damit abgefunden, dass Jacqueline nicht kommen würde. Dieser bescheuerte Brief war ein totaler Reinfall gewesen. Er hatte zu nichts geführt und würde vor allem zu nichts führen, außer dazu, mich zum Vollidioten zu machen. Ich wusste ja nicht mal, ob Walkis Schwester ihr den Brief wirklich gegeben hatte. Oder ob sie ihn möglicherweise zwar geöffnet, aber nur kurz überflogen und dann weggeschmissen hatte. Vielleicht, das war die schlimmste Vorstellung, war der Brief auch während der Unterrichtsstunden am Einstein von Hand zu Hand gewandert. Und Jacqueline würde mich am Ende noch lauter als alle anderen auslachen *müssen,* alleine schon, um vor den anderen nicht blöd dazustehen.

Während ich mich immer weiter in diese Vorstellung

hineinsteigerte, war es so, als würde es um mich herum immer dunkler werden. Nicht als Gleichnis dafür, oder wie das hieß, wie es in mir aussah, sondern es wurde hier draußen am Fluss gerade wirklich von Minute zu Minute immer dunkler, bis ich kaum noch etwas erkennen konnte. Obwohl ich doch genau wusste, dass es ein schöner und sonniger Herbstnachmittag war. Wenn noch ein Beweis gefehlt hätte, dass ich nicht mehr alle Latten am Zaun hatte, hier war er.

»Na du?«, hörte ich auf einmal dicht hinter mir, dann eine quietschende Fahrradbremse. Oder umgekehrt. Ich drehte mich um und sah Jacqueline, die knapp vor meinem Hinterrad zum Stehen gekommen war. Sie war außer Atem, ihr Gesicht war ganz rot, und auf Stirn und Oberlippe standen ein paar kleine Schweißtropfen. Das hieß, dass sie sich beeilt hatte, und wenn sie sich beeilt hatte, hatte sie sich *meinetwegen* beeilt, dachte ich, bevor ich überhaupt ein Wort herausbrachte. Und als ich das dann schließlich schaffte, war es nur: »Hallo.« Nach einer Pause, in der sie mich einfach weiter anschaute, sagte ich noch: »Na du?« Und alles das, was ich mir überlegt hatte, sagen zu wollen, nein, zu *müssen,* sagte ich nicht.

Wir saßen nebeneinander auf einer Bank und unterhielten uns. Schauten auf den Fluss und die vorbeifahrenden Kähne.

Ich bekam davon aber fast nichts mit, weil ich nur mit der Stelle beschäftigt war, an der sich unsere Oberarme berührten. Da, wo der Stoff unserer Jacken aneinanderstieß und wo ich, wenn ich noch ein bisschen näher rückte, unter dem Stoff ihre Haut, und, noch besser, ihre Wärme fühlen konnte. Wenn wir miteinander sprachen, verstand ich die Worte nicht. Ihre nicht und meine eigenen erst recht nicht. Über den Brief sagte sie kein Wort. Aber dass sie hier war, war doch Antwort genug.

»Da drüben wohnen wir«, sagte sie und zeigte nach Kiesheim rüber.

»Da, in dem roten Haus, oben auf dem Hügel.«

Und ich folgte mit dem Blick erst ihrem Arm, dann ihrer Hand, ihrem Finger und schaute über das Wasser, das Ufer, die Häuser des Ortes, den kleinen Wald, dann den Hügel hoch, als ob das alles von ihr berührt würde. Dann sah ich zu dem roten Haus hin und war glücklich, weil es für mich jetzt diesen Ort gab und weil ich merkte, wie sehr ich ihn vermisst hatte.

Als wir am Ufer entlanggingen, stießen wir manchmal aneinander. Es war Absicht, von mir jedenfalls, aber wir taten so, als sei es Zufall. Jacqueline stolperte und hielt sich an mir fest, und so blieben wir für einen Moment stehen und sahen uns an. Sie kniff die Augen zusammen. Nicht wegen der Sonne, dachte ich.

Wir gingen weiter, sie legte ihren Arm um meine Taille. Und als ich es nicht von alleine tat, nahm sie schließlich meinen Arm und legte ihn sich um die Schulter. Es war gar nicht so leicht, im Takt zu bleiben. Ich musste darauf achten, nicht zu große Schritte zu machen.

An der Fähre fragte ich sie, ob sie am Sonntag mit mir ins Kino gehen würde. Okay, sagte sie und lachte. Ich hätte sie gerne auch noch gefragt, ob wir jetzt zusammen wären, traute mich aber nicht.

Zum Abschied küsste sie mich, erst auf die Stirn und dann auf meine trockenen Lippen. Dann lachte sie, schloss ihr Rad auf und schob es die Rampe hinunter auf die Fähre.

Die ganze Zeit über, während das Schiff wegfuhr, schaute sie mich an.

»Du bist lustig!«, rief sie mir noch zu.

Und irgendwann konnte ich ihr Gesicht nicht mehr erkennen.

ACHT

– Mitte Oktober –

»Heinz! Weg da!«

»Was?«

»Lass los, Mensch, ich nehm die englisch!«, hörte ich die fremden Stimmen von oben rufen, als ich nach der Schule nach Hause kam und die Tür aufschloss.

Den Lastwagen der Möbelpacker hatte ich schon auf der Straße gesehen. Ich hatte vergessen, dass mein Vater heute auszog. Andererseits, warum hätte ich mir das auch merken sollen? Wenn er mich gezwungen hätte, ihm zu helfen, okay, das wäre was anderes gewesen. Auf die Idee war er aber zum Glück nicht gekommen.

Die Schlepperei erledigten ja die Herren von »Umzüge Gebuehrlich«, so stand es auf ihrem Lastwagen und den grünen Latzhosen geschrieben. Obwohl, vielleicht stand da auch »Umzuege Gebührlich«, was weiß ich. Jedenfalls hatte ich eben erst mal eine Weile vor dem Laster gestanden und mich über das Buchstabendurcheinander gewundert.

Die beiden trugen das Zeug also »englisch«, wie der

eine, der nicht Heinz war, seinem hinter ihm versteckten Kollegen, der ja dann demzufolge Heinz sein musste, zugebrüllt hatte. Auf Nicht-Heinz' Schultern lag eine Kommode, mit der er langsam schwankend die Treppe herunterkam, während Heinz hinter ihm aufpasste, dass Nicht-Heinz nicht stolperte und die Wände des Treppenhauses ruinierte. Ob es noch andere Tragetechniken gab, die nach den Ländern benannt waren, in denen sie entwickelt worden waren? Hätte man die Kommode auch finnisch nehmen können oder ägyptisch? Und wie hätte das dann ausgesehen?

Nicht-Heinz haute drei fette Kerben in die Wand, und zwei der vier Kommodenbeine hingen auf halb acht, als er endlich unten war.

Der andere, Heinz, jubelte meiner Mutter trotzdem ein Formular unter, als wenn nichts passiert wäre: »Bitte hier noch schnell ein Autogrämmchen, Frau Schumacher, dass wir nichts kaputt gemacht haben, hahaha.« Sie unterschrieb kichernd. Dieses verschwörerische Zwinkern, wenn sie mit wildfremden Leuten zu tun hatte, war mir echt peinlich. Vielleicht gönnte sie meinem Vater aber auch einfach, dass die Kommode im Eimer war. Ihm und Claudia.

Vor einer Woche war zum ersten Mal Herr Gebuehrlich, der Chef von Umzüge Gebuehrlich, also der Sklaventreiber von Heinz und Nicht-Heinz, hier aufgetaucht und hatte stapelweise Pappkartons abgeladen, die man auseinanderfalten und dann nach einem bestimmten System aufbauen musste. Mein Vater hatte es noch am selben Abend versucht und schließlich nach ein paar Fehlversuchen herausgefunden, wie es ging. Man hatte ihn zwar immer wieder leise »Scheißdreck!« zischen hören, und ein paar zerrissene oder zerknüllte Kartons lagen danach vor seiner Zimmertür rum, aber irgendwann hatte er angefangen, Zeug aus seiner Schreibtischschublade in eine dieser Kisten zu verpacken. Es hatte so ausgesehen, als wenn er mit seiner Kraft damit auch schon wieder am Ende gewesen war. Alle übrigen Kisten außer dieser einen waren dann in den nächsten Tagen von Heinz und Nicht-Heinz gepackt worden, als mein Vater nicht zu Hause gewesen war.

Er ging nach wie vor jeden Tag zur Arbeit, wenigstens nannte er das so. Aber ich fragte mich, was das für eine Arbeit sein sollte. Aus der Firma, bei der er bisher gewesen war, war er rausgeflogen, und von einer neuen Arbeitsstelle war bis jetzt nicht die Rede gewesen. Genau genommen gab es für ihn dann ja erst mal nichts mehr zu tun, oder? Jedenfalls nichts, wofür man mit Aktentasche bewaffnet ins Büro hätte fahren müssen. Seine Rasierwasserwolke hing noch lange in der Diele, nachdem er längst weg war, irgendwie trotzig.

Meine Firma, Familie Schumacher, löste sich jedenfalls gerade in ihre Bestandteile auf, so viel stand fest. Das merkte man nicht nur an der Kacklaune meiner Eltern, wobei deren Ehe sich schon auflöste, seit ich denken konnte. Sondern auch am Rumgerödel der Umzüge-Gebuehrlichs und daran, dass ich mir mit meiner Mutter am Nachmittag eine Wohnung in der Neuen Stadt anschauen sollte, in die wir dann vielleicht bald umziehen würden. Ich hatte immer noch keine Ahnung, warum ich da unbedingt mitkommen sollte. Als ob meine Meinung da ernsthaft gefragt gewesen wäre. Vielleicht wollte meine Mutter sich nur absichern, falls ich später irgendwas zu nörgeln hatte. Dass ich das dann früher hätte sagen müssen, jetzt sei es dafür zu spät, das übliche Geschwafel. Egal. Irgendwie tat sie mir ja auch leid.

Obwohl meine Eltern sich jahrelang angepestet und schlechte Laune verbreitet hatten, wenn sie den anderen nur von Weitem gesehen hatten, schien es ihnen jetzt leidzutun, dass sie sich trennten. Das sollte mir mal einer erklären.

Am Gartentor hatte der Briefträger mir die Post in die Hand gedrückt. Ich hatte den Stapel auf die Fensterbank in der Diele geknallt, und dabei war mir die Ansichtskarte aufgefallen, die zwischen dem ganzen Kram, der an meine Eltern adressiert gewesen war, rausgeschaut hatte. Darauf waren ein gezeichneter Zylinderhut und eine Leiter zu sehen gewesen und darunter der Satz: »Trust me, I'm a chimney sweep.« Ich hatte die Karte umgedreht und links neben meinem Namen und der Adresse in Mädchenschrift Folgendes gelesen:

»Hallo Motte, altes Haus! Das war ja lustig, dich nach so langer Zeit mal wiederzusehen! Na ja, ich war vielleicht nicht ganz so leicht zu erkennen. So ist das mit der Arbeiterklasse. Vielleicht begegnen wir uns mal in der Stadt, oder so. Ich bin manchmal in der Umleitung. Wo gehst du denn abends so hin? Ich würd jedenfalls nicht die Straßenseite wechseln, wenn du mir entgegenkämst. Bis dann.

Steffi (Heugabel)

P.S. Wenn es Antilopen gibt, gibt es dann eigentlich auch Lopen? Und wie sehen die aus, wenn sie das Gegenteil sind?«

Soso, Lopen, nicht schlecht. Ansonsten konnte ich nichts zu der Karte sagen. Obwohl ich mich schon auch darüber freute. Es war ja nicht so, dass unser Briefkasten wegen meiner Post aus den Nähten platzte. Da war so eine Karte schon okay. Ach, was weiß denn ich?

Ich hatte bis jetzt nicht so oft in der Neuen Stadt zu tun gehabt und kannte auch niemanden, der da wohnte. Außer Bogi neuerdings in seinem dämlichen Krankenhaus. Obwohl, wohnen konnte man das eigentlich nicht nennen, oder? Wenn wir in die Neue Stadt zogen, könnte ich ihn öfter besuchen. Ich zuckte zusammen, als ob ich vor schlechtem Gewissen einen Stromschlag bekam.

Eigentlich hätte ich letzte Woche schon hingehen sollen. Oder nein, nicht sollen natürlich, sondern wollen. Ich würde das nachholen. Heute, spätestens morgen.

Das Problem war, dass ich oft das Gefühl hatte, Bogi und ich hätten schon über alles gesprochen. Wir saßen dann da und wussten plötzlich nicht mehr, worüber wir reden sollten, und das war uns wirklich noch nie so gegangen. Es war, als ob Bogis Leben durch die verschissene Scheißkrankheit stehen geblieben war, während es für mich weiterraste. Und wenn das noch länger so blieb, würde er mich nie wieder einholen. Dann wäre er nicht nur krank, sondern wir uns auch endgültig fremd geworden und könnten nichts dagegen tun.

Beim letzten Besuch hatte ich die meiste Zeit nur dagesessen und Bogi zugeguckt, wie er sich an seiner Wollmütze, die anscheinend kratzte, zu schaffen gemacht hatte.

Eigentlich, hatte ich damals gedacht, war ich auch nichts anderes als Bogis dämlicher Teddybär, der auf der anderen Seite des Bettes saß. Ein Andenken an zu Hause.

Vielleicht gabs für das alles aber auch eine viel einfachere Erklärung. Nämlich die, dass ich ein blödes, gefühlloses Arschloch war, das seinen Freund alleine ließ.

Als ich nach dem letzten Besuch aus Bogis Zimmer gekommen war, war mir auf dem Gang seine Mutter begegnet. Irgendwie hatte sie sich, seit Bogi krank war, noch mehr verändert als er. Sie hatte zwar noch Haare auf dem Kopf, aber sie war ganz bleich, und ihre Augen waren dunkler und größer als früher, obwohl sie sie immer zusammenkniff. Sie hatte mich am Arm festgehalten und mich die ganze Zeit über so komisch angestarrt und mir einen Vortrag darüber gehalten, wie wichtig ich jetzt für Bogi sei. Nicht nur für ihn, sondern auch für dessen ganze Familie. Ich sei doch Bogis bester Freund und deshalb eigentlich fast so was wie ein Mitglied der Familie. Dass ich das ja die ganze Zeit über schon gewesen sei und wir jetzt aber alle noch fester zusammenhalten müssten, weil Bogi die Krankheit nur besiegen könnte, wenn wir alle gemeinsam ihm ganz viel Kraft schicken und Hoffnung geben würden. Oder so ähnlich, ich hatte nicht alles verstanden und auch ziemliche Probleme gehabt, mich zu konzentrieren, weil sie mir so auf die Pelle gerückt war, und wenn ich was nicht leiden konnte, dann das. Mir war das alles ziemlich unangenehm gewesen. Auch, weil ich nicht gewusst hatte, was genau sie damit meinte, dass ich Bogi mit der restlichen Familie Schnellstieg zusammen Kraft schicken sollte. Mit der Post, oder was?

Es wäre jedenfalls einfacher gewesen, dachte ich, dass ich, wenn ich schon ein Arschloch war, wenigstens eines wäre, das sich über das alles keine Gedanken machte, als deswegen auch noch ein schlechtes Gewissen zu haben. Da war ja dann das Arschlochsein genau genommen sinnlos. Na ja, für Bogi machte das alles letztlich keinen Unterschied.

Vor dem Haus wartete, als meine Mutter und ich dort ankamen, schon Herr Leuwagen von der Maklerfirma. Um uns alles zu zeigen, das Haus und die Wohnung und so.

»Sind wir zu spät?«, flötete meine Mutter, obwohl sie genau wusste, dass wir nicht zu spät sein *konnten,* weil wir ja gerade noch zehn Minuten lang im Auto gesessen und gewartet hatten, bevor wir zum Haus gegangen waren. Wir waren natürlich zu früh hier gewesen.

Herr Leuwagen war höchstens zehn Jahre älter als ich, tat aber so, als sei er mein beschissener Onkel, oder was weiß ich. Dabei hätte man meinen richtigen Onkel mal danebenstellen sollen. Onkel Schorsch, der so aussah, als hätte er einen Medizinball verschluckt. Und bei dem in der Garagenwerkstatt ich mal ein Heft gefunden hatte, das »Monsterbrüste« hieß. Egal jetzt.

Der Immobilienarsch hatte mich mit »Na, Meister!« begrüßt und hätte sich, wenns nach mir gegangen wäre, da schon gehackt legen können. Solche Idioten wie Leuwagen hatte ich auch in der Klasse. In den Pausen standen die immer zusammen, mit ihren Scheißfrisuren und ihren

Polohemden und Kaschmirpullovern und ihren teuren Jeans, die trotzdem scheiße aussahen, und den weißen Socken und Bommelschuhen. Die redeten dann darüber, in welche Studentenverbindung sie mal gehen würden und auf welche Uni, am besten in England oder Amerika, um da ihr Drecks-BWL oder Jura zu studieren. Einer von denen war in meiner Klasse, Harald von Tremsdorf, der andauernd versuchte, irgendwelche Aufkleber zu verteilen, die aber nie einer haben wollte. Weil die immer nur von der CDU oder von »Das Meisterhandwerk« waren. Was auch immer man sich darunter vorzustellen hatte. Der Einzige, der Harald von Tremsdorf mal um einen ganzen Stapel von den Dingern gebeten hatte, war Walki. Harald war ganz glücklich gewesen. Später lauerten wir Tremsdorf dann auf, Jan und ich hielten ihn fest, während Walki (»Hier Harald, Meisterhandwerk am Arsch!«) ihn mit den Dingern vollklebte, Haare, Brille und alles, und auf den Mund, der übrigens ziemlich eklig war und so aussah, als ob da eigentlich noch ein Schnuller reingehört hätte. Walki meinte sogar, er sähe aus wie das Arschloch seiner Katze, da wollte ich aber nicht weiter drüber nachdenken.

Egal, Herr Leuwagen jedenfalls zeigte meiner Mutter und mir jetzt die leere Altbauwohnung und erzählte dabei lauter Zeug, das ich sowieso nicht verstand. Zum Beispiel, dass die Vierzimmerwohnung, die wir uns gerade ansahen, »im Endeffekt« mehr Zimmer hätte als die Fünfzimmerwohnung im ersten Stock. Soso. Vier Zimmer waren also mehr als fünf. Ich meine, mir wars egal, ich brauchte nur eins, aber ich bekam trotzdem Lust, der Knalltüte ein paar Fragen zu stellen, zum Beispiel, was das eigentlich sein sollte, ein Endeffekt. Ich sagte dann aber doch nichts, weil ich meiner Mutter hoch und heilig versprochen hatte, die Klappe zu halten. Oder wenn, dann nur nette Sachen. Meine Mutter sagte dauernd so was wie »Aha« und »Ach, das ist aber praktisch«. Ehrlich gesagt schleimte sie sich bei dem Makler ziemlich ein. Weil sie um die Wohnung kämpfte. Sie hatte mir erzählt, dass es noch andere Interessenten gäbe und dass es nicht sicher war, dass wir sie bekämen. Jetzt meinte sie wohl, sie würde das durch ihr Getue irgendwie günstig beeinflussen. Ich solle mir bitte Mühe geben, hatte sie im Auto noch gesagt, bevor wir ausgestiegen waren. Mühe wobei? Beim Gucken?

Zum Kotzen. Um eine Wohnung kämpfen zu müssen, in der sie wohnen konnte, und deswegen dieser Arschkrampe von Makler schöne Augen zu machen.

Die Wohnung war, na ja, eine Wohnung eben. Ganz schön eigentlich, und das Zimmer, in das ich ziehen sollte, ging rechts neben der Eingangstür vom Flur ab, ich würde also gleich verschwinden können, wenn ich reinkäme, und müsste nicht noch durch die Küche und erst mal die Weltlage diskutieren.

Meine Mutter war, seit das bei uns zu Hause alles aus dem Ruder gelaufen war, ziemlich anstrengend geworden. Ich wollte ihr einfach nicht dauernd begegnen. Aber als ich sie jetzt da stehen sah, in dem leeren großen Zimmer mit den hohen Decken, wie sie so in den Garten runterschaute und sich dabei wahrscheinlich ihr zukünftiges Leben vorzustellen versuchte, überlegte ich sogar kurz, zu ihr hinzugehen und sie in den Arm zu nehmen. Aber ich ließ es dann doch. Ich wollte nicht zu sehr in die ganze Sache reingezogen werden.

Egal, wir standen dann mit Herrn Leuwagen draußen vor dem Haus, der irgendwas von »… ich komme auf Sie zu, Frau Schumacher« faselte. Meine Mutter verabschiedete sich zwitschernd von ihm, und wir gingen in Richtung Auto, das um die Ecke geparkt war, weil unser Polo ihr vor dem Makler peinlich gewesen war. Den Mercedes hatte natürlich mein Vater mitgenommen, war ja klar.

Leuwagen hatte noch »Tschüss, mein Freund« gerufen, aber ich war, weil ich so was befürchtet und Leuwagens Hand, die sich bei der Begrüßung wie ein toter Fisch angefühlt hatte, nicht noch mal hatte schütteln wollen, schon mal ein Stück vorausgegangen. Ich hatte dann einfach so getan, als hätte ich ihn nicht gehört. Leck mich doch.

Meine Mutter schaute sich auf der Straße um und sagte: »Schön still hier, was meinst du, Morten?« Was sie danach sagte, hörte ich nicht, weil ein Zug vorbeidonnerte, die Gleise liefen mitten durch die Neue Stadt durch. Sie stockte kurz, sah mich an und musste lachen. Und ich dann auch. Dann zogen wir jetzt eben hierher und ließen die Züge durch unser Wohnzimmer brettern. War mir auch recht. Hinter uns klingelte die Schranke, die der Wärter in seinem Häuschen hochkurbelte. Das sah lustig aus, so, als würde er mit den Händen Fahrrad fahren. Wir guckten ihm noch eine Zeit lang zu, dann setzten wir uns ins Auto und fuhren wieder in die Waldstadt rauf.

NEUN

– Mitte Oktober –

Ich stand jetzt schon seit über einer halben Stunde an dieser dämlichen Litfaßsäule rum, mit Blick auf die Einkaufspassage, in der die Adria-Lichtspiele lagen, eingenebelt vom Duft des Aftershaves, das ich mir in der Kosmetikabteilung von Hertie gekauft hatte: Marbert Man. Ich hatte mir so viel davon ins Gesicht geschmiert, dass mich die aufsteigenden Dämpfe ganz dösig machten. Walki und Jan hatten gemeint, ich solle das nehmen, das Zeug würde super riechen, aber ich war mir jetzt nicht mehr so sicher, ob ausgerechnet die beiden da Experten waren. Ich hoffte einfach, ich würde, nachdem ich im Freien lang genug ausgelüftet hatte, weniger miefen als vorhin im Bus, wo es den einen oder anderen blöden Spruch in meine Richtung gegeben hatte.

Von hier aus würde ich Jacqueline rechtzeitig kommen sehen. Sie sehen, bevor sie mich sah. Das war das Wichtigste. Ich hatte nicht wie ein Vollidiot eine halbe Stunde zu früh vor dem Kino rumstehen wollen. Sobald ich sie kommen sähe, würde ich dann Richtung Eingang gehen.

Es sollte so wirken, als käme auch ich gerade erst an. Wir würden uns zufällig vor dem Kino begegnen. Bevor ich losging, könnte ich hier an meinem Platz ein bisschen hecheln, damit ich außer Atem war, wenn wir uns begegneten. Ich wollte, dass es so aussah, als ob ich mich ganz schön hatte beeilen müssen, um rechtzeitig da zu sein. So weit mein Plan.

Seit unserem Abschied an der Fähre hatte ich nur noch an das Wiedersehen gedacht. »Du bist lustig«, hatte sie gerufen. So ganz sicher war ich mir nicht gewesen, was das zu bedeuten hatte. Da war eine leise, aber nicht überhörbare Stimme in mir gewesen, die meinte: nichts Gutes. Andererseits sagte man doch jemandem, den man nicht mochte, nicht, dass er lustig sei. Oder etwa doch? Ging es überhaupt darum, ob sie mich *mochte?*

Ich hoffte, sie würde denken, dass wir gut zusammenpassten, wenn wir gleichzeitig an der Kinokasse ankämen. Mädchen fanden es gut, dass man Dinge *erahnte.* Was das allerdings war, das man erahnen oder spüren sollte, blieb mir ein Rätsel. Man konnte nur im Nebel rumstochern und hoffen, dass man zufällig richtiglag.

Jetzt aber wusste ich erst mal gar nicht, aus welcher Richtung sie überhaupt kommen würde. Ob von der Bushaltestelle links oder vielleicht von der U-Bahn-Station gegenüber, am anderen Ende des Platzes. Möglicherweise war sie auch mit dem Fahrrad unterwegs, dann konnte sie von überallher kommen. Oder sie käme gar nicht. Dann hätte ich nicht mehr sagen können, ob wir *wirklich* zusammen auf der Bank gesessen hätten, ob wir *wirklich* zusammen am Fluss entlangspaziert waren und Jacqueline mich *wirklich* geküsst hatte. Ob sie *wirklich* gerufen hatte, ich sei lustig. Oder ob ich mir das alles nur eingebildet hatte. Je öfter ich daran dachte, und ich dachte ja an nichts anderes mehr, desto unglaublicher schien mir meine Erinnerung.

Ich hatte in den letzten Tagen alles Mögliche versucht, um Jacqueline schon vor unserer Kinoverabredung wiederzusehen. Aber weder, dass ich morgens früher losgefahren war, um von der Haltestelle aus statt meines eigenen ihren Schulweg zu nehmen, noch, dass ich am Fähranleger oder am THC auf sie gewartet hatte, hatte zu etwas geführt. Sie war unsichtbar geblieben.

Ich vertrieb mir jetzt die Zeit, indem ich mit mir selbst wettete: Trug die nächste Person, die hinten aus der Unterführung kam, eine blaue Jacke, würde Jacqueline mit dem Bus kommen, also von links. War die Jacke grün, käme sie mit der U-Bahn, also von rechts. Rote Jacke hieß: Fahrrad. Achtung, dann müsste ich die Augen überall haben, damit sie am Ende nicht plötzlich hinter mir stünde und sich wunderte, warum ich hier an der Litfaßsäule rumlungerte. Es war Sonntagnachmittag, und eine Weile lang kamen nur alte Frauen in schwarzen Mänteln aus der Unterführung, etwas später dann ein Junge in einem blauen Anorak, also Bus. Dann kam gar keiner mehr. Nächste Wette: Ergab das Zusammenzählen der Liniennummern der nächsten drei Busse, die am Busbahnhof ankamen, eine gerade Zahl, würde sie kommen. War die Summe ungerade, käme sie nicht. Der erste Bus, der kam, war ein 19-er, der zweite ein 26-er und auf dem dritten stand: Schienenersatzverkehr. Die ganze Sache wurde mir schließlich zu blöd, und ich glotzte weiter vor mich hin.

Auf die Entfernung, es waren sicher fünfzig Meter, sah ich mich in den Schaufensterscheiben der Einkaufspassage an, konnte aber nicht wirklich etwas erkennen. Ich streifte mir die Haare hinter die Ohren, sie fielen aber gleich wieder nach vorn, weil sie noch nicht lang genug waren. Ich wusste ganz genau, wie dämlich das jetzt wieder aussah. Vielleicht ganz gut, dass ich mich in den Spiegelscheiben nicht gut sah. Sonst wäre ich wahrscheinlich gleich wieder nach Hause gegangen.

Vor etwa zwei Monaten hatte ich zuletzt meine Mutter zum Friseur, Herrn Huhloh, begleitet. Ich hatte den gleichen Haarschnitt wie immer verpasst bekommen, Pony, halbes Ohr frei. Herr Huhloh behauptete, das sähe frech aus. Ich wusste nicht, was ich dazu sagen sollte. Vielleicht konnte ich mir unter einer frechen Frisur aber auch einfach nichts vorstellen. Zu Huhloh zu gehen war Gewohnheit, ich hatte darüber nie nachgedacht. Das zurechtgeföhnte Ergebnis war affig gewesen wie immer, deshalb hatte ich mir sommers wie winters, bevor wir losgegangen waren, meine Wollmütze eingesteckt. Als wir den Laden später wieder verlassen hatten, in Richtung Parkplatz am Schaufenster mit den Toupets, Perücken und Haarsprays vorbei, hatte ich sie mir dann gleich übergestülpt.

Beim letzten Mal, als ich zwischen den quasselnden oder unter ihren dröhnenden Trockenhauben zwangsläufig für kurze Zeit stummen Frauen auf dem Friseurstuhl gesessen hatte, war mir auf einmal ganz klar gewesen, dass das hier mein letzter Friseurbesuch wäre und ich den Salon Huhloh in meinem ganzen Leben nie wieder würde betreten können. Ich hatte mich im Spiegel angesehen, und mir war klar gewesen, dass es unmöglich war, mich von Herrn Huhloh noch ein einziges Mal so zurichten zu lassen, wenn ich wenigstens die theoretische Chance haben wollte, jemals einem Mädchen näherzukommen. Obwohl ich sah, was sich auf meinem Kopf zusammenbraute, floh ich nicht, sondern versteinerte auf dem Drehstuhl. So ähnlich wie die Ratten in dem Schlangenlehrfilm, den wir in Bio gesehen hatten. Bei dem Martina Färber irgendwann so geheult hatte, dass sie in den Sanitätsraum hatte gebracht werden müssen, um sich hinzulegen. Die hatten jedenfalls auch nur geguckt, die Ratten, und höchstens mal mit der Nase gewackelt, bevor sie gefressen worden waren. Huhloh klapperte mit seiner Schere durch die Luft. Bis eben noch hatte ich mich mit ihm unterhalten. Er selbst hatte übrigens genau die gleiche Frisur wie die, die er meiner Mutter immer machte. Warum war mir das denn bis jetzt nie aufgefallen? Unsere Unterhaltung war einfach eine Gewohnheit, wir hätten sie auch auf Serbokroatisch oder weiß der Geier was führen können. Huhloh stellte mir Fragen, aber ich glaube nicht, dass er sich jemals für die Antworten interessierte. Ehrlich gesagt glaube ich, dass er sie nicht mal hörte. Es waren für ihn nur Stichworte, damit er weiterlabern konnte. Egal, auf die Art waren wir bisher gut klargekommen.

Aber bei mir war jetzt ein Schalter umgelegt worden. Das passierte neuerdings dauernd. Und das, was mir eben noch egal gewesen war, war von einem Moment auf den anderen nicht mehr auszuhalten.

Herr Huhloh hatte noch eine Weile auf mich eingeredet, ich hatte ihm aber nicht mehr zugehört, sondern nur noch in den Spiegel gestarrt. Dann, um das Ganze irgendwie zu überstehen, hatte ich mich mit weit aufgerissenen Augen in mein Spiegelbild vertieft. Durch die Reflexion des Spiegels in meinem Rücken sah ich jetzt eine Reihe unserer immer winziger werdenden Abbilder in einer Rechtskurve ins Unendliche laufen. Ich versuchte, sie zu zählen, aber das war unmöglich. Huhloh und vor ihm sitzend ich mit meiner Idiotenfrisur wurden immer weiter verkleinert.

Als wir gegangen waren, hatte ich ihm mechanisch die Hand geschüttelt, war aber durch die Spiegelsache noch hypnotisiert gewesen, sodass ich ihm auf irgendeine behämmerte Frage nicht antwortete.

»Jaja, der kommt jetzt in das Alter«, hatte Huhloh zwinkernd zu meiner Mutter gesagt, obwohl ich direkt neben ihm stand, und ich hatte nur gedacht, dass ihn das, selbst wenn, einen verschissenen Scheißdreck anginge und er gefälligst sein Maul halten solle. Arschloch, blödes.

Ich nahm Jacqueline aus dem Augenwinkel sofort wahr, als auf der Rolltreppe der U-Bahn-Station zuerst nur ihr strohblondes Haar zu sehen war. Ich würde sie von jetzt an sofort erkennen oder erahnen, wo immer wir auch wären. Ein schöner Gedanke, den ich auch gerne weitergedacht hätte, wenn mir nicht im selben Moment eingefallen wäre, dass ich erst vor ein paar Tagen an der Fähre jemanden mit Jacqueline verwechselt hatte. Trotzdem war ich mir ganz sicher, dass es niemanden sonst auf der Welt gab, der so war wie sie. Komisch, dachte ich, dass mir Jacqueline noch vor ein paar Tagen gar nicht aufgefallen war, dabei war sie ja schon davor immer an unserer Schule vorbeigefahren.

Ich hatte von dem, was sie zum Einzigen machte, worum meine Welt sich drehte, einfach nichts gewusst. Jetzt, wo sie sich näherte, wurde mir schwindelig. Seit gestern Mittag hatte ich vor Aufregung nichts mehr gegessen, und ich fühlte mich so schwach, dass ich mich an der Litfaßsäule abstützen musste.

Dann riss ich mich zusammen und rieb die feuchten Innenflächen meiner Hände an der Jeans trocken, auch, damit sie nicht so kalt wären, wenn wir uns begrüßten. Obwohl, die Hand würden wir uns nicht geben, oder? Hoffentlich nicht. Jacqueline unterhielt sich auf dem Weg über den Platz zum Kino mit einem Typen, den sie wohl in der U-Bahn getroffen hatte, wahrscheinlich jemand von ihrer Schule. Ich wartete ab, bis sie fast am Kino angekommen war, hechelte ein bisschen, um außer Atem zu kommen, und lief dann los, sodass ich knapp nach ihr dort ankäme. Sie würde sich nach mir umschauen, hatte ich mir vorgestellt, nur ganz kurz, und in dem Moment, in dem sie anfing, sich darüber zu ärgern, dass ich zu spät war, stünde ich dann schon vor ihr. Vielleicht täte es ihr dann sogar ein bisschen leid, dass sie schlecht über mich gedacht hatte. Als ich kurz davor war, sie zu erreichen – ich hatte sie die ganze Zeit im Blick behalten –, schaute Jacqueline dann aber leider nicht in meine Richtung, sondern sie unterhielt sich weiter mit dem Typen von der U-Bahn, der mit ihr vor dem Kino stehen geblieben war. Er war in unserem Alter, sah aber irgendwie anders aus, ohne dass ich hätte sagen können, warum. Irgendwas an seinem Gesicht war fremd, die Haare auch. Und wie er sprach, seine Gesten, meine ich. Seine Klamotten waren nicht exotisch, er trug keinen Turban oder so, aber ein paar Kleinigkeiten waren seltsam. Zum Beispiel trug er diesen riesigen Parka, so einen hatte ich noch nie gesehen. Der Typ versank fast in dem Ding. Am Ärmel hatte er zwei Aufnäher, einen mit der britischen Fahne, den anderen kannte ich nicht, rund, ein äußerer blauer Ring, dann ein mittlerer weißer und in der Mitte war ein roter Punkt. Es störte mich, nicht zu wissen, was das bedeutete. Keine Ahnung, der Vogel war jedenfalls in dem Plan, wie mein Wiedersehen mit Jacqueline vor dem Kino aussehen sollte, nicht vorgesehen gewesen. Und das nervte mich jetzt gewaltig, weil der Sack meinen Auftritt kaputt machte.

»Hallo!« – es blieb mir nichts anderes übrig, als die beiden aus ihrer Unterhaltung zu reißen. Jacqueline kam auf mich zu und küsste mich rechts und links auf die Wangen. Ich spitzte die Lippen in Erwartung eines dritten, anderen Kusses, so wie neulich an der Fähre. Sie hatte sich aber schon wieder zu dem Typen umgedreht und zog ihn jetzt am Arm zu mir hin.

»Motte, das ist Callum. Der ist gerade auf Austausch hier. Geht in die Klasse von meinem Bruder. Wohnt bei uns. Der Callum wollte gerne ins Kino mitkommen. Ist okay für dich, oder? Callum kommt aus London.«

»Nee, das ist alles andere als okay für mich«, dachte ich, sagte aber stattdessen: »Äh, ja, klar, logisch.«

»Hi, Mate«, sagte Callum und streckte mir die Hand hin.

Was hatte der zu mir gesagt? Maid? Schöne Maid? Tony Marshall, oder was?

»Callum, this is Motte, the guy I told you about.«

Sie lächelte ein bisschen verlegen, und Callum grinste und zwinkerte mir so komisch zu, als ob er etwas wusste, von dem ich wiederum nicht wusste, was es war. Aber egal, was es war, ich wollte nicht, dass er es wusste. Lief das hier jetzt tatsächlich auf eine Englischkonversation raus? Das hätte sie mir doch sagen müssen. Wenn ich mir vorher nicht genau überlegt hatte, was ich wann sagen und antworten wollte, führte das nämlich zwangsläufig dazu, dass ich komplett verstummte.

»Nice to meet you, Callum«, log ich.

Diese elende Höflichkeit würde mir irgendwann noch endgültig das Leben zur Hölle machen. Aber da war ich wie ein dressierter Hund. Über Callums sommersprossiges Gesicht zog jetzt ein breites Lächeln, zwei große, gelbe vorstehende Schneidezähne blitzten mich an, und er verbeugte sich vor mir. Er zog seinen rechten Fuß in einem Bogen scharrend hinter den linken, Kratzfuß nannte man das, meine ich mal gehört zu haben. Jacqueline lachte über den Scheiß, und ich lachte dann, warum auch immer, ein bisschen mit. Obwohl ichs überhaupt nicht komisch fand.

»Ik froie mik, dik ssu …« – kurzer Blick zu Jacqueline –

»Kennenzulernen«, sagte sie.

»… dik ssu … kännon lörnän, Motta.« Gelächter.

Ich fragte mich, wie lange der Schwachsinnige schon bei Jacquelines Bruder in die Klasse ging. Und was der hier eigentlich trieb. Deutsch lernen schon mal nicht. Alles in mir war taub vor Enttäuschung.

»Also drei Karten, oder wie?«, fragte ich Jacqueline.

Ich musste echt aufpassen, weil ich langsam pampig wurde. Und wenns erst mal so weit war, konnte ich mir den Kinobesuch sparen und die ganze Sache mit Jacqueline vergessen, so viel stand fest.

Sie nickte. Stumpf taperte ich zur Kasse.

»Dreimal«, sagte ich zur Kartenverkäuferin im Häuschen.

»Bilitis? Jetzt?«, fragte sie.

»Jap.«

»Alle über sechzehn?«

Sie taxierte mich über ihre Lesebrille hinweg, die sie an einer goldfarbenen Kette um den Hals trug und jetzt aufsetzte.

»Jawoll«, sagte ich.

Wieder ein langer, nicht zu deutender Blick der Kartenverkäuferin. Dann schaute sie zu Jacqueline und Callum, die hinter mir standen.

»Viel Spass.«

Sie sagte Spasss, mit kurzem a. Und riss drei Eintrittskarten von der Rolle und schob sie mir rüber.

»Zwölf Mark.«

Ich legte den Zwanzigmarkschein, mein Taschengeld für den ganzen nächsten Monat, das ich meiner Mutter als Vorschuss rausgeleiert hatte, in die Geldschale. Dann nahm ich das Rückgeld und die Karten und verteilte sie an die beiden. Es sah nicht so aus, als ob Callum vorhatte, sich finanziell zu beteiligen. Nach dem Kino, wenn sich unsere Wege hoffentlich trennten, würde ich seinen Anteil wohl oder übel zurückverlangen müssen. Ich wollte Jacqueline nämlich noch in die Crêperie einladen. Bevor ich mich an der Litfaßsäule postiert hatte, war ich schon mal dort vorbeigegangen. Stunden zu früh war ich in der

Stadt gewesen. Im Aushang hatte ich die Speisekarte angesehen und alles ausgerechnet. Wenn wir beide einen Crêpe und ein kleines Getränk nähmen, würden die zwölf Mark, die noch vom Kino übrig waren, reichen. So hatte ich mir das vorgestellt, als es noch keinen Callum in meinem Leben gegeben hatte.

Wir gingen die Treppe zum Kino hoch. Jacqueline zeigte auf drei Plätze in der Mitte der vierten Reihe, hinter ihr ging Callum, dann kam ich. In diesem Moment wurde mir klar, dass ich, falls die Reihenfolge so blieb, den Film neben Callum sitzend verbringen würde. Ich überholte die beiden. Dann zwängte ich mich als Erster an den bereits Sitzenden vorbei, es war schon dunkel, und die Reklame lief. Die Vorstellung war gut besucht, obwohl es nachmittags war. Schließlich saßen wir, und ich schaute rechts von mir zu Jacqueline. Wir lächelten uns an, und sie zuckte kurz bedauernd mit den Schultern, als ob es ihr peinlich wäre, dass wir hier jetzt zu dritt saßen. Aber so, dass Callum es nicht merkte, während der sich gerade aus seinem überlangen Schal herauswickelte. Da wusste ich, dass doch noch alles gut werden würde.

Es war vielleicht ein bisschen riskant gewesen, für unsere erste Kinoverabredung ausgerechnet einen Film auszusuchen, in dem es praktisch nur um Sex ging. Andererseits gab es keinen anderen, der uns auch nur annähernd so interessiert hätte wie »Bilitis«. Sogar Bogi hatte bei meinem letzten Besuch davon geredet, und der hatte im Moment echt andere Sorgen.

Walki und Jan hatten mir mit dem Film seit Wochen in den Ohren gelegen. Walkis Bruder Ludger hatte den nämlich schon in Hamburg gesehen, wo er seine Fortbildung gemacht hatte und wo der Film schon viel früher gelaufen war als in unserem Kaff, und hatte so einiges erzählt. Seitdem war Walki nicht mehr zu halten gewesen. Er hatte mir allerdings gestern noch hoch und heilig versprochen, nicht ausgerechnet auch am Sonntagnachmittag reinzugehen. Das hätte ich einfach nicht gepackt. Aber anscheinend war Jacqueline auch neugierig auf den Film gewesen, weil sie, als ich an der Fähre »Bili…« gesagt hatte, sofort »Okay!« geantwortet hatte, sodass ich mir »…tis« eigentlich auch hätte sparen können. Da hatte ich doch davon ausgehen können, dass sie das gut fand. Ich meine nur, von wegen riskant und so.

Die Eisverkäuferin kam, wir nahmen alle drei ein Nogger, obwohl ich eigentlich lieber Eiskonfekt gehabt hätte. Als ich es bestellen wollte, war ich unsicher, ob das nicht irgendwie kindisch wirken könnte. Oder schwul. Ich dachte an Bogi und versuchte, mich zu erinnern, ob er beim letzten Mal, als wir zusammen im Kino gewesen waren, Eiskonfekt genommen hatte. Erst als ich das Eis schon gekauft hatte, fiel mir ein, dass damit meine ganze Rechnung im Eimer war. Unabhängig davon, ob Callum mir das Geld für die Eintrittskarte wiedergeben würde oder nicht. Dann war die Reklame vorbei, und der Film fing an.

Es begann mit der Nahaufnahme eines Mädchens, Bilitis, das in seinem Zimmer rumguckte und sich, wie es aussah, an etwas erinnerte. Sie sah echt gut aus. Mal guckte sie nachdenklich, mal traurig, dann lächelte sie, dann dachte sie wieder nach. Das war gut gemacht, musste man sagen. Zwischendurch, also während des Nachdenkens des Mädchens, wurden Fotos von Paaren, die sich küssten und so weiter gezeigt. Und von anderen Mädchen, die relativ wenig anhatten. Gemeint war damit wohl, dass Bilitis sich an die Situationen auf den Fotos erinnerte. Als Nächstes war eine Schulklasse am Strand zu sehen, reine Mädchenschule, wies aussah. Ziemlich schnell zogen alle sich aus und gingen schwimmen. Die Musik, die dazu lief, ging so. Der Film lief jetzt seit ungefähr einer Minute, und Ludger hatte nicht übertrieben, musste man sagen. Vor allem waren das ja Gleichaltrige da im Film. Also nicht Erwachsene, wie auf den Illustrierten oder in der Sauna, in die mich meine Eltern im letzten Urlaub mitgeschleppt hatten.

Ich guckte vorsichtig zu Jacqueline rüber, die aber so gefesselt auf die Leinwand starrte, dass sie nicht zurückschaute. Bilitis fuhr jetzt auf dem Fahrrad durch den Wald und hatte ein Kleid an, das an den Seiten offen war, sodass man reingucken konnte. Wie die Teile, die die römischen Legionäre im Asterix immer trugen, dachte ich kurz und war ganz froh über die Ablenkung. Nur, dass die Römer darunter noch was angehabt hatten. Ich versuchte, die Beine übereinanderzuschlagen, blieb aber mit dem Knie an der Rückenlehne des Vordersitzes hängen. Meine Beine waren schon wieder länger geworden, glaube ich.

Im Film rannten alle ins Wasser, nackt. Ich hatte den Anfang des Films total gebannt verfolgt, sodass ich ganz vergessen hatte, mein Nogger weiterzuessen, das jetzt zu schmelzen begann. Ich wollte mich aber unter keinen Umständen damit einsauen, weshalb ich mich von Jacqueline abwandte und es mir komplett in den Mund steckte.

Ich wollte es einfach möglichst schnell verschwinden lassen. Das Nogger war dann allerdings doch größer gewesen, als ich gedacht hatte, und ich musste kurz würgen, riss mich aber zusammen, saugte das mittlerweile halbflüssige Eis aus seiner Schokoladenhülle und schluckte es schnell runter. Es war immer noch sehr kalt, und ich hatte das Gefühl, dass mir die Speiseröhre bis zum Magen hinunter weggeätzt wurde. Das tat höllisch weh. Um es irgendwie geregelt zu kriegen, ohne dass Jacqueline sich fragte, mit was für einem Deppen sie hier unterwegs war, beugte ich mich nach vorn und band mir den Schnürsenkel einfach noch mal zu, Doppelschleife. Ich wartete hier unten ab, bis ich mich vom Kälteschock erholt hatte. Danach nagte ich vorsichtig an der Schokolade rum, hatte dabei aber die ganze Zeit Angst, dass ein Stückchen abbrechen und runterfallen könnte. Möglicherweise würde ich mich dann draufsetzen, und das Zeug würde schmelzen. Auf meiner hellen Jeans, hinten.

Bilitis hatte sich mittlerweile schlafen gelegt und bekam Besuch von einer Freundin. Mitten im Gespräch zog die plötzlich ihr Nachthemd aus und legte sich zu ihr ins Bett. Dann küssten und streichelten die beiden sich. Ich staunte.

Ins Kino ging man ja entweder, weil man sich für den Film interessierte oder weil es hier dunkel war und man Sachen machen konnte, die draußen nicht so gut gingen. In diesem Fall beides. Und natürlich wollte ich mit Jacqueline jetzt da weitermachen, wo wir beim letzten Mal aufgehört hatten, Bilitis und Callum hin oder her. Ich lehnte mich in meinem Sitz zurück, um zu erreichen, dass unsere Arme sich wieder so berührten wie vor ein paar Tagen auf der Parkbank. Damals war das einfach so passiert, ich hatte nicht irgendwie die Initiative ergreifen müssen. Jetzt, mit der Armlehne zwischen uns, war es gar nicht mehr so einfach. Da wirkte alles gleich so absichtlich. Außerdem musste ich mich ziemlich verrenken. Ich kippte ganz langsam zur Seite, bis ich irgendwann mit meiner an Jacquelines Schulter lehnte. Keine Ahnung, ob sie das überhaupt mitbekam, sie schien von dem, was auf der Leinwand geschah, noch viel faszinierter zu sein als ich, jedenfalls war sie vollkommen reglos.

Im Film gabs jetzt eine Theateraufführung der Mädchenschule. Alle Kostüme waren durchsichtig, war ja klar.

Ich überlegte, wann wohl ein guter Zeitpunkt dafür wäre, meine Hand auf die von Jacqueline zu legen. Obwohl ich mich danach sehnte, hatte ich gleichzeitig große Angst davor. Ich hörte Jacqueline neben mir atmen. Das war die einzige Regung, die von ihr ausging. Sie schaute zur Leinwand und reagierte auch nicht auf meine vorsichtigen Blicke. Ihre linke Hand lag auf der Lehne zwischen unseren Sitzen, und ich schob meine rechte, um sie noch mal trocken zu reiben, erst an meinem Oberschenkel entlang und dann, ohne zu wissen, woher ich den Mut nahm, langsam in deren Richtung. Als ich meine Hand ganz vorsichtig auf Jacquelines legte, antwortete sie erst mit einem kurzen Gegendruck, als ob ihre Hand sich über die Begegnung mit meiner wunderte, und dann zog sie sie langsam, aber entschieden weg.

Sofort rauschte mir das Blut in den Ohren, und mein Gesicht glühte. Sie schaute kurz, aber nur in Richtung meiner Hand, meinen Blick suchte sie nicht.

Ich wünschte mir, dass ich die Berührung sofort wieder hätte ungeschehen machen können.

Jacqueline bewegte sich, vielleicht, weil sie eine bequemere Sitzposition suchte. Oder weil sie sich von mir abwenden wollte.

Bilitis war jetzt dabei, nackt auf einen Baum zu klettern, warum, hatte ich verpasst. Dabei sagte sie ein Gedicht auf, in dem es darum ging, dass genau das jetzt das Großartigste zu sein schien, was man überhaupt tun konnte, nackt auf einen Baum zu klettern.

»Ich spüre die Rinde an meinen Schenkeln«, raunte sie. Jacqueline bewegte sich wieder, und als ich zu ihr schaute, sah ich, dass sie Callum küsste.

Ich schaute erst mal wieder zur Leinwand. Als ob ich dem Augenblick die Gelegenheit geben wollte, seinen Fehler zu korrigieren. Das konnte schließlich nur ein Irrtum sein, alles fühlte sich so an, als hätte ich mich in der Tür geirrt. Als ich wieder hinschaute, sah ich, dass Callums Hand unter ihrem Pullover war.

Mir wurde sehr heiß, und ich konnte auf einmal nichts mehr hören. Es rauschte, als hätte jemand in meinem Kopf einen Wasserhahn aufgedreht. So einen wie den bei uns zu Hause an der Badewanne, der einen immer anschrie.

Ich sprang von meinem Sitz auf und pflügte durch die Reihe, einfach über die Beine von Jacqueline und Callum und den anderen Leuten weg.

»Pass doch auf, du Wichser!«, hörte ich jemanden hinter mir zischen.

Ich konnte es mir nicht verkneifen, mich noch einmal umzudrehen. Jacqueline sah mir nach, halb verdeckt, während sie Callum immer noch oder schon wieder küsste. Ihr einäugiger Blick traf meinen nur kurz. Dann öffnete ich die Tür und ging hinaus.

»Ich presse meine Beine noch mal zusammen, lehne mich ganz weit vor und hefte meine geöffneten Lippen auf den behaarten Nacken eines Zweiges«, raunte Bilitis. Das war das Letzte, was ich hörte.

Als ich aus dem Kino kam, dämmerte es schon. Ich war nass geschwitzt und fror sofort, knöpfte die Jacke zu und rannte los in Richtung der Unterführung, als sei das die einzige Fortbewegungsart, die mir blieb. Die breite Allee entlang lief ich lange auf das Stadtschloss zu, schließlich rechts daran vorbei. Später stieg die Straße langsam an in Richtung Waldstadt, und das Laufen wurde anstrengender. Ich sah immer wieder Callums Pferdegesicht vor mir. Dann Jacqueline, wie sie mir nachgeschaut hatte. Die Straße war mir zu voll, selbst mit den wenigen Leuten und Autos, die hier am Sonntagnachmittag unterwegs waren. Niemand sollte mich sehen, nie wieder. Deswegen wollte ich lieber den Weg durch den Wald nehmen und lief in Richtung Freibad, dahinter begannen die Waldwege. Es wurde dunkel, aber ich kannte mich hier so gut aus, dass ich den Weg auch blind gefunden hätte. Und nicht gesehen zu werden war wichtiger, als sehen zu können. Am Zaun des Freibads hielt ich zum ersten Mal an, weil ich keine Kraft mehr hatte. Ich war so schnell und lange gerannt wie noch nie in meinem Leben. Aber ich spürte, dass das Laufen trotzdem besser war als das, was mich erwartete, wenn ich anhielt. Einen Moment lang würgte ich, es kam aber nichts. In diesem Boxerfilm, den wir letztes Jahr gesehen hatten, hatte einer, nachdem er ewig gerannt war, rumgereihert. Aber wahrscheinlich hatte der blöde Schauspieler sich damit nur wichtigmachen wollen. In mir tobte es, während ich mich hechelnd in den Drahtzaun krallte und auf das Gelände des Freibads schaute.

Die leeren Becken, die laubbedeckte Liegewiese, die Sprungtürme, der Dreier und der Zehner daneben, komisch, dass mir dieser Ort, der für mich noch vor ein paar Wochen wie ein zweites Zuhause gewesen war, ich kannte hier wirklich jeden Grashalm, jetzt plötzlich total fremd war. Bald war Winter, und das Freibad war dadurch bis zum kommenden Mai vollkommen nutzlos geworden, außer für die paar Kaninchen vielleicht, die über die Wiesen flitzten. Langsam kam ich zur Ruhe und horchte in mich hinein, als wenn ich auf den nächsten Angriff wartete, aber nicht wusste, woher er kam.

Ich ging langsam weiter in Richtung des Parkplatzes und dahinter in den mittlerweile stockdunklen Wald hinein. In den nächsten zwanzig Minuten, bis ich zu Hause ankäme, müsste ich das Kinoerlebnis irgendwie in den Griff kriegen. Und zwar so, dass ich das alles mit mir alleine ausmachen konnte. Ich hatte noch nie verstanden, was dieser Quatsch heißen sollte, der einem immer erzählt wurde, dass ein Schmerz kleiner werden würde, wenn man ihn teilte. Wie sollte das denn bitte gehen, einen Schmerz zu teilen?

Das, was von diesem Nachmittag und der ganzen Jacqueline-Schmiedebach-Scheiße zurückbleiben würde, war auch gar kein Schmerz. Es war etwas Schlimmeres: Ich schämte mich so wie noch nie in meinem ganzen Leben.

Andererseits, andere starben in meinem Alter, weil sie mit ihrem Mofa in einen Lastwagen reinbretterten, wie Martin Votava aus meiner Grundschulklasse, oder weil sie, keine Ahnung, in der Ostsee ertranken. Oder – weil sie irgendeine beschissene Krankheit kriegten, deren Name sich so anhörte, als sei es eben keine. Und die keinen Besuch mehr von ihrem angeblich besten Freund bekamen.

Im Dunkeln lief ich den kleinen Serpentinenweg hoch. Hoffentlich tauchte eines der Killerschweine auf und machte der ganzen Sache schnell ein Ende.

ZEHN

– Anfang November –

In den kommenden dumpfen Wochen war es so, als ob mein Gehirn nur noch auf Sparflamme lief. Walki und Jan fragten zum Glück nicht nach, wies im Kino gewesen war. Wahrscheinlich sah man mir das an. Also blieb ich mit dem, was mich beschäftigte, allein und trottete hinter Walki und Jan her, die nicht viel fragten, sondern mich mitschleppten wie die Herde ein, was weiß ich, verletztes Gnu. Da warteten die anderen Gnus ja, bis es nicht mehr humpelte. Oder es wurde halt irgendwann gefressen, das gabs natürlich auch.

Unser Zuhause löste sich weiter auf. Mein Vater wohnte jetzt mit Claudia Hunger-Löper in Sackgesichtshausen. Er wollte sich neuerdings mit mir in der Stadt in irgendwelchen Restaurants zum Brunch treffen, in denen andere Krawattentypen rumsaßen, die genauso aussahen wie er und von denen ihn fast alle grüßten. Wahrscheinlich war er mit einem von denen später noch zum Geschäftemachen verabredet, nachdem er mit mir fertig war, und es war irre praktisch, mich hierherzubestellen. Ich war jetzt auch einer von seinen Terminen. Nachdem ich mir die Vögel in dem Restaurant angesehen hatte, war mir ein Satz aus einem französischen Krimi eingefallen, den ich neulich nachts gesehen hatte. Wegen Bogi hatte ich mal wieder nicht einschlafen können. »Eine Krawatte ist ein Reisepass für Arschlöcher.« Warum fiel *mir* so was eigentlich nie ein?

Ich sah in meinem mittlerweile leeren Zimmer den Spinnweben dabei zu, wie sie von der Zugluft bewegt wurden.

Nächste Woche wäre dann auch der Umzug von meiner Mutter und mir. Herr Leuwagen hatte uns die Wohnung *gegeben,* obwohl es doch gar nicht seine war, und er erwartete wohl, dass man ihm zusätzlich zu dem Schweinegeld, das er dafür bekam, auch noch dankbar war. »Sitzen Sie, Frau Schumacher?«, hatte der Sack am Telefon gefragt, bevor er ihr die Zusage gegeben hatte, und darüber hatte sogar meine Mutter lachen müssen. Obwohl sie sich natürlich auch freute, dass es geklappt hatte. Irgendwo mussten wir ja hin, und sie wollte nicht »weiter hier in der Ruine unseres bisherigen Lebens rumsitzen«, wie sie mir neulich im Auto gesagt hatte, ohne dass ich genau gewusst hatte, was sie damit meinte. Aber ich hing da eben noch mit dran, für die nächsten paar Jahre zumindest. Leuwagen kumpelte mich schon wieder so komisch an, als wir in sein Büro kamen, um die Schlüssel abzuholen. »Na, Meister?« und so. Ich tat, als hätte ich ihn nicht gehört. Wenn ich irgendwas zu bestimmen hätte, würde es seinen Beruf, Makler, gar nicht geben, so viel war klar. Sich von fremden Leuten in den Arsch kriechen und mit Geld zuschütten zu lassen, damit man ihnen *möglicherweise* erlaubt, in eine Wohnung zu ziehen, die einem gar nicht gehört. Das muss man sich mal vorstellen.

Was mich echt fertiggemacht hatte: wie nett meine Eltern zueinander gewesen waren, als der Gebuehrlich-Lastwagen mit den Sachen meines Vaters in dem schaukelnden Anhänger losgefahren war. Und wie freundlich die sich voneinander verabschiedet hatten. Irgendwann hatte mein Vater sich dann im Mercedes, in dem auf der Rückbank seine Golftasche lag, auf den Weg nach Weitfortistan gemacht. Die Golfschläger hatte er noch nie benutzt und würde das wahrscheinlich auch nie tun. Er konnte gar nicht Golf spielen. Wegen seines Sehfehlers. Er konnte nicht dreidimensional sehen und haute deshalb über den Ball. Oder, noch schlimmer, in den Rasen. Er sah den Ball gar nicht als Ball, sondern als Scheibe. Aber er bekam den Schrott trotzdem immer wieder von seinen Geschäftspartnern zum Geburtstag geschenkt. Wahrscheinlich hatte einer von den Pimmelbergern mal damit angefangen, und jetzt war die Sache nicht mehr zu stoppen. Den Scheiß-Nymphensittich nahm er natürlich nicht mit, den ließ er bei uns.

Meine Eltern waren nicht auf eine wirklich nette Art nett zueinander gewesen, sondern auf eine höfliche. So, als ob sie sich eigentlich nicht, oder besser, nicht mehr kennen würden. Hätte nur noch gefehlt, dass sie sich die Hand gegeben hätten, wie die Politiker im Fernsehen. Die Wangenküsse waren allerdings auch nicht besser gewesen als das. Als er mich umarmte, haute er mir so fest auf den Rücken, dass mir die Stelle noch tagelang danach wehtat.

Komische Art der Zuneigung. Mein Vater hatte sich, als er schon im Wagen saß, mit dem Handrücken übers Gesicht gewischt, bevor er den Zündschlüssel drehte. Ich hatte zur Seite geschaut, weil mir das hier alles irre peinlich gewesen war. Mein Blick blieb an der krüppeligen Tanne hängen, die mein Vater vor ein paar Jahren da hingepflanzt hatte, als er einen Weihnachtsbaum *mit Wurzelballen* gekauft und jedem, der es nicht hören wollte, erzählt hatte, was für eine super Sache das wäre. Irgendwie hörte es sich bei ihm immer so an, als hätte *er* das, wovon er gerade redete, erfunden. Was ziemlich nervte.

Als ich wieder zu ihr schaute, hatte ich gesehen, dass meine Mutter zwar tapfer lächelte, aber nur mit dem Mund. Mit den Augen nicht, die waren traurig. Und mit der rechten Hand machte sie eine Faust und knüllte darin den Stoff ihres Trenchcoats, ihre Fingerknöchel waren ganz weiß. Das sollte einer verstehen: Die schwiegen oder gifteten sich an, solange ich denken konnte, und in dem Moment, wo sie den anderen endlich loswurden, tat es ihnen plötzlich leid. Ich meine, die machten einem dauernd irgendwelche Vorschriften, und trotzdem hatte man das Gefühl, dass sie selber nur Scheiße bauten und keine Ahnung hatten, wo vorne und hinten war. Egal, ich wusste nur, dass ich auf keinen Fall so enden wollte.

Es war Anfang November, jeden Tag saß ich in der Schule meine Zeit ab, mich interessierte gar nichts mehr.

Bogi bekam jetzt eine Chemotherapie, und ich durfte nicht zu ihm ins Zimmer, weil ich ihn mit was auch immer hätte anstecken können. Also stand ich hinter einer Glasscheibe, wir konnten uns nicht unterhalten, sondern uns nur anglotzen und zuwinken. Ich hatte meine Visage gegen die Scheibe gedrückt und ein Presswurstgesicht gemacht und danach noch alle möglichen dämlichen Grimassen und Verrenkungen fabriziert. Damit hatte ich Bogi sogar einmal zum Lachen gebracht. Na ja, zum Lächeln, um ehrlich zu sein. Aber wenn er gekonnt hätte, hätte er gelacht, das hatte ich genau gesehen, dafür kannte ich ihn einfach zu gut.

Nazikragler hatte den Schülern, die sich noch verbessern wollten, eine Sportnachprüfung angeboten, freiwillig, und Walki und Jan hatten gleich geahnt, dass das unterhaltsam werden könnte, vielleicht sogar für mich. Ich hatte mir das nicht vorstellen können. Ich konnte mir im Moment aber sowieso nichts Unterhaltsames vorstellen. Wie gesagt, mein Hirn lief nur noch auf Reserve.

Vielleicht machten sie die ganze Sache auch nur meinetwegen, dachte ich, weil ich gerade so durchhing, keine Ahnung. Wenn, dann haben sie es sich jedenfalls nicht anmerken lassen.

Walkis Vater war übrigens Polizist. Die Walkenhorsts wohnten in Neuberg in einem von den neuen Hochhäusern. Also dem, was bei uns Hochhaus hieß. Irgendwie war es komisch, dass Walki und seine Brüder Uwe und Ludger so viel kifften und immer ein ziemliches Bohei machten, von wegen die Bullen dürften sie nicht erwischen und so, wo sie doch einen in der Wohnung hatten, aber der Alte schien sich nicht besonders dafür zu interessieren. Für was anderes auch nicht, wenn man ehrlich war. Er saß zu

Hause nur auf dem Sofa, guckte fern und wollte in Ruhe gelassen werden. Und wenn er mal was sagte, dann, dass wir alle überhaupt keine Ahnung hätten, was wirklich los war in der Welt, und selbst wenn er damit recht gehabt hätte, was sollten wir dazu denn groß sagen?

Frau Walkenhorst war bei der Stadt, was auch immer das hieß. Sie kam nachmittags nach Hause und schmiss den Laden, ihr Mann guckte ihr dabei zu. Wenn man sie fragte, sagte sie, sie sei stolz, wie toll die Jungs und die Manuela sie im Haushalt unterstützten und so, aber solange ich da ein und aus ging, habe ich außer Walkis Schwester Manu keinen von denen jemals nur einen Finger rühren sehen. Ich glaube, Frau Walkenhorst war einfach eine sehr nette Frau, die sich ihre Söhne gerne so vorstellte. Diese faulen Säcke. Aber andererseits, wenn es ihr damit gut ging, warum nicht?

Kragler hasste Walki. Walki ihn natürlich auch, klar, taten wir ja alle. Obwohl, am meisten hasste er eigentlich Walkis Bruder Ludger, der ein paar Jahre vor uns aufs Brahms gegangen war. Und nachdem Ludger weg war, hatte Kragler seinen Hass auf Ludger einfach auf Walki übertragen. Sonst hätte er womöglich seinen Arbeitstag hassfrei verbringen müssen, und das ging ja nicht, Kragler ohne Hass wäre so gewesen wie sein beschissener VW ohne Motor. Er bildete sich auf die Karre was ein und trug eine Armbanduhr, die er für hunderttausend Kilometer unfallfreies Fahren von der Fabrik oder wem auch immer geschenkt bekommen hatte und die er dauernd im Unterricht rumzeigte.

»Solange ich hier Lehrer bin, machst du kein Abitur, mein Freund«, hatte er dem kleinen Walki am ersten Schultag auf dem Gymnasium zugeraunt. Der Zehnjährige hatte ihn mit großen Augen angeschaut.

Seit Michael Habel blutend und schreiend auf dem Boden der Turnhalle gelegen hatte und Kragler, der schließlich daran schuld gewesen war, wie unbeteiligt danebengestanden hatte, überlegten wir, wie wir ihn erledigen konnten. Kragler war eine brutale Sau, ein Schläger.

In einer Erdkundestunde war Hans-Walter Plotz, den sonst nie einer bemerkte, offenbar lebensmüde gewesen, warum auch immer: Kragler hatte ihn schon in den letzten Stunden gequält, er suchte sich immer mal wieder einen aus, den er dann über Wochen fertigmachte. Hans-Walter hatte zitternd dagesessen und dann mitten in der Stunde angefangen, laut zu singen:

»Schlaf, Kindchen schlaf, der Kragler ist ein Schaf, der Kragler ist ein blödes Schwein, das weiß sogar das Hansilein, schlaf, Kindchen, schlaf.« Dabei guckte er die ganze Zeit auf den Boden und kippelte mit seinem Stuhl vor und zurück, sodass man dachte, er legt sich gleich hin.

Hans-Walter war in der Klasse bis dahin überhaupt nur einmal aufgefallen, nämlich, als er auf der Fahrt ins Schullandheim Max Philipp, der vor ihm saß, in die über dessen Rückenlehne hängende Kapuze seines Parkas gekotzt hatte.

Kragler bekam Schlitzaugen, machte aber noch eine ganze Zeit mit dem Unterricht weiter. Hans-Walter hörte nicht auf zu singen, und irgendwann flog dann Kraglers schweres Schlüsselbund in seine Richtung und erwischte ihn am rechten Ohr.

Hans-Walter schrie auf, hielt sich das blutende Ohr und kippte vom Stuhl. Kragler stürmte auf ihn zu und trommelte, auf Hans-Walter kniend, mit beiden Fäusten auf dessen Rücken und den Hinterkopf ein, richtig fest. Und irgendwann, als er nicht mehr konnte, ließ er von Hans-Walter ab, der liegen blieb und für den Rest der Stunde vor sich hin wimmerte, während Kragler außer Atem weiter über die Schlacht im Hürtgenwald sprach und sich mit seinem von eingetrocknetem Rotz ganz verkrumpelten Stofftaschentuch den Schweiß von der Stirn wischte.

Wir anderen schauten uns das ungläubig an, viele starrten auch einfach weiter geradeaus oder auf ihren Tisch und versuchten, so zu tun, als passierte das alles gerade nicht wirklich. Es gab in diesem Moment für uns alle nur die Angst, als Nächster dran zu sein. Das Ekelhafteste an der ganzen Sache war die Erleichterung darüber, dass es den Plotz getroffen hatte, der jetzt schluchzend da rumlag und sich staunend das Blut auf seiner Hand anschaute, und nicht einen selbst.

Damals dachte ich, dass der Kragler alleine dafür verdiente, augenblicklich tot umzufallen, dafür, dass ich mich jetzt so fühlte und froh darüber war, dass Hans-Walter, die arme Sau, in die Fresse bekam und nicht ich. Das Wichtigste in dieser Scheiß-Schule war, dass man lernen musste, die anderen die Fehler machen zu lassen.

Die ganze Sache hatte für Kragler ein Nachspiel gehabt. Hans-Walters Eltern hatten sich wohl beschwert, und er selbst war dann auch ein paar Wochen lang nicht mehr in den Unterricht gekommen. Aber dann war die Sache im Sand verlaufen und alles wieder so wie vorher gewesen. Bei Kragler jedenfalls, bei Hans-Walter eher nicht. Der saß zwar irgendwann wieder auf seinem Platz, sagte aber noch weniger als vorher, also, genauer gesagt, endgültig nichts mehr. Bis zu den Winterferien kam er noch, dann blieb sein Platz leer. Weil ihn das Gymnasium überfordert hatte und er auf der Realschule besser aufgehoben war, sagte Herr Gallenkamp, als wir ihn gefragt hatten. Später habe ich Hans-Walter noch mal in der Stadt gesehen, aber er hat mich nicht erkannt. Oder wollte mich nicht erkennen. Jan hatte irgendwo gehört, Hans-Walter sei letzten Sommer beim Fußballspielen vom Blitz getroffen worden und hätte das nur knapp überlebt. Manche bekamens wirklich dicke, das konnte man nicht anders sagen.

Jan hatte vorgeschlagen, Kragler erst mal »abzumelden«, also die Nummernschilder von seinem Auto zu klauen, sodass er damit nicht mehr hätte fahren dürfen, aber das fanden wir irgendwie zu piefig. Außerdem hätte Kragler dann wahrscheinlich einfach nur einen von seinen Sportärschen auf die Ämter geschickt, der dann stundenlang da rumgehockt und auf neue Nummernschilder gewartet hätte. Andererseits hätte der dafür dann wahrscheinlich eine Eins in Erdkunde bekommen, eine Hand wäscht die andere.

»Was willst du, Walkenhorst?«

Walki war am Ende der Erdkundestunde zu Kragler gegangen, der guckte, als hätte er einen Furz gefrühstückt.

»Herr Kragler, Sie haben doch in der letzten Sportstunde gesagt, wir könnten uns zu einer freiwilligen Nachprüfung melden, um unsere Note noch zu verbessern.«

Kragler musterte ihn aus seinen Schweinsäuglein.

»Wie kommts, Walkenhorst?«

»Ich hab einfach das Gefühl, ich hab meine Möglichkeiten in diesem Halbjahr nicht ausgeschöpft. Ich möchte da jetzt wirklich mal über mich selbst hinauswachsen. Man muss ja auch mal den inneren Schweinehund überwinden.«

Walki quatschte einfach nach, was Kragler uns die ganze Zeit erzählte. Und es funktionierte.

»Das ist ja erfreulich, Walkenhorst, dass das am Ende auch bei euch Pennern angekommen ist. Habe ich, ehrlich gesagt, nicht mehr erwartet.«

Walki legte nach.

»Ja, ich weiß, Herr Kragler. Ich würde aber gerne nicht dieselben Fehler machen wie mein Bruder. Und noch rechtzeitig das Steuer herumreißen.«

Über mich selbst hinauswachsen! Das Steuer herumreißen! Hatte er wirklich alles gesagt.

Kragler nickte vor sich hin und war anscheinend geschmeichelt. Wie einfach die Welt doch manchmal war.

»Was hast du dir denn vorgestellt, Walkenhorst?«, fragte Kragler, nachdem er eine Weile lang schweigend seine Tasche gepackt hatte.

»Ich würde unheimlich gerne freiwillig den 5000-Meter-Lauf machen. Borowka und Schumacher wären auch dabei.«

Unheimlich gerne! Ich brach zusammen.

»Soso. Borowka und Schumacher. Was ist das denn für 'ne Gurkentruppe?«

Walki lächelte Kragler arglos an, der wand sich noch ein bisschen, konnte dann aber der Schleimerei nicht widerstehen.

»Dienstagnachmittag. Ich will dann aber Topleistung sehen. Eine Spitzenzeit will ich auf der Uhr haben, Walkenhorst, sonst reiß ich euch den Arsch bis zum Stehkragen auf, das versprech ich dir. Ich hab keine Lust, in meiner Freizeit sinnlos auf dem Sportplatz rumzustehen.«

Er hielt Walki dabei am Oberarm fest und schaute ihm tief in die Augen. Der Typ war wirklich das Gewalttätigste, was mir bis jetzt begegnet war. Auch, wenn er nicht gerade auf jemanden eindrosch.

Und plötzlich dann: »Du hast doch Möglichkeiten, Walkenhorst. Was ist denn los, verdammt noch mal. Da muss doch mal was kommen!«

In Wirklichkeit war Kragler eigentlich nur scharf darauf, mit seinen Leuten bei den Stadtsportfesten gegen die anderen Schulen zu gewinnen und in der Zeitung zu stehen, und witterte jetzt wohl Morgenluft. Walkis Schweinehund war ihm scheißegal, aber sein Problem war, dass die Leute, die Kragler mochten, ziemliche Klappspaten waren. Die brachten es bei den Wettbewerben nicht. Deswegen war er trotz seines Hasses sogar auf solche Vögel wie Walki angewiesen. Walki war wirklich sauschnell, so was hatte man noch nicht gesehen. Er musste sich dafür nicht mal besonders anstrengen.

»Super, Herr Kragler. Danke! Wir trainieren auch

schon, Borowka, Schumacher und ich.« Walki redete sich um Kopf und Kragen.

Aus Kraglers Aktentasche waberte der sauere Teewurstmief seines Pausenbrots. Das konnte ich sogar aus fünf Metern Entfernung riechen.

»Nächsten Dienstag, 16 Uhr, fertig umgezogen vor der Sporthalle. Fünf Minuten vor der Zeit ist des Soldaten Pünktlichkeit, Brüder. Ich muss um 16:30 Uhr weg, keine Diskussion, da will ich eure Visagen nicht mehr sehen.«

Dabei klopfte er Walki mit dem Rücken des Notizbuchs gegen die Stirn und ging.

Als er weg war, geierten Jan und Walki sich einen ab, und ich hätte auch mitgemacht, wenn nicht gerade wieder eine Welle aus Liebeskummer auf mich zugekommen wäre.

Ich hatte noch nie einen 5000-Meter-Lauf hinter mich gebracht. Na ja, vielleicht nach dem Kino, aber das zählte nicht. Warum um alles in der Welt hätte ich das auch freiwillig tun sollen? Bogi und ich hatten sogar für den 1000-Meter-Lauf (zweieinhalb Runden um den Sportplatz) ein System entwickelt, bei dem wir uns abwechselnd eine Runde lang in der Hecke versteckten und ausruhten, um dann, ohne dass Kragler es bemerkt hatte, ausgeruht zum Schlussspurt wieder einzusteigen. Das schien mir ewig her zu sein, dabei waren es gerade einmal ein paar Monate. Ich wusste noch genau, wie es sich angefühlt hatte, als Bogi sich letztes Frühjahr im Gebüsch an mir vorbeigedrückt hatte, ich roch noch seinen Schweiß und die frischen hellgrünen Blätter. Wieso war er von einem auf den anderen Moment so krank geworden? Eben noch war er doch über den Aschenplatz gewetzt. Und jetzt konnte er nur noch rumliegen und an die Decke gucken, aus diesen Waschbäraugen, die er jetzt hatte. Das konnte doch alles nicht wahr sein.

Jan und ich gaben nach für unsere Verhältnisse heldenhaften 2000 Metern auf, unter dem höhnischen Gelächter von Kragler, der sich dann in sein dämliches Notizbuch, das er sich auf die Plauze legte, irgendwelche Eintragungen gemacht hatte.

Er interessierte sich sowieso nur für seinen neuen Freund Walki, der unterwegs war wie der Teufel und der uns, bevor wir aufgaben, auch schon überrundet hatte.

»Jaaaa, Walkenhorst, geht doch!«, brüllte Kragler der neben ihm stehenden Referendarin Frau Czybulczyk ins Ohr, die zusammenzuckte. Frau Czybulczyk war erst seit ein paar Wochen an der Schule, Sport und Englisch, und Kragler hatte sie offenbar gezwungen, hier dabei zu sein. Ich mochte die Referendare meistens. Solange die nicht vor den anderen Lehrern und dem Direktor, die dann alle in der letzten Reihe saßen, eine Lehrprüfung ablegen mussten, waren die meisten von denen ziemlich in Ordnung. Bei den Prüfungen war es mit denen immer so wie in dem Film mit dem Typ, der eigentlich Arzt war und total nett, und dann trank er eines Abends dieses Zeug, das er sich in seinem Laboratorium zusammenmixte, und ihm wuchsen überall Haare, er bekam eine ganz tiefe, gurgelnde Stimme und lief rum und machte brutales Zeug. Alle hatten tierische Angst vor ihm. So ungefähr hatte man sich auch die Referendare in den Prüfungen vorzustellen.

Außer das mit den vielen Haaren. Wenn, dann hatten sie die schon vorher gehabt.

Frau Czybulczyk war übrigens eine Freundin von Walkis Bruder Ludger, was immer das hieß. Walki nannte sie außerhalb der Schule Dagmar. Ohne Quatsch jetzt. Ludger war sechs Jahre älter als Walki. Ich glaube allerdings nicht, dass Kragler das mit Ludger und ihr wusste, sonst wäre der nicht so nett zu ihr gewesen.

Walki rannte wie der Teufel, und Kragler war mächtig stolz darauf. Als ob das seinetwegen sei. Der Trottel, wegen seines tollen Trainings oder was? Frau Czybulczyk hatte eine Stoppuhr umgehängt und musste die Rundenzeiten notieren. Kragler murmelte: »Rekord, der Lorbass läuft Rekord!« Jan und ich lagen in der Sprunggrube, und ich fragte mich, was der ganze Scheiß eigentlich sollte, warum wir hier freiwillig nachmittags rumhingen und Walki beim Rennen zugucken sollten. Aber warum es zu irgendwas gekommen war, fragte man ja meistens erst, wenn es eh zu spät war und man schon in der Scheiße saß. Jan hatte Hunger, und weil nichts Essbares in der Nähe war, holte er seinen Tabak raus, um stattdessen eine zu rauchen.

Kurz dachte ich an Jacqueline, und alleine, dass ich nur ihren Namen dachte, mehr nicht, nur dieses Wort, Jacqueline, versetzte mir einen Stich. Nein, nicht ins Herz, das stimmte nämlich nicht, was da immer so erzählt wurde, sondern irgendwo weiter hinten war die Stelle, wo es wirklich wehtat, so, als ob man einen Pfeil ins Schulterblatt geschossen bekäme. Und dann breitete der Schmerz sich von dort aus, und irgendwann kam er dann vielleicht auch beim Herz an, möglich. Tatsache war, statt mit Jacqueline verbrachte ich meinen Nachmittag jetzt mit Kragler. Und wenn ich nicht ihretwegen traurig war, dann wegen Bogi.

Jan neben mir drehte sich eine von seinen streichholzdünnen Kippen, die er immer rauchte. Ich schaute zu Kragler rüber, ob der wegen der Raucherei auf dem Sportplatz was sagen würde. Der guckte zwar mal zu uns hin und schüttelte den Kopf, aber letztlich waren wir ihm scheißegal. Hier ging es nämlich gerade um Walkis neuen Stadtrekord im 5000-Meter-Lauf der unter 18-Jährigen, gelaufen vom neuen Wunderkind aus Kraglers Rekordschmiede.

Walki war jetzt schon zehn Runden gelaufen, also viertausend Meter, und wirkte kein bisschen müde, Jan und ich hatten eher das Gefühl, er legte noch einen Zahn zu. Ziemlich konzentriert sah das aus, und ich wunderte mich kurz, dass Walki die ganze Kifferei offenbar nichts auszumachen schien. Jedenfalls nicht, was seine Kondition betraf. Kragler rastete mittlerweile komplett aus vor Begeisterung.

»Sehen Sie sich das an, Frau Czybulczyk! Der Walkenhorst, der Penner! Man muss die Brüder eben einfach mal rannehmen!«

Bei »rannehmen« fuchtelte er mit dem linken Arm in der Luft herum und spuckte ein bisschen. Frau Czybulczyk drehte sich zur Seite und nahm ihre Brille ab, um sie mit einem Zipfel ihres T-Shirts sauber zu wischen. Man konnte dabei kurz ihren nackten Bauch sehen.

»Klingeling, Walkenhorst! Rekord! Letzte Runde, jetzt noch mal Kasalla!«, brüllte Kragler Walki zu, als der wieder an ihm vorbeilief. Er hatte wirklich »Klingeling« gerufen, weil er keine Glocke hatte, mit der er die Schlussrunde hätte einläuten können, wie sie das bei der Olympiade machten. Klingeling, Wahnsinn.

»Klingeling«, sagte jetzt auch Jan neben mir, und dann runzelte er kurz die Stirn: »Jetzt pass auf.«

Was meinte der? Wusste er was, das ich nicht wusste?

Er guckte mich an und wies dann mit dem Kinn in Walkis Richtung, der jetzt in die letzte Kurve vor der Zielgeraden einbog. Kragler klatschte rhythmisch, rief »Wal-ken-horst, Wal-ken-horst!« und machte auffordernde, irgendwie rudernde Bewegungen in Richtung von Frau Czybulczyk, damit sie sich daran beteiligen sollte, was sie aber nicht tat. Schade, dass Ludger das nicht hörte. Hoffentlich erzählte ihm Frau Czybulczyk, also Dagmar, später davon.

Kragler sah seinen Namen wahrscheinlich schon unter dem Foto in der Zeitung stehen: »Dank des hervorragenden Trainings durch seinen Sportlehrer Oberstudienrat Horst Kragler (links) konnte Detlef Walkenhorst (rechts) vom Johannes-Brahms-Gymnasium, Klasse 10b, den Stadtrekord über 5000 Meter in der Klasse der unter 18-Jährigen um mehr als sieben Sekunden unterbieten. Wir gratulieren!« Lustig, dass die das in der Zeitung immer drunterschrieben, wer wer war. Damit man die bloß nicht verwechselte und womöglich dachte, dass Kragler in die 10b ging und Walki Studienrat war, oder was?

Und dann – blieb Walki 50 Meter vor dem Ziel einfach stehen. Erst war es für einen Moment still, dann brüllte Kragler:

»Neiiiiin! Was soll denn das? Beiß dich durch, Walkenhorst! Was ist denn los?«

»Halt die Fresse, du Nazischwein. Denkst du, ich laufe

hier Stadtrekord, damit du dir dadrauf einen runterholen kannst? Blödes Arschloch.«

Ganz ruhig sagte er das, obwohl er gerade fünf Kilometer um den Platz gewetzt war wie eine gesengte Sau.

Walki lächelte Kragler an.

»Was war das?«

»Steck' dir deinen Rekord in den Arsch, Kragler.«

»Jetzt pass mal auf, du kleiner Pisser«, sagte Kragler und ging langsam auf Walki zu. »Ich mach dich fertig, Walkenhorst!«

»So wie den Michi Habel? Oder den Hans-Walter? Komm doch her, kannst mir ja auch in die Fresse hauen wie dem. Und dann zeig ich dich an, du Kackhaufen. Der Borowka und der Schumacher sind Zeugen.«

Ich traute meinen Ohren nicht. Was Walki da tat, war das Heftigste und Mutigste, was ich bis jetzt in der Schule erlebt hatte. Jan und ich waren ganz still. Frau Czybulczyk guckte irgendwohin, wo gar nichts war. Kragler und Walki blieben lange voreinander stehen und schauten sich an. Jetzt fließt Blut, dachte ich, der Kragler schlägt ihn zu Brei. Aber dann guckte er kurz zu Frau Czybulczyk und dann zu uns rüber, nickte und zog wortlos ab.

Als er außer Sicht war, liefen wir zu Walki hin, der sich immer noch nicht vom Fleck gerührt hatte. In meinem Kopf die ganze Zeit nur ein Gedanke – Walki hat den Kragler besiegt –, immer wieder dieser Satz.

Als wir bei ihm ankamen, sahen wir, dass er zitterte. Er hob langsam den Kopf und schaute uns aus aufgerissenen Augen an, aus denen Tränen liefen, aber es wirkte, als ob er gar keine Kraft mehr hatte, um zu weinen.

Wir standen um ihn herum und wussten nicht richtig, was wir mit ihm machen sollten. Jan legte einen Arm um Walkis Schulter, und in dem Augenblick knickten dessen Beine ein, und wir mussten ihn festhalten, damit er nicht stürzte. Frau Czybulczyk schlich an uns vorbei, als ob sie hoffte, dass wir sie nicht bemerkten. Als ich zu ihr hinsah, machte sie einen Ansatz, was zu sagen, ließ es dann aber doch sein und verdrückte sich. Sie nickte mir zu, als ob es eine Verabredung zwischen uns beiden gäbe, von der ich mich allerdings fragte, worin sie bestehen sollte.

»Alles klar, Walki?«, fragte Jan.

Was so ziemlich die idiotischste Frage war, die man ihm gerade stellen konnte. Aber mir fiel nichts Besseres ein, deshalb hielt ich lieber die Klappe. Wären wir Mädchen, dachte ich, könnten wir ihn jetzt kreischend aufs Klo zerren. Das machten die doch immer, wenn sie nicht mehr weiterwussten.

Nach einer Weile löste sich Walki aus unserem Griff, ging ein paar Schritte in Richtung des Mittelkreises und guckte in den schlierigen Himmel. Jan sagte schließlich doch noch was, nämlich: »Wahnsinn, Walki. Oft erreicht, nie kopiert.« Irgendwas stimmte an dem Satz nicht, dachte ich. Egal.

Wir standen dann noch ziemlich lange da rum und sagten nichts. Walki schlotterte vor sich hin, und Jan rauchte noch eine. Um was zu tun, holte ich Walkis Trainingsjacke von der Tribüne und legte sie ihm um die Schultern. Irgendwann gingen wir drei uns dann umziehen.

ELF

– Anfang Dezember –

Dann waren alle Blätter weg, ohne dass ich es mitbekommen hatte. Ich guckte aus dem Fenster meines alten Zimmers in die Birke davor. Birke, Birch auf Englisch. Hatte ich beides von Bogi gelernt. Wann hatte die eigentlich ihre ganzen Blätter verloren? Eben war sie doch noch voll davon gewesen. Ich hätte das doch mitbekommen müssen. In den Ästen hüpfte wieder mal eine Amsel herum, aber egal, wonach sie auf der Suche war, sie war zu spät dran. Birke, Amsel, Birch, Blackbird. Mir fiel der Vogel ein, der damals vor Bogis Krankenzimmer gesessen hatte, als ich ihn mit Walki und Jan das erste Mal besucht hatte, und ich dachte kurz, dass es vielleicht derselbe war. Ich lief runter zum Telefon und rief bei Schnellstiegs an, um zu fragen, ob mit Bogi alles okay sei, wenn man das so nennen konnte. Frau Schnellstieg war dran. Sie hatte aber gerade keine Zeit und meinte nur, ich solle ihn doch am besten besuchen, wenn ich wissen wolle, wie es ihm gehe.

Mein Zimmer war jetzt leer geräumt, die Jungs von Umzüge Gebuehrlich hatten am Vormittag auch noch die restlichen Sachen von meiner Mutter und mir abgeholt und in die neue Wohnung gebracht. In den Tagen davor war ich mit ihr ungefähr achthundertmal in dem blöden Polo zwischen altem Haus und neuer Wohnung hin- und hergefahren, und wir hatten das Zeug hingebracht, das meine Mutter Kleinkram nannte. Mir waren dabei irgendwann fast die Arme abgefallen. Leider war ich, als die Gebuehrlichs gekommen waren, schon in der Schule gewesen und hatte nicht sehen können, ob Heinz, mein Lieblingspacker, meinen Kleiderschrank auch englisch genommen hatte. Hätte mich wirklich interessiert, das Ding war sauschwer. Ja, klar, ich hätte jetzt, wo ich hier stand, rumheulen können, wie traurig das alles aussah, so leer und alles. Die Staubmäuse und die hellen Flecken an der Wand, da wo vorher die Poster gewesen waren. Das Zimmer klang ganz anders. Schon nicht mehr wie meins. Der Hall in dem leeren Raum gefiel mir. Ich sprach und pfiff und schnalzte rum, hoffentlich hörte das keiner. Obwohl, eigentlich auch egal. Wenn ich irgendwann mal von zu Hause wegginge, würde ich mein neues Zimmer komplett leer stehen lassen.

Dann hätte ich den Spaß jeden Tag und müsste keine Sachen schleppen, wenn ich wieder abhaute. Es sei denn, Heinz von Umzüge Gebuehrlich käme und nähme die Sachen englisch. Dann würde ich mir's noch mal überlegen.

An Jacqueline Schmiedebach dachte ich jetzt nicht mehr so oft. Manchmal noch, aber ich machte dann schnell was anderes. Jan eine Kopfnuss geben, zum Beispiel, wenn der gerade neben mir stand. Dem ging das aber irgendwann so auf den Keks, dass er einen Fußfeger bei mir ansetzte, der echt wehtat. Jan konnte ziemlich gut Judo. Für eher klein gewachsene Menschen wie ihn war das ein guter Sport, weil die nicht so tief fielen.

Für eine Weile hatte ich mir einen anderen Schulweg gesucht, sodass es eher unwahrscheinlich war, jemandem vom Einstein, vor allem Jacqueline, zu begegnen. Komisch eigentlich, wie leicht das ging, einen Menschen aus seinem Leben zu bugsieren. Man ging einfach ein paar andere Straßen lang als sonst, machte einen kleinen Umweg, und schon gab es denjenigen, den man meiden wollte, und den Teil der Welt, der mit diesem Menschen bis jetzt verbunden gewesen war, nicht mehr. Natürlich nicht wirklich, ist schon klar.

Ich war entweder gefrustet oder wütend oder beides. Nicht nur wegen der Jacquelinegeschichte. Auch wegen meinen bescheuerten Eltern. Und wegen Bogi natürlich. Weil mir keiner sagte, was wirklich mit ihm los war. Immer hatte ich das Gefühl, alle wollten mich schonen, oder, was wahrscheinlicher war, hielten mich für zu blöd, um die Wahrheit zu kapieren oder damit klarkommen zu können. Und in der Schule war ich dann auf einmal nicht mehr zu doof, oder was? *Da* sollte ich mir jeden verschissenen nutzlosen Mist merken, den die mir erzählten, die binomischen Formeln oder so, nur als Beispiel jetzt.

Bogi war immer noch im Krankenhaus. Das letzte Mal hatte Jan ihn alleine besucht. Ich hatte behauptet, dass es mir nicht so gut ginge, Kopfschmerzen, keine Ahnung. Das war in den Tagen gewesen, als ich nur noch an Jacqueline und nichts anderes mehr gedacht hatte. Kopfschmerzen, so ein Schwachsinn, ich wusste gar nicht, wie die sich anfühlten. Außerdem, wir würden dann ja, wenn ich ihn besuchte, sowieso wieder nicht wissen, was wir miteinander reden sollten. Bogi sollte sich erst mal ausruhen, das war ja wohl das Wichtigste. Umso schneller würde er auch wieder gesund werden. Man konnte aber auch einfach sagen, dass ich ein gefühlloser, egoistischer Arsch war. Jan stand vielleicht manchmal lange auf der Leitung, er war nicht der Schnellste und der Hellste, aber er war eben auch derjenige, der Bogi immer besuchen ging und nicht nur darüber redete, dass er das demnächst vorhatte. Walki dagegen versuchte, unterm Radar durchzufliegen, und hoffte, dass ihn keiner auf Bogi ansprach.

Ich drehte mich um und ging zum letzten Mal aus dem Zimmer raus, das mal meins gewesen war, rutschte das Treppengeländer runter und guckte mich noch mal um. The room formerly known as Schumacher's Wohnzimmer. Ich müsste doch jetzt irgendwas fühlen, dachte ich nur. Statt wirklich was zu fühlen.

Meine Mutter wollte mich mit dem Auto mitnehmen, aber ich sagte, dass ich lieber mit dem Fahrrad runterbrettern wolle und später nachkäme.

»Wann denn?«, fragte sie.

Sie hatte ein bisschen Angst, dort alleine zu sein, glaube ich.

»Mal sehen.«

Ich fuhr den Lindenhain, der schon nicht mehr meine, sondern nur noch eine Straße von vielen war, in Richtung des Ringwalds rechts runter. Am Haus von Schliemann vorbei. Dessen Dackel rannte wie angestochen hinter dem Jägerzaun lang und kläffte. Ich bellte zurück und sah, dass im Haus jemand die Gardinen beiseitezog. Dann war ich auch schon abgebogen. Als ich mir in den letzten Wochen unseren Auszug vorgestellt hatte, hatte ich gedacht, dass mir irgendwie »zumute« sein würde. Feierlich meinetwegen. Ein Lebensabschnitt geht zu Ende, so was. War aber nicht so. Da war gar nichts. Mir war vielleicht einfach nicht mehr nach Fühlen zumute, Lebensabschnitt hin oder her. Genug gefühlt in letzter Zeit.

Ich bretterte den Berg runter, zum Glück kam mir keiner entgegen. Einmal hätte es mich fast zerlegt, weil das Laub ziemlich rutschig und ein riesiger Ast runtergekommen war, den ich zu spät gesehen hatte, um ihm noch ausweichen zu können. Danach hatte ich eine leichte Acht im Vorderrad. Am Freibad vorbei fuhr ich in Richtung Stadt. Kurz dachte ich daran, wie ich nach dem Kino dort am Zaun gestanden und mich geschämt hatte. Mein Gesicht hatte geglüht, und ich hatte mir einzureden versucht, das sei gewesen, weil ich so gerannt war.

Mal gucken, was am Volkspark los war, dachte ich. Obwohl es schon ziemlich kalt war, saß trotzdem immer irgendwer rum, den man kannte. Der Einzige, der dann tatsächlich da war, war Neandertal-Klaus.

»Na, du Weihnachtsmann«, sagte er, als ich mit dem Rad vor seiner Parkbank zum Halten kam, und ich glaube, in seiner Neandertalerwelt war das so etwas wie eine freundliche Begrüßung. Wahrscheinlich war es Neandertal-Klaus einfach nur langweilig, und er freute sich, dass überhaupt jemand aufkreuzte. Klaus und ich hatten bis jetzt nicht viel miteinander zu tun gehabt. Ich hatte nur manchmal in den Pausen mit Walki bei den Rauchern hinten bei den Fahrradständern rumgestanden. Klaus war offenbar deren Häuptling. Jedenfalls hatten alle ziemlichen Respekt vor ihm. Vielleicht wegen seiner Dealerei und der Plantage im Ringwald. Ob ich ihn jetzt fragen konnte, wo die war? Ich hätte es nach der nutzlosen Sucherei einfach zu gerne gewusst. Wer weiß, wann ich überhaupt mal wieder in den Ringwald käme, das wäre ja jetzt auch vorbei, dass ich da rumkurvte. Es war ein saugutes Versteck, das Neandertal-Klaus dort für seine Pflanzen gefunden hatte, das musste man schon sagen. Ich sprach ihn dann aber doch nicht darauf an. Ich sprach ihn erst mal auf gar nichts an und Klaus mich auch nicht, weswegen wir einander eine ganze Weile stumm gegenübersaßen, ich auf dem Rad und Neandertal-Klaus auf der Parkbank.

»Hast du vielleicht den Walki gesehen?«, fragte ich schließlich, nachdem mir die Stille doch zu blöd geworden war. Was Besseres fiel mir nicht ein, und Walki war der Einzige, von dem ich wusste, dass wir ihn beide kannten. »Wer soll'n das sein?«, nuschelte Klaus. Aha. Na gut. Dann nicht. »Bist auch aufm Brahms, oder?«, fragte Klaus dann nach der nächsten Gesprächspause. Es hörte sich bei ihm an wie »Brooms«, weil er den Mund beim Sprechen eigentlich nicht öffnete. Meine Fresse, dachte ich, der sieht mich da jeden Tag. »Ja, 10b. Wir waren mal in einer Klasse«, sagte ich. Dann war wieder Ruhe.

»Das Schöne ist ja, dass das alles irgendwie Verbündete sind, der Baum und der Matsch und der Regen und die Insekten«, sagte Klaus, und dann, was mich verblüffte: »Komm, setz dich.« Ich lehnte mein Rad gegen die Kastanie und hockte mich zu Neandertal-Klaus auf die Bank. »Der Baum is' so schön«, sagte Klaus. Ich wusste nicht genau, welchen er meinte. Das war ja eine Allee hier, das hätte er schon etwas genauer beschreiben müssen.

Neandertal-Klaus hieß so, weil er vor zwei Jahren mit seinen Eltern aus Haan hergezogen war. Er war damals in meine Klasse gekommen, obwohl er ein Jahr älter war als die meisten anderen. Mittlerweile war er sogar eine Klasse unter mir. Er hatte sich vorstellen müssen und dabei unter anderem den Satz gesagt: »Haan liegt in der Nähe von Düsseldorf – und vom, äh, Neandertal.« Bei »Neandertal« war natürlich die Hölle los gewesen, Frau Strobel hatte den Laden danach kaum noch in den Griff bekommen, wie üblich. Seinen Namen hatte Klaus ab da jedenfalls weg. Und irgendwie hatte er dann mit diesem Namen auch gar nicht mehr die Wahl, wie sich seine Schullaufbahn entwickeln sollte. Schulsprecher konnte man als Neandertal-Klaus schlecht werden. Wie hätte sich das denn angehört? »Meine Stimme für Neandertal-Klaus!« oder wie?

»Wie viel brauchst du?«, fragte Klaus mich jetzt. Ich erschrak, aber natürlich dachte Klaus, ich sei da, um Dope zu kaufen. Weswegen denn sonst? Ich hatte mich vor der Kifferei bis jetzt immer gedrückt, mir machten ja schon die Mentholzigaretten meiner Mutter Probleme. Außerdem hatte ich doch noch nicht mal das Amselfelder-Besäufnis mit Bogi machen können, hing also rauschmäßig sowieso ziemlich hinterher. Eins nach dem anderen, hatte ich gedacht. Wahrscheinlich hatte ich aber einfach nur Schiss vor der ganzen Sache, wenn ich ehrlich war. Dass ich dann mit der Unterhose auf dem Kopf durch die Stadt rennen würde, oder was weiß ich.

»Du, ich, äh, ich hab da nicht so …«, stammelte ich. Und jetzt schaute Neandertal-Klaus mich zum ersten Mal länger an. »Das liegt ja auch manchmal an der Person und di, äh, re, der, äh, ihre Erwartungen. Ihren«, sagte Klaus. Er fuchtelte dabei mit den Armen rum, so, als sei die Sprache ein großer zäher Teig, der von ihm durchgeknetet und in kleine Stücke zerteilt werden müsste. Ich versuchte zu verstehen. »Da sind doch die Erwartungen einfach zu groß, da wird dann von Gott erzählt« – Klaus machte bei »Gott« mit beiden Händen eine Bewegung, als ob er über seinem Kopf eine Bowlingkugel drehen würde –, »was weiß ich, dass er voll gut ist, dass es das Beste ist, ja? Dann wird dir erzählt, dass es total geil ist, und dann sind die Erwartungen da natürlich höher.«

Ich verstand leider kein Wort und hatte jetzt die Wahl, das hier entweder einfach laufen zu lassen oder möglichst schnell zu verschwinden. Klaus war es vermutlich egal, und ich hatte eigentlich nichts Besseres zu tun, als bei ihm zu sitzen. Vor allem wollte ich noch nicht in die neue Wohnung, wenn ich ehrlich war. Komischerweise fing er gerade jetzt, während ich das dachte, an, von meiner Mutter zu sprechen.

»Wenn deine Mutter dich jetzt zum Brötchenholen schickt, sag ich mal, dann sagt die dir, bring *die* Brötchen mit und bring *die* Brötchen mit und bring *die* Brötchen mit, und dann gehst du los, und dann stehst du da, und dann denkst du, Scheiße, was sollte ich noch mal für Brötchen mitbringen?« Er meinte, glaube ich, gar nicht meine Mutter, aber die Sache war für Klaus offenbar ein wichtiges Ding, denn er tippte mir bei jedem »die« mit dem Zeigefinger fest und schmerzend auf mein linkes Schlüsselbein.

»Das ist ja jetzt schon so, dass ich dann die Brötchensorten durcheinanderbringe«, sagte ich, »dafür brauch ich doch nicht zu kiffen. Da kann ich mir das Geld auch sparen, wenns darum geht.« Einen Moment lang schien Klaus verblüfft zu sein, dann verzog sich sein Gesicht, man hätte das zuerst als Ausdruck von Wut deuten können, am Ende fing er aber schließlich an zu lachen. Und zwar nicht nur kurz, sondern auf eine Art, als hätte ich den fantastischsten Witz aller Zeiten gemacht. Klaus kriegte sich überhaupt nicht mehr ein. Irgendwie schmeichelte mir das sogar, aber gleichzeitig war mir klar, dass der Gute ganz schön einen an der Waffel hatte. Nachdem Neandertal-Klaus sich wieder beruhigt hatte, schwiegen wir eine Weile und schauten auf die Wiese, die im Sommer immer voller Leute war, auf der jetzt aber nur ein Cockerspaniel zwischen den Kackhaufen der anderen Hunde Slalom lief. Er gehörte zu jemandem, den man nicht sah, sondern nur vergeblich nach ihm rufen hörte.

Klaus friemelte eine zerknautschte Tabakpackung, Javaanse Jongens, aus der einen und eine kleine Filmdose aus Plastik aus der anderen Jackentasche. »Ich bin ja auch schon oft enttäuscht worden in meinem Leben«, sagte er. Was meinte er denn damit jetzt schon wieder? Wusste Klaus womöglich etwas über mich, von dem ich auf keinen Fall wollte, dass es irgendjemand erfahren sollte? Mein größter Albtraum nach der Jacquelinegeschichte war, dass sich die Sache verbreiten würde und sich das ganze

Einstein und dann natürlich auch bald das ganze Brahms über mich kaputtlachen würden. »Guck mal, das ist doch der Schumacher, der Gecko, der mit Jacqueline Schmiedebach und ihrem Stecher in Bilitis gegangen ist, weil ers nicht gecheckt hat …«, würde es dann heißen, und so weiter.

Klaus wartete jetzt offensichtlich darauf, dass ich ihn fragte, wovon er denn enttäuscht worden war, aber den Gefallen tat ich ihm nicht. Die Gefahr, dass Klaus ohne mein Nachfragen die Klappe halten würde, war jetzt, wo er einmal in Fahrt gekommen war, auch nicht besonders groß. Da ging es auch schon weiter. »Zum Beispiel war ich von Pilzen enttäuscht, weil ich vorher LSD genommen hatte, und dann dachte, boah, das ist bestimmt noch geiler als LSD, und dann war das aber ganz anders, und dann war ich irgendwie enttäuscht.« Okay, die Kinosache interessierte ihn offensichtlich nicht, das erleichterte mich.

»Wie heißt du noch mal?«

»Motte. Morten eigentlich.« Klaus schien darüber eine Weile nachzudenken. »Hör zu, Motten, ganz wichtig, du darfst dich in die Droge nicht zu sehr reinversetzen.«

»Wie bitte?«

»Sonst sitzt du nachher da mit deinem ersten Joint und ziehst und ziehst und ziehst und denkst, da passiert ja nix. Aber da kann der Joint ja nix für!« Klaus boxte mir aufs Bein. Während er weiterlaberte, verteilte er dabei erst den Tabak auf den drei trichterförmig zusammengeklebten Zigarettenpapierchen, riss dann einen Streifen von der Pappverpackung der Rizlas ab und rollte ihn zu einem kleinen Röhrchen zusammen. Dann hielt er sein Feuerzeug an den schwarzen Klumpen, den er aus dem Filmdöschen geholt hatte, und krümelte etwas von der zähen Masse auf den Tabak. Schließlich drehte er die ganze Konstruktion zusammen, leckte mit der Zungenspitze, die ganz rosa und sauber aussah, wie die eines kleinen Kätzchens, das seine Milch aufschleckte, und die gar nicht zu Klaus' seibeliger Visage passte, die Gummierung an. Er verklebte das Teil und überprüfte dann seine Arbeit. Sah hübsch aus, fand ich, wie eine kleine Schultüte. Besonders gefiel mir der kleine gezwirbelte Zipfel obendrauf. An den hielt Klaus aber jetzt schon wieder sein Feuerzeug und schnipste ihn weg. Dann zündete er den Trichter an, hatte aber anscheinend Angst, dass der Inhalt herausrieseln würde, denn er hielt das Teil senkrecht und bewegte sich, wenn er daran zog, gewissermaßen zum Joint hin, statt dass er ihn zum Mund geführt hätte. Er knickte in der Hüfte ab und kroch seitlich darunter, so limbomäßig. Sitzlimbo irgendwie. Sofort zog der modrige Geruch zu mir rüber, den ich schon vom Schulhof kannte. Nachdem Klaus ein paarmal gezogen hatte, reichte er mir die Tüte. Und ohne groß zu überlegen, nahm ich sie und schaute mir kurz das Mundstück an, ob daran irgendwas zu sehen war, was ich lieber nicht in den Mund genommen hätte. Das war mir in Bezug auf Neandertal-Klaus, ehrlich gesagt, nicht ganz geheuer. Aber dann zog ich einfach mal.

Das mit den Lungenzügen hatte ich in der letzten Zeit zwar geübt, aber ich hatte es, wie gesagt, noch nicht geschafft, zum Raucher zu werden. Auch, weil ich es immer wieder vergaß. Daran musste man regelmäßig arbeiten. Oder vielleicht war es auch einfach so, dass ich zu Hause in den ersten fünfzehn Jahren meines Lebens schon so zugequarzt worden war, zum Beispiel während der stundenlangen Autofahrten mit meinen kettenrauchenden Eltern bei geschlossenen Fenstern, dass ich es damit nicht eilig hatte. Dieser Rauch hier aber war anders als der, den ich kannte, dicker irgendwie, und als ich ihn in die Lunge sog, dachte ich, ich würde in Stücke gerissen werden. Weil ich mich aber vor Neandertal-Klaus nicht zum Horst machen wollte, schaffte ich es, den Qualm einige Zeit bei mir zu behalten. Ich wurde knallrot, meine Augen traten hervor, weswegen ich den Kopf senkte. Immer wieder zog meine Lunge sich krampfartig zusammen und bettelte geradezu darum, das Zeug endlich loszuwerden. Ein wenig Rauch strömte durch meine Nase. Ich machte, während ich den Hustenreiz unterdrückte, Geräusche wie eine alte Dampflok, mpf, mpf, mpf. Neandertal-Klaus beobachtete das alles interessiert.

»Finde ich gut, dass du da positiv rangehst«, sagte er.

»Einfach mal sagst: Ja, ich probier das jetzt aus. Keine Ahnung, weiß ich jetzt auch nicht.« Dann, nach einer kleinen Pause: »Weiß man ja vorher auch nicht, wie man da so beschaffen ist.« Ich dachte: alles klar, Klaus. Nein, dachte ich nicht. Ich dachte: noch drei Sekunden, dann werde ich diese Giftschwaden in mir wieder los, und das wars dann mit meiner Drogenkarriere. Beim Ausatmen machte ich ein Geräusch, das so klang wie das Gähnen eines großen alten Hundes. Klaus schien das nicht zu überraschen, denn er antwortete mit einem Miauen. Ich fragte mich nicht, warum, ich war gerade zu sehr mit mir selbst beschäftigt. Dann setzte ich mich wieder gerade hin, froh, dass ich es hinter mir hatte und noch lebte, und wartete auf die Wirkung der Droge. Es sah aber alles genauso aus wie vorher. Ich guckte auf die Wiese und konnte mir überhaupt nicht vorstellen, dass in diesem vollgeschissenen Volkspark irgendwann wieder was wachsen würde.

»Da kommt man dann halt in so einen Zustand von ..., äh, ge..., ausge..., ausgenommener, äh ..., Erlassenheit«, sagte Klaus jetzt, der den restlichen Joint alleine geraucht hatte. Über die ausgenommene Erlassenheit musste ich nachdenken.

»Ja, ich weiß nicht. Ich merk jetzt erst mal nichts«, sagte ich.

»Da kann der Joint nix dafür, Martin, der Joint kann da nix für.«

Wieder Klaus' Zeigefinger auf meinem Schlüsselbein.

»Morten.«

»Hä?«

»Ich heiße Morten, M.o.r.t.e.n. Nicht Martin.«

»Sag ich ja.«

Das hatte hier irgendwie keinen Sinn mehr, und ich dachte, es wäre Zeit weiterzuziehen.

»Tschüss, Klaus. Und, äh, danke.«

Ich stand auf und nahm mein Fahrrad, Klaus schaute weiter geradeaus. Zum schönen Baum. Oder zum ausgenommen erlassenen, keine Ahnung. Er zeigte mit dem Zeigefinger auf mich, weswegen ich froh war, schon in sicherer Entfernung zu sein, wegen meines Schlüsselbeins und so weiter. Und dann lachte Klaus wieder.

Ich fuhr vom Volkspark aus in Richtung Domplatz und machte dabei einen kleinen Umweg, um nicht an den Adria-

Lichtspielen vorbeizukommen. Die Jacquelinesache war das Beschissenste, was mir bis dahin in meinem Leben passiert war, keine Frage. Dann hatte ich ein schlechtes Gewissen, dass ich so dachte. Weil doch das mit Bogi viel schlimmer war. Und weil mir das nicht zuerst eingefallen war.

In der Fußgängerzone war irgendwas los, eine Menschentraube stand da, quakende Musikfetzen waren zu hören. Ich wollte mir das mal ansehen und fuhr näher ran. Es war eine Rollstuhl-Squaredance-Vorführung, und ich erkannte hinter einem der Rollstühle Walkis Bruder Ludger. Er machte bei denen gerade seinen Zivildienst. Ludger trug ein Westernhemd mit Fransen, wie alle anderen auch, und guckte angestrengt, weil er sich auf seine Schritte konzentrieren musste, damit ihm sein Rollstuhlfahrer nicht über die Füße fuhr. Zusammen mit den anderen Betreuern schob er sechs Rollis, die auch alle Cowboyhüte und -hemden trugen, im Kreis herum. Dazu lief vom Band unheimlich laut so ein komisches Gefiedel, und ein Typ mit einem Mikro in der Hand stand am Rand und laberte die ganze Zeit dazu oder sang, das war nicht so genau zu sagen. Neben dem Sänger stand ein Plakat: »Happy Liners: Linedance-Tanzgruppe der Behinderten-Sportgemeinschaft Neuberg e.V.«. Obwohl es tierisch laut war, verstand man wirklich kaum was, nur: »Ödlödlödlödl – linksherum – ödlödlödlödl – rechtsherum – ödlödlödlödl – nimm die Hand – ödlödlödlödl …«

Die Rollstuhlfahrer fuhren wie die Teufel im Kreis rum und kreuz und quer. Sie hatten die Choreografie eindeutig besser drauf als ihre Zivis, die nicht hinterherkamen. Was aber nicht schlimm war, sondern eher lustig.

Einer hatte sich mit bunten Pfeifenreinigern eine Speichenverzierung für seinen Rollstuhl gebastelt, das hatte ich vor Jahren, als ich noch zur Grundschule gegangen war, bei meinem Fahrrad auch mal gemacht. Wenn das Rad sich dann drehte, wirkte es so, als würde daraus ab einer gewissen Geschwindigkeit eine Fläche mit immer wieder neu und anders ineinanderfließenden Farben werden. Ich schaute sehr lange auf die bunten Räder und ließ mich vom Gesang einlullen, und plötzlich war irgendwas anders, besser.

Ja.

Sehr mühsam versuchte ich, den Blick von dem Farbenspiel zu lösen. Es war, als seien meine Augen wie mit einem elastischen Band mit den Rädern dieses Rollstuhls verbunden, und ich müsse diese verlängerten elastischen Augen erst von dort lösen, bevor ich sie auf ein anderes Objekt richten und sie gewissermaßen dort anknoten konnte. Als mir das schließlich gelang, fixierte ich den Sänger der Happy Liners, der anscheinend auch der Leiter der ganzen Angelegenheit war. Ich himmelte ihn an, sein Geknödel schien mir jetzt ein geheimnisvoll klingendes Gedicht zu sein. Jedes Wort war klar und deutlich verständlich, nur die Sprache war mir unbekannt, aber was bedeuteten schon Sprachen?

»Gröden fallmyr sagalimp,
happde liden zackdekind,
en de ras äläffafend,
kak de liben röckattak!«

Es war wirklich wahnsinnig schön gesungen. Ich lächelte, nein, grinste den Sänger an. Meine Ausdrucksmöglichkeiten beschränkten sich auf Grinsen oder – noch mehr Grinsen. Der Sänger schaute zu mir rüber und lächelte, dann schaute er weg und wieder zu mir. Diesmal runzelte er die Stirn. Er sah aus wie Gisbert, der Hund von Trostmanns, Bogis Nachbarn. Vielleicht war er ja auch gar nicht der Sänger der Happy Liners, sondern tatsächlich Gisbert. Ich muss ihm das unbedingt sagen, dachte ich, dass ich ihn nicht aus-, sondern angelacht hatte. Andererseits, wenn er Gisbert wäre, der Hund, würde er mich ja gar nicht verstehen. Ich musste dringend nachdenken. Zuerst mal, worüber eigentlich. Und schließlich, als es mir wieder eingefallen war, über den Sänger und den Hund und alles. Dann musste ich gähnen und danach sehr lange lachen. »Neandertal-Klaus. Ausgenommene Erlassenheit. Der Joint«, klang es in meinem Kopf, und ich ahnte langsam, wie das alles hier zusammenhing.

Auf einmal tippte mir jemand von hinten auf die Schulter, und für einen Moment dachte ich, bevor ich mich umdrehte, hoffentlich ist das nicht Klaus, der wollte, dass ich mit ihm noch mehr von dem Zeug rauchte.

»Hi, Motte, was machst du denn hier?« Die Schornsteinfegerin. Sie schaute zu mir hoch. Vielleicht war sie, seit sie in der dritten Klasse in die Heugabel gesprungen war, nicht mehr gewachsen. Ja, gute Frage, was machte ich hier? Das war eine Floskel, das sagte man eben so, als Begrüßung, schon klar, aber irgendwie dachte ich immer, ich müsse darauf ernsthaft antworten. Und wenn man die Leute gar nicht richtig kannte, die einen das fragten, dann war das schon komisch, weil das ging die ja eigentlich gar nichts an, was man hier machte, oder? Blöderweise fiel mir ihr Name gerade nicht mehr ein.

»Ach, äh, hallo, äh …«

»Steffi.« Sie runzelte die Stirn.

»Ja klar, Steffi. Hehe. Ich bin hier gerade, ich guck hier, äh, beim Ludger, das ist der Bruder vom Wal…, vom Detlef Walkenhorst. Kennst du nicht.«

Steffi lächelte.

»Die machen hier so Tanz, so, äh, Western. Aber mit Rollstühlen auch. Also – Rollstuhlwestern irgendwie. Tanz.«

Steffi guckte.

Hoffentlich dachte die jetzt nicht, dass ich das irgendwie nicht gut fand mit den Rollstühlen und allem.

»Super. Die machen das total gut mit den … Besser eigentlich, als, äh – der Ludger kommt da gar nicht so schnell nach, hehe.«

»Gehts dir gut, Motte?«, fragte Steffi, »hast du meine Karte bekommen?«

»Ja, super! Mir gehts super. Die Karte. Die war auch toll, die Karte. Ja. Danke! Ich bin, wir ziehen heute um und so, äh – viel im Kopf.«

»Wo ziehst du denn hin?«

»Neue Stadt.«

»Echt? Da sind wir ja Nachbarn. Hoffmannstraße.«

»Am Klostergarten«, sagte ich.

»Bist du aufm Weg? Sollen wir zusammen gehen?«

Steffi zu widersprechen war gar nicht so leicht, ich hatte auch gerade gar keinen Grund dazu. Eigentlich war ich ganz froh, dass ich ihr einfach hinterhertrotten konnte. So gut kannte ich den Weg in die neue Wohnung auch noch nicht. Wer weiß, wo ich gelandet wäre, so, wie ich gerade drauf war. Außerdem fühlte ich mich in ihrer Nähe ganz wohl, merkte ich etwas überrascht. Die meisten Leute machten mir Stress, ohne dass sie was dafür konnten. Steffi nicht.

Sie musste bei der Apotheke noch was abholen und parkte mich vor dem Schaufenster des Ladens daneben, Dessous Madame. Damit mir nicht langweilig würde, sagte sie und zog ab. Ich guckte mir die Frauenunterwäsche an und grübelte bei ein paar Sachen darüber herum, wozu die wohl da waren, kam aber nicht wirklich dahinter.

»Kann ich dich mal was fragen, Motte?«, sagte Steffi, als sie wieder da war.

»Das ist doch schon 'ne Frage.«

»Kiffst du viel?«

»Äh, wieso? Nee, ich – ach so, du denkst jetzt, haha, nee, ich bin wirklich nur, wegen des Umzugs und so, ich, hehe, jetzt denkst du, ich würde …, oder was, haha …«

Das sah mir mal wieder ähnlich. Ich hatte vor einer guten halben Stunde zum ersten Mal im Leben was geraucht, und der erste Mensch, dem ich danach begegnete, wollte mich zur Suchttherapie schicken.

Steffi guckte mich lange an, zog die rechte Augenbraue hoch und sagte nichts. Dann ging sie weiter und machte mir ein Zeichen, ihr zu folgen. Wir gingen eine Weile schweigend nebeneinanderher. Bei Gelegenheit würde ich sie fragen müssen, wie das ging, nur eine Augenbraue hochzuziehen.

Ich schaute sie an, warum war mir bis jetzt eigentlich nicht aufgefallen, wie gut sie aussah?

»Sag mal, wie nennt man eigentlich die Haarfarbe, die du hast?«

Das hätte ich nüchtern niemals gefragt, so viel steht fest.

»Wäre ich ein Pferd, würde man sagen falb.«

»Was ist denn das für 'ne Antwort? Hätte meine Tante Eier, wäre sie mein Onkel. Du bist ja keins.«

»Stimmt trotzdem«, sagte sie.

»Falb?«

»Falb.«

»Okay. Wie heißt denn dann meine Haarfarbe? Knörz?«

Sie musste lachen.

»Das gibts wirklich. Das nennt man so, wenn die Haare sich nicht entscheiden können, ob sie blond oder braun oder grau oder irgendwas dazwischen sind.«

Das wiederum verstand ich. Dass jemand sich nicht entscheiden konnte. Und wenns ein Haar war. Falb hieß das also. Morten Falb Schumacher.

Alles, was um mich herum geschah, war irgendwie lauter und heller als sonst, es war, als spürte ich das kleine Steinchen, über das mein Fahrrad gerade rollte, mit jeder Faser meines Körpers. Ich fühlte und dachte, wie ich glaubte, dass mein Fahrrad fühlen und denken würde. Ich *war* mein Fahrrad. Aber auch ich selbst. Es gab keine Grenze mehr. Ich hatte ein Ich-Ich und ein Fahrrad-Ich, und beide flossen ineinander.

Wir gingen am Café Schneider vorbei, gerade kamen ein paar sehr alte Damen rausgetippelt, und durch die offene Tür wehte der Backstubenduft. Auf dem Halstuch einer der Omas waren Enten, nein Erpel, abgebildet, ganz bunte Erpel, und ich konnte den Blick nicht mehr davon abwenden. Jedes Detail des Geruchs, der aus dem Café kam, konnte ich herausriechen. Es war also nicht wie sonst, dass ich dachte: »Ah, Kuchen, lecker«, sondern jetzt konnte ich den Käsekuchen vom Puddingteilchen unterscheiden und die Sachertorte vom Baumkuchen. Ich roch die Schlagsahne, den Kakao und die gerösteten Mandelsplitter auf dem Bienenstich.

Das alles musste ich sofort haben, ich könnte sonst nicht weiterleben.

»Sag mal, Steffi, hast du vielleicht Lust, noch 'n Kaffee zu trinken?«, fragte ich sie.

»Warum schreist du mich denn so an? Ist doch 'ne normale Frage.«

»Sorry.«

Sie schloss ihr Rad an der nächsten Laterne an, und ich stellte meins daneben. All meine Sinne richteten sich nur noch auf die Kuchentheke. Zweifelhaft, ob ich jemals in meinem Leben so konzentriert gewesen war.

»Komm«, Steffi stapfte voraus.

Sie hat sehr kleine Füße, dachte ich. Kleine Füße in kleinen Arbeitsstiefeln. Dass die so was überhaupt herstellten. Ich latschte ihr hinterher und dachte, wie schön es war, dass man Steffi nicht immer alles erklären musste, weil sie meistens schon verstand, was man wollte, bevor man es sagte. Vielleicht sogar, bevor man es selber wusste. Dann dachte ich, dass es aber auch sein konnte, dass ich nur den Eindruck hatte, es sei so, weil sie einfach schneller war als ich. Egal, was ich eigentlich dachte, war: Bienenstich.

An der Theke war es unmöglich, mich zu entscheiden, sodass Steffi schließlich für sich einen Kaffee und ein Stück Apfelkuchen und für mich einen Kakao mit Sahne, ebenfalls ein Stück Apfelkuchen, allerdings mit doppelt Schlagsahne drauf – das war eine Nachbestellung von mir gewesen und Steffi, nicht etwa ich, hatte deswegen noch mal zur Theke zurückgehen müssen –, und ein Stück Schwarzwälder Kirschtorte bestellte.

Wir setzten uns in den Wintergarten, ich sah von meinem Platz aus, wie die Bedienung mit dem Spritzbeutel die Sahne auf meinem Kuchen und dem Kakao verteilte, und fragte mich, ob es nicht einfacher gewesen wäre, gleich den ganzen Beutel zu bestellen.

»Noch was?«, fragte Steffi, die gerade ihren zweiten Schluck Kaffee nahm.

Sie sprach jetzt so gedämpft wie alle anderen hier, und ich wollte mir Mühe geben, das auch zu tun, hatte aber Sorge, es nicht wirklich kontrollieren zu können. Ich hatte blitzartig alles verputzt und schaute jetzt so lange gierig auf Steffis Apfelkuchen, bis sie ihn mir langsam rüberschob.

»Manke«, sagte ich mit vollem Mund, nachdem ich den Teller schnell und bedenkenlos zu mir hingezogen hatte. Und das stimmte auch. Ich war ihr wahnsinnig dankbar.

»Macht dir das eigentlich viel aus? Ich meine, dass deine Eltern sich scheiden lassen und so und dass ihr jetzt umgezogen seid?«, fragte Steffi. »Ist vielleicht nicht der beste Moment, dich das zu fragen, weil du breit bist.«

»Ich bin doch nicht …«

»Halt mal den Schnabel jetzt. Als ich neulich bei euch war, beim Schornsteinfegen, da fand ich das schon ziemlich traurig alles. So kalt. Deine Mutter ist ja wohl total neben der Spur. Das fühlte sich so an, als ob euer Haus gleich zusammenkrachen würde. So wie bei Stan und Ollie, wenn am Ende einfach alle vier Wände umfallen oder sich ein ganzes Auto in seine Einzelteile auflöst und da nur noch ein Staubhaufen übrig bleibt.«

Was sollte ich denn jetzt *dazu* sagen? Ganz schön direkt, die Steffi. Hauptsache, sie mochte Stan und Ollie.

Aber ich war das nicht gewöhnt, dass man Dinge so ansprach. Das machte bei uns zu Hause keiner. Ehrlich gesagt, strengten wir uns alle unheimlich an, genau das nicht zu tun. Und jeder hielt sich an diese Verabredung. Die Familie Schumacher hätte wahrscheinlich jede Weltmeisterschaft im Einander-in-Ruhe-Lassen gewonnen, falls es so was gegeben hätte, eine andere Weltmeisterschaft wohl eher nicht, aber die schon. Wir waren alle drei hauptsächlich damit beschäftigt, uns zu überlegen, was der andere jetzt wohl gerade über einen dachte und was das, was man als Nächstes sagen oder tun würde, eventuell in ihr oder ihm auslösen könnte. Und was man dann wohl zur Antwort bekäme und wie man darauf dann wieder am besten reagieren sollte. Und so weiter. Und nachdem man das eine Weile lang von allen Seiten betrachtet hatte, ließ man es lieber ganz sein und hielt die Klappe. Damit war man auf der sicheren Seite.

»Pff, ja, weiß auch nicht. Hehe …«

Aber da war ich bei ihr an der falschen Adresse.

»Nee, nix da, weiß auch nicht, jetzt sag mal.«

»Ja, ich w…, ich … bin froh, wenn wir hier dann gleich mal abhauen können.«

Das war also mein Beitrag zu dem Thema. Es nervte, dass ich alles um mich herum gleich laut hörte. Steffis

Fragen, die quasselnden Omas, das Klirren des Geschirrs. Wie sollte man denn ein vernünftiges Gespräch führen, wenn man keinen klaren Gedanken fassen konnte?

»Sag mal, können wir uns vielleicht draußen weiter unterhalten? Mir ist auch irgendwie zu warm hier«, sagte ich. Dabei fror ich. Warum konnte ich nie sagen, was wirklich los war? Warum musste ich stattdessen ein anderes Problem erfinden, das es gar nicht gab?

»Wir sitzen hier doch erst seit zehn Minuten«, sagte Steffi.

»Ja, hehe, ich weiß, die können ja mal kurz und mal lang sein. Bitte.«

»Okay.«

Wir packten unser Zeug und gingen zum Ausgang, ich stürmte voraus, weil ich es auf einmal unheimlich eilig hatte, aus dem Laden rauszukommen.

»Motte?«, sagte Steffi, als ich schon in der Tür stand.

»Hm?«

»Wir müssen noch bezahlen.«

Scheiße. Ich hatte kein Geld dabei. Das hatte ich in meinem Kuchenwahn vergessen. Außerdem hatte ich Steffi ja eingeladen, als ich sie gefragt hatte, ob sie mit mir ins Café Schneider käme. Ich dachte einen Moment lang darüber nach, einfach loszurennen und sie hier alleine stehen zu lassen. Ernsthaft. Mir war das alles zu viel. Ich führte dann ein ziemlich bescheuertes und vor allem übertriebenes Ballett auf, bei dem ich unter Stöhnen in sämtliche Hosen- und Jackentaschen griff und angeblich nach meinem Portemonnaie suchte. Dabei wusste ich die ganze Zeit, dass es in meiner rechten Jackentasche war, fand es aber weniger peinlich, gar kein Portemonnaie dabeizuhaben als ein leeres, weiß der Geier warum.

»Du, äh, Steffi, ich ... Haha ... Jetzt hab ich ... Sag mal, könntest du mir vielleicht was ...? Ich hab ...«

Dabei stülpte ich, wie im Comic, die beiden Taschen meiner Jeans nach außen. Ohne Scheiß. Steffi sah sich das an, ohne dass ich erkennen konnte, was sie dachte. Dann ging sie zur Theke und zahlte die drei Stücke Kuchen, einen Kaffee und einen Kakao. Und zwei doppelte Portionen Schlagsahne.

»Sag mal, wenn ein Mädchen, mit dem man gerade Kaffee trinken war, unwirsch ist, wie kriegt man die dann eigentlich wieder wirsch?«, fragte ich Steffi, nachdem wir eine Weile schweigend nebeneinander hergefahren waren. Anstatt ihr zu sagen, dass ich ein Blödmann war und es mir leidtat. Und dass ich ihr das Geld so schnell wie möglich wiedergeben würde, weil ich sie ja immerhin eingeladen hatte.

»Hm?«

Ein bisschen beleidigt war sie schon.

»Wenn man unwirsch sein kann, muss man doch auch wirsch sein können, oder?«

Steffi fuhr einfach weiter.

Schließlich lachte sie doch noch, ganz kurz nur, aber immerhin.

Wir schwiegen wieder eine Weile, und irgendwann sagte sie: »Du bist ein Spinner, aber ich hab dich ziemlich gern, Motte.«

Einfach so.

Und was tat ich?

Ich stieg in die Pedale und raste los, ohne ein weiteres Wort an Steffi vorbei. Ich fuhr ihr einfach weg, in Richtung Neue Stadt, so schnell ich konnte. An der Bahnschranke musste ich warten und hatte Angst, sie würde mich noch einholen. Vielleicht wünschte ich mir das auch, keine Ahnung. Aber als ich mich umschaute, stand sie immer noch da, wo ich sie überholt hatte, und schaute mir nach. Sie hatte den Ellenbogen auf den Lenker gestützt und das Kinn in die linke Hand gelegt. Als es klingelte und die Schranke hochging, winkte sie kurz.

ZWÖLF

– Mitte Februar –

»Gib mir mal die Butter«, sagte Bogi, und in diesem Augenblick schauten wir alle von unseren Tellern auf, als ob er gerade die Weltformel entdeckt hätte, oder was weiß ich. Und als sich unsere Blicke trafen, die zwischen mir, Anette, seinen Eltern und seinem Opa hin und her flogen, wurde uns klar, dass möglicherweise keiner von uns daran geglaubt hatte, dass wir je wieder so zusammensitzen würden. Bogis Mutter sprang auf und sagte mit zittriger Stimme, sie müsse noch Käse holen, aber das war Quatsch, weil ja schon Tonnen davon auf dem Tisch standen. Ich glaube, sogar Bogi merkte, dass das nicht der Grund war, aber er hatte bestimmt keine Lust, darüber nachzudenken.

Seit vier Tagen war er wieder zu Hause. Ich hatte es erst gar nicht glauben können, als seine Mutter anrief. Eigentlich wollte ich davon nichts hören, bevor er tatsächlich wieder da war, weil es in den letzten Monaten dauernd geheißen hatte, jetzt würde es besser werden mit ihm. Aber dann war irgendeine neue Scheiße passiert, und er musste doch im Sankt Joseph bleiben. Deswegen dachte ich auch jetzt, es würde wieder was dazwischenkommen.

Als ich aus der Schule gekommen war, hatte ein Zettel auf dem Küchentisch gelegen. »Bei Bogi anrufen!!!« hatte da gestanden, und ich war zum Telefon gegangen, ohne zu wissen, ob mich eine gute oder eine schreckliche Nachricht erwartete. Ich hatte die Nummer gewählt – 46-21-41 –, und der Penner war gleich selbst rangegangen und hatte gefragt, wo ich denn bleiben würde, ich solle gefälligst sofort rüberkommen. Rüberkommen hatte er gesagt, weil er es noch so gewohnt war. In der Zeit, in der er in der Klinik gewesen war, waren wir ja umgezogen, und mittlerweile wohnte ich mit meiner Mutter in der Neuen Stadt.

Ich war gleich losgerannt in Richtung Bus, und als ich schon draußen auf der Straße gewesen war, hatte ich erst gemerkt, dass ich immer noch meine Schultasche über der Schulter hängen hatte. Ich war zurückgelaufen, hatte die Haustür wieder aufgeschlossen und sie zurück ins Treppenhaus geschleudert, wo sie vor unserer Wohnungstür liegen blieb.

Eine halbe Stunde später hatte ich bei Schnellstiegs geklingelt, und es hatte eine ganze Weile gedauert, bis durch die geriffelte Scheibe ein Schemen zu sehen war, der sich in Richtung Haustür bewegte. Als Bogi öffnete, hatte ich gedacht, wir würden uns als Erstes in die Arme fallen. Aber er hatte mich nur müde angeschaut, sich wortlos umgedreht und war wieder in Richtung Diele geschlurft. Dabei hatte er mir noch ganz leise ein »Tach« hingeknurrt. Vielleicht hatte ich mich ja zu früh gefreut, so, wie der hier rumschlich, aber dann hatte Bogi plötzlich einen tierischen Lachanfall bekommen und war zusammengebrochen, weil ich auf die Nummer reingefallen war. Er griente mich an, wie ich es schon ewig nicht mehr gesehen hatte. Ich fragte mich, ob seine Zähne länger geworden waren. Als wir uns umarmten, drückte er so fest zu, dass ich mich wunderte, wo er die Kraft hernahm. Den ganzen Nachmittag über waren wir so albern gewesen, dass Frau Schnellstieg mich irgendwann wieder nach Hause geschickt hatte. In den nächsten Tagen fuhr ich nach der Schule immer direkt zu Schnellstiegs. Das war mir sowieso lieber, als meiner Mutter beim Yoga zuzugucken, wofür sie sich vor ein paar Wochen angemeldet hatte. Ab und zu tat es im Wohnzimmer einen Schlag, dann war sie bei dem Versuch, einen Kopfstand zu machen, wieder mal umgekippt.

Nach ein paar Tagen durfte Bogi mit mir zum ersten Mal wieder alleine aus dem Haus. Es waren nur Kleinigkeiten, die wir zu erledigen hatten, zum Briefkasten gehen oder irgendwas eigentlich Überflüssiges im Supermarkt besorgen. Ich guckte ihm zu, es war, als ob er das alles zum ersten Mal sähe. Er versuchte, jede Einzelheit mitzubekommen. Vielleicht verglich er das alles mit dem, woran er sich die vielen Monate über im Krankenhaus versucht hatte zu erinnern.

So stellte ich mir das jedenfalls vor, wenn ich daran dachte, wie es wohl gewesen war. Dort zu liegen und sich nach Sachen zu sehnen, auf die man vorher gar nicht geachtet hatte. So war es mir selbst nämlich damals gegangen, als ich nach dem Unfall in der Schule, wo ich mir das Bein gebrochen und die Bänder gerissen hatte, auch im Krankenhaus hatte liegen müssen. Nicht, dass ich das jetzt mit Bogis Krankheit vergleichen wollte, aber Klinik ist Klinik. Am meisten hatten mir damals nicht meine Freunde gefehlt, die kamen mich ja besuchen, sondern Dinge, von denen ich vorher gar nicht wusste, dass ich sie gern hatte. Einmal hatte ich sogar dagelegen und geheult, weil ich an Herrn Jablonski dachte, den Fahrradhändler, bei dem ich erst mein Bonanzarad und später das 28-er bekommen hatte. Herr Jablonski war zwar immer total schlecht gelaunt, aber wenn man sich daraus nichts machte, eigentlich ziemlich in Ordnung. Wenn man das zum Beispiel nicht hinbekam mit dem Schlauchwechsel, dann meckerte er zwar die ganze Zeit rum, dass es so was früher nicht gegeben hätte und so, half einem am Ende aber trotzdem. Oder wenn man ein neues Ventil brauchte oder eine Glühbirne, weil man mit einem kaputten Rücklicht angehalten worden war, dann gab er einem die meistens umsonst. Gabs eigentlich auch funktionierende Rücklichter? Jedenfalls war es damals so gewesen, dass ich geheult hatte, weil ich mich nach Herrn Jablonski sehnte. Ohne Quatsch jetzt. Weil ich dachte, mein Bein wäre so im Eimer, dass ich nicht mehr Fahrrad fahren dürfte. Und dass ich deswegen Herrn Jablonski vielleicht nie mehr wiedersehen würde. Das machte mir dann in dem Moment mehr aus als die Vorstellung, was weiß ich, meine Mutter nie wiederzusehen. Nicht wirklich, aber fast.

Jedenfalls ging es Bogi, als ich mit ihm zum Briefkasten spazierte, vielleicht auch so. Dass er lauter alte Bekannte wiedersah, die er total vermisst hatte. Den blöden Kasten, wo der Streusand für den Winter drin war und hinter dem wir mal die Ringelnatter gesehen hatten. Oder die Bushaltestelle, bei der seit Ewigkeiten die eine Scheibe kaputt war, sodass es, wenn man sich unterstellte, noch mehr zog, als wenn man draußen im Regen stehen blieb. Sachen, über die man eben erst nachdenkt, wenn sie einem weggenommen werden.

Neulich, noch bevor Bogi wiedergekommen war, hatte ich mich mal daran erinnert, wie ich damals am Telefon von seiner Krankheit erfahren hatte. Und zwar nur deswegen, weil meine Mutter mich zur Mülltonne rausgeschickt hatte und außen an der Abfalltüte eine kleine Styroporkugel haftete. Eine wie die, die damals in meinem Sitzsack drin gewesen war und die ich dann immer durch die Gegend geschnippt hatte. Und als ich die kleine Kugel an der Mülltonne zwischen Daumen und Zeigefinger gedreht hatte, war auf einmal alles wieder da gewesen.

Nach den ganzen Monaten, in denen ich versucht hatte, damit zurechtzukommen, dass Bogi nicht mehr da war und vielleicht sogar niemals wiederkommen würde, versuchten wir jetzt also, in unser altes Leben zurückzufinden. Manchmal war das gar nicht so leicht. Zwar freute ich mich darüber, aber manchmal war es mir auch zu viel, und ich sehnte mich danach, wieder wie ein Blöder am Anleger auf Jacqueline Schmiedebach zu warten – na ja, vielleicht nicht gerade auf Jacqueline Schmiedebach – oder mir das Gelaber von Neandertal-Klaus anzuhören. Egal, irgendwas, das nichts mit Krankheit und Tod und Bestimmt-wieder-gesund-werden zu tun hatte. Ich vermisste Steffi. Das traute ich mich aber nicht, Bogi zu sagen. Sie war jetzt meine Freundin, glaube ich. Geredet hatten wir darüber zwar nicht, aber musste man das? Ganz sicher war ich mir nicht. Egal, ich erzählte Bogi jedenfalls nichts davon. Und mit ihr redete ich nicht darüber, wie es ihm ging. Irgendwie bekam ich die beiden nicht zusammen.

Das Gerücht, dass bei uns ein »Rockworld«-Laden aufmachen sollte, geisterte schon seit einem Jahr rum, aber es war dann am Ende doch nie was passiert. Also musste man weiter zum »Musikhaus Bornstedt« latschen, wenn man sich eine Platte kaufen wollte. Der andere Plattenladen in der Stadt, »Radio Nachtsheim« in der Schlüterstraße, fiel weg, da gabs nur Klassik.

Früher, als es bei uns noch Oberleitungsbusse gegeben hatte, hatten wir manchmal die kleinen Kohlenstücke aufgesammelt, die auf der Straße lagen. Ab und zu brach ein Stück aus dem Stromabnehmer heraus, das steckte ich dann ein und spielte in meiner Tasche damit herum. Zum Beispiel, als ich damals zu Bornstedt gefahren war, um mir die Roxy-Music-Platte, die ich eine Woche vorher bestellt hatte, abzuholen, und mich der Verkäufer wegen des Covers mit den beiden Frauen drauf, die fast nichts anhatten, verarschen wollte. Ich hatte mich aber nicht drauf eingelassen. Weiß der Geier, warum mir das jetzt gerade einfiel.

Der Plattenverkäufer beim »Musikhaus Bornstedt«, Herr Vandenberg, hatte mal erzählt, dass »die von Radio Luxemburg« jede Woche bei ihm anriefen, um nach den Verkaufszahlen für ihre Hitparade zu fragen. Der Typ war ein eingebildeter Sack. Obwohl ich nicht verstand, weswegen eigentlich. Er trug eine Brille, hinter der er so aussah wie ein Chamäleon, und hatte immer Halstücher um. Das fand er, glaube ich, draufgängerisch. Radio Luxemburg, meine Fresse, da wusste man ja sowieso schon gleich Bescheid. Karel Gott oder was?

Bei Bornstedt gab es einen Tresen, an dem man sich die Singles vorspielen lassen konnte. Weiter hinten auch noch Kabinen für die LPs. In einer dieser Kabinen hatten wir mal unseren Musiklehrer Herrn Ärmeling sitzen sehen. Halb vornübergebeugt knetete er mit der rechten Hand seine Baskenmütze. Unter den Kopfhörern schaukelte er hin und her, mit geschlossenen Augen. Bogi und ich hatten uns nicht mehr eingekriegt, als wir Ärmeling in der Kabine hatten rumpendeln sehen. Aber dann wollten wir irgendwann nicht länger hingucken, weil es auf eine Art auch traurig aussah, wie er sich seinen Beethoven reinzog oder wie der Kack hieß, mit dem er uns später im Musikunterricht quälen würde. Bogi und ich hatten ihm dann lieber den Rücken zugedreht, obwohl ich nicht glaube, dass der irgendwas mitbekommen hatte.

Herr Vandenberg legte auf seiner Seite des Tresens die Schallplatte auf, und wir zogen uns jeder einen der Hörer ans Ohr.

Bogi hatte sich »Kung Fu Fighting« von Carl Douglas ausgesucht und machte, während wir das Lied hörten, mit der freien Hand ein paar angedeutete Karateschläge in meine Richtung. Er kaufte die Single. War ja klar, dass ihm der Stuss gefiel.

Draußen gingen wir in Richtung Stadtpark, die Sonne schien, auf der Wiese machten wir einen Kung-Fu-Kampf oder besser das, was wir uns darunter vorstellten. Wir grölten dabei das Lied, das wir eben gehört hatten, bis wir so außer Atem waren, dass wir umfielen und hechelnd in die Sonne schauten.

Und jetzt war es also wirklich so weit, dass bei uns ein »Rockworld« eröffnete und man nicht mehr in die nächstgrößere Stadt musste, wenn man in Ruhe anständige Musik kaufen wollte, ohne dabei immer das Gefühl zu haben, beim Bäcker nach Koteletts zu fragen. Für Bogi sollte das der erste größere Ausflug werden, seit er zurück war. Er war ein bisschen aufgeregt.

Auf dem Weg zur Bushaltestelle ließen wir uns Zeit, er war ja noch nicht wieder der Schnellste. Aber auch das wurde von Tag zu Tag besser. Bogis Mutter hatte mir ungefähr fünftausend Anweisungen mit auf den Weg gegeben, von denen ich viertausendneunhundertneunundneunzig gleich vergessen hatte. Dass ich gut auf Bogi aufpassen sollte, hätte sie mir nicht sagen müssen, das wusste ich selbst.

Im Bus fingen Bogi und ich uns dann an zu streiten, ohne dass ich das vorher irgendwie hatte kommen sehen. Aber ich glaube, er war einfach sehr aufgeregt, nach all der Zeit wieder in die Stadt und unter Leute zu kommen, und wusste nicht so richtig, wohin damit. Als ich dann eine Bemerkung über Chicago machte, die ihm nicht passte, also über die Band, nicht die Stadt, rastete er aus. Dabei hatte ich nur gefragt, ob er etwa vorhatte, bei der »Rockworld«-Eröffnung was von denen zu kaufen, und, falls ja, dass er sich das gut überlegen sollte, wegen der ganzen anderen Leute, die auch da wären und sich wahrscheinlich einen Ast lachen würden, wenn sie ihn mit dem Mist sähen, und dass er ja dann auch zu Herrn Vandenberg bei Bornstedt gehen könnte, der würde bestimmt gleich bei Radio Luxemburg anrufen und den Kauf melden, und dann würde es für den armen Ricky Shayne in den nächsten Top Ten aber richtig eng werden. Ich weiß nicht, was mich geritten hatte, aber ich machte mir wirklich Sorgen, dass man ihn auslachen würde. Außerdem hätte ichs schade um das Geld gefunden. Bogi bekam es jedenfalls in den falschen Hals und ging ganz schön an die Decke. Er meinte, dass ihn das total ankotzen würde, dass ich immer so von oben herab über die Sachen reden würde, die er gut fände, und dass das schließlich seine Sache sei, und so weiter. Ich antwortete nicht, weil mir die Situation ziemlich unangenehm war hier im Bus, die Leute drehten sich schon um und guckten uns an. Bogi wusste, dass mir das mehr ausmachte als ihm, ich glaube, dass er genau deshalb ausgerechnet jetzt und hier loslederte. Sonst hätte er damit ja auch noch bis zum ZOB warten können. Wenns ihm tatsächlich nur um die Musik gegangen wäre, meine ich. Aber das wars wohl nicht, sondern er musste das jetzt loswerden, und zwar vor allen Leuten, die hier zufällig gerade im Bus waren. Ich hätte ihm das auch in aller Ruhe beweisen können, dass er musikalisch auf dem Holzweg war, kein Problem. Ich sage nur: Santa Esmeralda.

Nach dem Aussteigen keiften wir uns an der Haltestelle noch ein bisschen an, dann ließ Bogi mich stehen und ging alleine los. Ich dackelte zwanzig Meter hinter ihm her, wir wollten ja schließlich beide in Richtung Plattenladen, und ich musste auf ihn aufpassen. Bis wir ankamen, sprachen wir kein Wort mehr miteinander. Es fühlte sich komisch an. Wir hatten uns, glaube ich, noch nie gestritten und kannten uns damit nicht aus.

Vor dem neuen »Rockworld«-Laden stand eine Menschentraube, und man hörte schon von Weitem Musik. Es lief eine alte Platte von den Stooges, das weiß ich noch genau, »I wanna be your dog«, und es war gleich klar, dass sich hier in unserem Kaff wirklich was änderte. Uwe, der große Bruder von Walki und Ludger, stand hinter der Kasse und nickte mir zu, ich nickte zurück, und es gefiel mir, dass ein paar Leute um mich herum das mitbekamen. Plötzlich war ich wahnsinnig erleichtert, dass es jetzt diesen Ort gab.

Bogi wurde schneller und würdigte mich immer noch keines Blickes. Er tauchte in die Menschenmenge ein, die vor und im Laden stand. Ich überlegte einen Augenblick, ob ich einfach abhauen sollte, wenn er schon nichts mit mir zu tun haben wollte und offensichtlich alleine gut zurechtkam. Aber dann fiel mir seine Mutter ein, und was ich für einen Höllenärger kriegen würde, wenn ich mich jetzt aus dem Staub machte. Außerdem hatte Steffi gesagt, dass sie vielleicht auch kommen würde. Bei dem Gedanken an die Begegnung von Bogi und Steffi war mir mulmig, ich wusste gar nicht so richtig, warum.

Dann sah ich Bogi bei Uwe an der Kasse stehen, mit dem Weißen Album der Beatles, was mich jetzt doch wunderte. Aber er hatte mir vor ein paar Tagen schon mal erzählt, dass er das kaufen wollte, weil ihm Merle, die Krankenschwester von seiner Station im Sankt Joseph, gesagt hatte, das sei ihr Lieblingsalbum. Und in Merle, das war die, die mir damals die Tür zur Station aufgemacht hatte, war er verliebt, glaube ich. Hätte *ich* ihm nämlich das Weiße Album empfohlen – was ich ohne Problem hätte tun können, das Weiße Album war toll –, hätte es ihn einen Scheiß interessiert, aber so wars natürlich was anderes. Unsere Blicke trafen sich, und er musste grinsen. Wegen der Platte und wegen unseres blöden Streits. Ich war froh, nicht abgehauen zu sein.

Das Seltsame daran, als Steffi mich von hinten zur Begrüßung umarmte, war, dass niemand zu sehen war, als ich mich umdrehte. Ich musste runtergucken. Ich mochte es nicht so gerne, wenn sie mich in der Öffentlichkeit umarmte und küsste und so. Das ging die anderen Leute doch nichts an. Okay, es sollte ja solche geben, die es gut fanden, wenn man ihnen bei allem Möglichen zuguckte. Aber zu denen gehörte ich definitiv nicht. Ich hatte mich ja auch schließlich nicht mit dem Toupettypen von der Fähre eingelassen, der mir im Gebüsch einen »runnäholen« wollte.

Bogi sah von der Kasse zu uns her, genau in dem Moment, als Steffi mir jetzt also doch vor allen Leuten einen Kuss gab. Aus dem Augenwinkel bekam ich das mit, sodass ich während des Kusses eigentlich nicht Steffi, sondern Bogi anschaute. Bogi runzelte erst die Stirn, aber dann lächelte er. So, als ob er mir die Erlaubnis dazu gäbe, Steffi zu küssen. Nicht, dass ich die gebraucht hätte, aber irgendwie fühlte es sich doch gut an. Er schaute dann auch schnell wieder weg, als er mit Bezahlen dran war.

Bogi hatte in der Schlange jemanden aus der Schule getroffen, Volker Hagekamp, mit dem er in der Computer-AG war oder gewesen war. Volker nannten wir immer nur

Pattex, weil man ihn, wenn man sich einmal auf ein Gespräch eingelassen hatte, praktisch nicht mehr loswurde. Er schien sich echt zu freuen, Bogi wiederzusehen, ich sah aber auch den Schreck in seinem Gesicht, als er wahrnahm, wie der sich verändert hatte. Und in Bogis Augen sah ich, dass er das merkte.

Steffi und ich gingen in den Laden, und ich kam endlich mal dazu, nach der Talking-Heads-Platte zu suchen, die ich auf BFBS gehört hatte und auf die ich seit Wochen scharf war: »More Songs About Buildings and Food«. Das war ja doch immer eine riesige Entscheidung, wenn man im Laden stand und wusste, dass die Platte, die man kaufte, darüber bestimmen würde, wie man sich in den nächsten Wochen fühlte. Eine LP konnte ich mir von meinem Taschengeld und dem, was mein Vater mir, seit er ausgezogen war, öfter mal heimlich zusteckte, jeden Monat leisten. Und manchmal rannte ich stundenlang in der Stadt rum, bevor ich mir einen Ruck geben und endlich entscheiden konnte, welche ich nehmen würde. Im schlimmsten Fall hieß das ja, dass ich, wenn ich die falsche Entscheidung getroffen hatte, bis zum nächsten Monatsanfang mehr oder weniger schlecht drauf wäre. Oder wenigstens traurig. Also auf die blöde Art traurig, nicht auf die gute. Oder dass ich mich klein fühlen würde, weil ich mir so einen Scheiß ausgesucht hatte. Einmal hatte ich schon auf der Heimfahrt im Bus gewusst, dass ich gerade einen Riesenfehlkauf gemacht hatte, noch bevor die Scheibe bei mir zu Hause auf dem Plattenteller lag. Das war damals, als ich mir dieses Scheißalbum von Queen gekauft hatte, obwohl ich die noch nie hatte leiden können. Keine Ahnung, was mich da geritten hatte. Aber ich Idiot hatte trotzdem die Versiegelung aufgerissen, weil ich mir die Liner Notes auf der Innenseite des Covers durchlesen wollte, deswegen konnte ich die Platte nicht mehr umtauschen. Was ich mir davon versprach, weiß ich nicht, schließlich konnte ich mir das Gewinsel ja nicht schöner lesen, als es war. Ich hörte die Platte zwei-, dreimal durch, weil ich hoffte, dass mir mit der Zeit vielleicht *irgendwas* daran gefiel. Was idiotisch war, weil das niemals passierte. Es konnte sein, dass ein Album, das am Anfang so lala war, irgendwann doch noch gut wurde, aber ein richtiger Scheißkauf blieb für immer ein Scheißkauf. Man wusste das nach spätestens drei Sekunden. Dann verschwand das Teil für immer im Regal. Immerhin vergrößerte es die Sammlung, das war ja auch das Mindeste. Ich hatte jetzt zusammen mit der bei meinen Eltern zusammengeklauten Füllmasse, Bob Dylan und solches Zeug, das ich zwar nicht hörte, aber im Regal stehen haben konnte, ohne rot zu werden, vierundvierzig Platten.

Die Auswahl der Musik bestimmte also darüber, wie ich mich in den nächsten Wochen fühlte. Und da versprach ich mir jetzt von dem Talking-Heads-Album so einiges. Zum Glück war es auch noch da, ich blätterte den T-Stapel schnell mit zwei Fingern durch und zog das Cover mit dem roten Rasterfoto heraus. Uwe an der Kasse nickte mir anerkennend zu, als ich bezahlte.

Später saßen wir noch eine Weile draußen vor dem Laden rum, jeder mit seiner »Rockworld«-Plastiktüte vor sich, und es war vollkommen klar, dass das von jetzt an unsere Schultaschen sein würden. Bogi war ziemlich aus dem Häuschen, weil er Merle, die Krankenschwester, tatsächlich noch im Laden getroffen hatte und ihr sein Weißes Album hatte zeigen können. Ich hatte die beiden in einer Ecke des Ladens stehen und sich unterhalten sehen. Bogi hatte gestrahlt. Und jetzt hier draußen fing er schon wieder von ihr an, und davon, was für tolle Gespräche er mit ihr im Krankenhaus gehabt hatte. Und dass sie sich vielleicht demnächst mal verabreden würden, weil er jetzt ja kein Patient mehr wäre, und so. Es war klar wie nur irgendwas, dass er in sie verknallt war. Tolle Gespräche, ja, ja. Früher hätte ich ihn damit aufgezogen, aber nach dem Theater vorhin im Bus ließ ich ihn einfach erzählen und war froh, dass er wieder mit mir sprach. Außerdem hatte ich mich ja bei der ganzen Jacqueline-Schmiedebach-Sache nicht gerade mit Ruhm bekleckert.

Steffi und Bogi unterhielten sich zum ersten Mal miteinander und schienen sich gut zu verstehen! Den Anfang des Gesprächs bekam ich nicht mit, aber anscheinend hatte sie ihn gefragt, ob er glaubte, dass man jemanden auch verglimpfen könne. Weil, verunglimpfen ginge ja. Und, falls ja, wie das dann aussähe? Wäre verglimpfen so was wie loben? »Dafür kriegst du von mir ein Riesenglimpf, so in der Art?«, meinte Steffi, aber so richtig kamen die beiden in dieser Sache nicht weiter.

Es war zwar erst Ende März, aber einer von den sonnigen Tagen, an denen man merkte, dass der Winter endlich vorbei war. Trotzdem wurde uns jetzt langsam kalt, und wir entschieden, dass wir ein paar Schritte laufen und noch mal beim Stadtpark vorbeigucken wollten, bevor ich Bogi dann wieder nach Hause brachte. Steffi musste los, weil sie am Abend noch in der Umleitung kellnerte. Sie wusste, dass mich das mit der Küsserei jetzt hier vor Bogi überforderte, deswegen hakte sie sich zum Abschied mit ihrem kleinen Finger in meinen kleinen Finger ein. Pattex wollte natürlich auch mitkommen, aber Bogi sagte ihm, dass er noch schnell zur Blut-, Stuhl- und Urinprobe ins Sankt Joseph müsste und ich ihn dahin begleiten würde. Aber wenn er Lust hätte, dabei zu sein, kein Problem. Ich dachte, ich höre nicht richtig. Pattex wurde ganz blass und meinte, ihm sei jetzt doch noch eingefallen, dass er sich auf die Physikklausur am Mittwoch vorbereiten müsse.

Auf dem Weg zum Stadtpark kamen wir beim »Musikhaus Bornstedt« vorbei, und weil wir so froh waren, auf den Laden nicht mehr angewiesen zu sein, marschierten wir mit unseren glänzenden »Rockworld«-Tüten in der Hand rein. Kleiner Triumphzug. Der Verkäufer guckte uns und unsere Tüten an und schüttelte den Kopf. Als ob ihm in diesem Moment klar wurde, dass gerade das Ende seines Ladens eingeläutet worden war. Obwohl, das war noch vorsichtig ausgedrückt. In Wirklichkeit war das »Musikhaus Bornstedt« seit heute Vormittag mausetot. Ich konnte es mir trotzdem nicht verkneifen, noch nach »Rattus Norvegicus« von den Stranglers zu fragen. Ich glaube, Herr Vandenberg merkte, dass ich ihn nur verarschen wollte. Er sagte nicht mal Nein. Wahrscheinlich hatte er schon aufgegeben. Es war dann auch nicht wirklich lustig hier drin, sondern nur trostlos, und Bogi zupfte an meinem Ärmel rum und deutete, als ich ihn ansah, mit dem Kopf in Richtung Ausgang. Ich glaube, sein Pensum an deprimierenden Situationen war fürs Erste erfüllt.

»Ey, ihr Pacholken! Ich glaubs ja nicht! Der Bogator rennt hier einfach in der Stadt rum, der Schlunz!«

Jan grölte vom anderen Ende des Häuserblocks hinter uns her. Wir drehten uns um und sahen Walki und ihn kommen, natürlich beide auch schon mit einer »Rockworld«-Tüte in der Hand. Warum hatten wir die denn eben im Laden nicht getroffen? Jan freute sich so, dass er feuchte Augen bekam, als er Bogi zur Begrüßung umarmte. Er hätte das nie zugegeben, aber ich sah es genau. Walki stand daneben und grinste, wie immer.

Wir gingen zum Stadtpark und hockten uns auf die Wiese, die früh im Jahr noch aussah, als ob sie eine Chemo hinter sich hätte, wie Bogi meinte. Dazu fiel dann erst mal keinem von uns was Passendes ein.

Ich sah, dass es für Bogi jetzt eigentlich mehr als genug war und er sich sehr anstrengen musste durchzuhalten. Aber gleichzeitig war er wahnsinnig glücklich, mit uns hier zu sein.

Er fing an, die ersten Töne von »Kung Fu Fighting« zu summen, weil er sich wohl daran erinnerte, wie wir damals hier rumgeflippt waren, nachdem er sich die Single gekauft hatte.

»Oho-ho-hoo …«

Und Jan, der Mann vom Fach, sprang auf und führte auf der Wiese die abgefahrensten Karatesprünge und -tritte auf.

Auf einmal war ein Fußball da, und wir kickten ein bisschen rum. Erst zu dritt, weil Bogi nur zugucken wollte. Immer wieder schauten wir ihn an, wie er da auf seiner Jeansjacke saß und uns müde anlächelte, als ob wir uns davon überzeugen mussten, dass er wirklich wieder bei uns war. Hinter ihm die Sonne, die bald untergehen würde.

Später überredeten wir ihn doch noch, ins Tor zu gehen.

»Kannst dich doch reinlegen«, grinste Walki.

Und das tat er dann auch. Kam ein Ball angeflogen, hob er nur ganz langsam den Arm und hielt. Alles.

DREIZEHN

– Ende Mai –

Bogi war wieder ins Krankenhaus gekommen, hatte seine Mutter gesagt, und dass es gut wäre, wenn ich ihn möglichst bald besuchen käme. Ich öffnete die Kühlschranktür und steckte mir mechanisch zwei Scheiben Salami in den Mund. Dann blieb ich noch einige Zeit dort verborgen und spürte die Kälte auf meinem Gesicht. Wusste, dass meine Mutter die ganze Zeit herschaute. Sie war neugierig, wie ich auf die Nachricht reagieren würde. Nach einer Weile ging ich kauend zur Spüle, trank ein Glas Wasser, goss mir ein weiteres ein und verschwand wortlos in meinem Zimmer. Meine Mutter hatte nichts mehr gesagt und mir nachgeschaut.

In meinem Zimmer setzte ich mich auf den neuen Sessel, der Sitzsack hatte den Umzug in die neue Wohnung nicht überlebt, und schaute aus dem Fenster in den Garten.

Ich trank langsam, gleichmäßig, setzte das Glas nach jedem Schluck ab. Das erste hatte ich in der Küche noch in einem Zug geleert. Ich überlegte, wie ich dem, was die

Nachricht bedeutete, die ich eben erhalten hatte, noch ausweichen könnte. Ob es eine Möglichkeit gäbe, die letzten Minuten beiseitezuschieben, oder, noch besser, ungeschehen zu machen. Sollte ich zum Volkspark fahren, der jetzt, an den ersten wirklich warmen Frühlingstagen, wieder voller Leute war, und mit irgendjemandem dort so lange blöd rumlabern, bis die eben in der Küche gesagten Worte nichts mehr bedeuteten? Die Fahrt zum Park wäre dann das Tipp-Ex, mit dem ich die Nachricht von Frau Schnellstieg überpinseln würde, und wenn ich ankäme, wäre es getrocknet, und ich könnte etwas Neues an dessen Stelle setzen, weil da nur noch leuchtendes Weiß wäre.

Ich könnte Steffi anrufen und sie fragen, ob sie sich heute Abend nach ihrer Arbeit in der Umleitung mit mir zulöten wollte. Gleichzeitig wusste ich ganz genau, dass ich mich nicht drücken konnte und mich auf den Weg zu Bogi machen sollte.

Statt mit dem Fahrrad zur Klinik zu fahren, ging ich zu Fuß. Ich hatte es nicht eilig. Obwohl ich den Weg so gut kannte, lief ich wie auf fremdem Boden. Es war, als ob Bogis Krankheit von einem auf den anderen Tag eine riesige Schneise in unser Leben geschlagen hatte.

An dem Pförtner in seinem Aquarium vorbei ging ich ins Krankenhaus, den Weg kannte ich ja mittlerweile.

Auf dem Flur sah ich schon Bogis Mutter sitzen, einen Plastikbecher vom Getränkeautomaten in der Hand, wie sie sich mit einer Krankenschwester unterhielt. Als sie mich sah, stand sie auf und kam mir entgegen. Alles Fahrige der letzten Monate war verschwunden. Sie lächelte mich an und umarmte mich, was noch nie vorgekommen war, und ich fragte mich, ob das etwa hieß, dass Bogi schon gestorben sei.

Aber dann erzählte sie mir, dass er gestern wieder hier ins Krankenhaus gekommen sei, weil seine Schmerzen so stark gewesen waren, dass er es nicht mehr ausgehalten hatte. Jetzt ginge es ihm aber schon wieder besser, und wir würden gleich reingehen können. Sie fragte die Krankenschwester noch nach etwas, das ich nicht verstand, Leuto- oder Leukowerte, und ich wunderte mich immer noch darüber, dass Bogis Mutter auf einmal so energisch war. Die Anette käme nach der Schule auch vorbei, sagte sie, als ob das eine Nachricht wäre, die mich freuen müsse oder die für mich sonst irgendwie von Bedeutung wäre.

Dabei hatte ich mit Anette noch nie viel zu tun gehabt, und sogar das war noch übertrieben ausgedrückt. Wenn Bogi und ich zusammen gewesen waren, hatten wir seine kleine Schwester erst terrorisiert und später, als wir größer waren, ignoriert. Ich konnte mich nicht daran erinnern, mich jemals mit ihr unterhalten zu haben. Auf den Gedanken wäre ich nicht gekommen. Warum auch?

Im Krankenhaus war man zu Besuch oder Patient, also entweder halb oder richtig am Arsch. Und dann gab es noch die Ärzte und Schwestern, die sich auskannten und hier wie selbstverständlich rumflitzten. Und wir, die Besucher, kriegten zu spüren, was für ahnungslose Idioten wir waren. Was ja stimmte, ich verstand nur nicht, warum man darauf so rumreiten musste.

An dem Tag, als er zum Non-Hodgkin-Bogi geworden war, hatte der alte Bogi aufgehört zu existieren, so als ob die Scheißkrankheit plötzlich seine wichtigste Eigenschaft war. Der ganze Rest war immer unwichtiger geworden und schließlich langsam hinter diesem ganzen Mist verschwunden. So ähnlich wie bei der Sonnenfinsternis, die wir uns mit Brachtgubbi-Gallenkamp auf dem Schulhof angesehen hatten, alle mit diesen kleinen verrußten Glasscheiben vor dem Gesicht. Zu wissen, dass hinter dem Mond, der schuld an dem Schlamassel war, irgendwo die Sonne schien, hatte ja auch nichts daran geändert, dass es stockdunkel gewesen war.

Als Bogis Mutter die Tür zu seinem Zimmer öffnete, fielen mir als Erstes die beiden breiten Schläuche oder Kabel auf. So wie sie vor Bogis Gesicht entlangliefen, wirkte es, als ob sie es in drei Teile teilten. Frau Schnellstieg sagte, dass sie mal gerade etwas erledigen müsse und ungefähr eine Stunde weg wäre. Ob ich so lange dableiben könne. »Äh, ja, klar«, sagte ich. Obwohl mir nach Weglaufen zumute war, sonst nichts.

Ich war überrascht, dass Bogi eigentlich ganz munter in seinem Bett saß und Fernsehen schaute.

Er hatte schon länger keine Haare mehr auf dem Kopf, auch keine Wimpern oder Augenbrauen, und wir hatten beim letzten Mal, als ich bei ihm zu Hause gewesen war, Witze darüber gemacht, dass er wie Professor Bunsenbrenner aus der Muppet Show aussah.

Da hatte ich auch versucht, ihm zu erklären, warum ich ihn in letzter Zeit wieder seltener besucht hatte, aber gleich nachdem er geahnt hatte, worauf das hinauslaufen würde, hatte er das Thema gewechselt.

Jedenfalls vertrieb sich Bogi gerade die Zeit. Als ob er zu viel davon hätte. Aber so war es ja eigentlich das ganze letzte halbe Jahr über gewesen. Es war für ihn und seine Leute hauptsächlich mit Warten vergangen. Abwarten, die Quacksalber machen lassen und hoffen, dass der Spuk irgendwann vorbei war.

Bogi hatte jetzt einen eigenen Fernseher im Zimmer, und wir guckten den Tierfilm, der gerade lief. Krokodile fraßen Löwen. Oder umgekehrt.

Dann sagte Bogi, dass er Hunger habe, und ich fragte ihn, ob ich die Schwester holen solle. Aber er hatte keine Lust mehr auf den Krankenhausfraß, sondern wollte was von McDonald's. Ob ich ihm Cheeseburger und Nuggets und Pommes und eine warme Apfeltasche und einen Erdbeershake besorgen könnte. Ich war mir nicht sicher, ob das erlaubt war. Außerdem hatte ich Bogis Mutter versprochen, hier bei ihm zu warten. Ich machte mich dann aber trotzdem auf den Weg, der McDreck an der Richterallee war ja nur ein paar Minuten weg. Bei allem, was ich tat, hatte ich das Gefühl, dass ich mich selbst dabei beobachtete.

Später sah ich Bogi dabei zu, wie er meinen Burger auch noch aß. Er zerriss die Papiertüte, wie er es schon immer gemacht hatte, sorgfältig, an dem Klebefalz entlang, sodass er am Ende ein Papiertablett hatte. Das war seine Art, die Gier in den Griff zu kriegen. Wir sprachen über alles Mögliche, Bogi wollte Einzelheiten aus »Bilitis« hören.

Ich hatte es bis jetzt immer noch nicht geschafft, ihm zu erzählen, wie der Kinobesuch damals für mich gewesen war. Er wusste nur, dass ich aus der Sache nicht gerade als der Held im Zelt rausgegangen war. Irgendwann sagte

Bogi, ohne dass ich einen Zusammenhang mit dem, worüber wir vorher gesprochen hatten, erkennen konnte:

»Die Amselfelderflaschen liegen noch hinter den Paddeln vom Schlauchboot. Am Schuppen.«

Ich wusste nicht, was ich damit anfangen sollte. Ob Bogi meinte, dass ich jetzt sofort in die Waldstadt rauffahren und den Rotwein holen sollte, damit er ihn auf den Cheeseburger und die restliche Pampe draufkippen konnte? Ich wartete einfach ab, ob er noch mal darauf zurückkäme, was aber nicht passierte. Dann erzählte ich ihm, wie ich mich mittlerweile schon oft ohne ihn betrunken hatte und ganz schön blau gewesen sei. Beim ersten Mal, mit Asbach Cola, hatte ich mir die Seele aus dem Leib gekotzt, sodass ich mir geschworen hatte, das Zeug nie mehr anzurühren. Aber dann hatte der Vorsatz nicht lange gehalten, ich hatte mich langsam dran gewöhnt, und es war bei den nächsten Malen mit Steffi in der Umleitung immer lustiger geworden. Er guckte mich die ganze Zeit an.

Ich erzählte ihm auch von der Begegnung mit Neandertal-Klaus, wie wir den Joint geraucht hatten und wie ich beim nächsten Mal Kiffen den Flash schon gleich nach dem ersten Zug gehabt hatte, und Bogi schien die Worte aufzusaugen wie ich damals den Rauch, als könne er es dadurch miterleben. Von dem Abend, als Steffi mich besucht hatte und meine Mutter nicht zu Hause gewesen war, erzählte ich ihm nicht, auch nicht, dass ich jetzt wusste, wo genau Steffis Heugabelnarben waren, und dass dieser blöde Ruß wirklich überall hinkroch. Obwohl ihn das noch mehr interessiert hätte als alles andere.

Irgendwas musste meine Mutter davon mitbekommen

haben, weil ich in letzter Zeit von ihr und sogar zwei ihrer behämmerten parfümierten Freundinnen, die das doch erst recht nichts anging, gefragt worden war, ob ich jetzt eine »kleine Freundin« hätte. Was Steffi betreffend ja sogar stimmte. Trotzdem ging es sie einen Scheißdreck an. Außerdem wusste ich doch selber nicht, ob Steffi jetzt automatisch meine Freundin war, weil ich von dem Ruß wusste und den Narben.

Irgendwann sagte Bogi dann fast nichts mehr und schaute auch nicht mehr mich an, sondern nur noch seine Bettdecke. Seine Mutter kam zurück und meinte, dass es jetzt genug sei und ich lieber gehen sollte. Wegen der McDonald's-Tüte sagte sie nichts, die Fresserei schien also in Ordnung gewesen zu sein.

Ich sagte Bogi, dass ich morgen wiederkäme, er nickte kurz, und ich ging mit einem komischen Gefühl weg, weil ich nicht wusste, ob ich was falsch gemacht hatte. Obwohl ich nur eine knappe Stunde bei ihm gewesen war, war ich so erschöpft, dass ich gerade keine Nebengedanken mehr hatte wie einen zweiten Film, der sonst immer noch gleichzeitig in mir ablief. Das, was ich dachte, und das, was ich tat, waren ausnahmsweise mal dasselbe.

In der Küche aß ich ein paar Nudeln aus dem Topf, Bogi hatte mir ja von dem Schnellfraß nicht viel übrig gelassen, und sagte meiner Mutter – aber nur, weil sie dreimal fragte –, es sei alles super gewesen bei ihm. Dann ließ ich sie stehen und verschwand in meinem Zimmer.

Ich telefonierte noch mit Steffi und sagte ihr, dass ich nicht mehr in die Umleitung käme. Sie wollte natürlich auch mehr von Bogi wissen, aber ich hatte keine Lust zu erzählen. Was denn auch? Bogi stirbt, und bevors so weit ist, hab ich ihm noch schnell ein paar Cheeseburger geholt?

Am nächsten Tag saß ich den Vormittag in der Schule ab und machte mich dann am Nachmittag wieder auf den Weg in die Klinik.

Bogi wollte auf keinen Fall, dass seine Mutter das Zimmer verließ, als ich da war. Ich versuchte, mich mit ihm zu unterhalten, erzählte ihm aus der Schule, dass Kragler vor den Osterferien zum ersten Mal seit Menschengedenken einen neuen Trainingsanzug getragen hatte zum Beispiel, den hässlichsten, den je ein Mensch zu Gesicht bekommen hatte, dreifarbig, weiß-lila-grün. »Schicker Balkansmoking«, hatte Jan gesagt, als er ihn darin gesehen hatte. Wahrscheinlich hatte Kragler sich den gekauft, um demnächst auf der neuen Schule Eindruck zu machen. Er war nämlich versetzt worden. So, wie er uns das in der letzten Erdkundestunde verkündet hatte, klang es, als ob er Karriere machen würde, aber alle wussten, dass es mit seinem Prügeln und so zu tun hatte. Die Sache mit Walkis 5000-Meter-Lauf schien ihm dann noch den Rest gegeben zu haben. Warum der jetzt allerdings einfach auf einer anderen Schule damit weitermachen durfte, hätte einem auch ruhig mal jemand erklären können. Hauptsache, er war weg. Sollte er meinetwegen da seine »Möglichkeiten ausschöpfen und über sich selbst hinauswachsen«, der Affensack. Am letzten Tag vor den Ferien hatten wir vor der Schule gestanden und hinterhergeguckt, wie er zum Parkplatz gelatscht war, seine Aktentasche hatte er auf einen Pappkarton gelegt, den er mit beiden Händen trug. Er hatte ihn auf die Rückbank gestellt und war eingestiegen.

Dann hatte er bestimmt noch zehn Minuten dagesessen und auf die Schule gestarrt. Als er endlich losgefahren war, sein Gesicht knallrot, hätte ich schwören können, dass er heulte. »Abschied ist ein schweres Schaf, Kragler«, murmelte Jan und schnippte dem Auto seine Kippe hinterher.

Ich erzählte Bogi, dass Walki und Jan versprochen hatten, in den nächsten Tagen auch mal wieder bei ihm vorbeizukommen. Bogi schaute bei jeder Frage, die ich ihm stellte, erst mal zu seiner Mutter, bevor er antwortete, als ob er ihre Erlaubnis oder Hilfe brauchte. Meistens nickte er nur oder wusste nicht, was er sagen sollte, und blieb stumm. Wenn er was sagte, flüsterte er. So als ob er auf sehr dünnem Eis stünde und Angst hätte, dass es jeden Moment brechen könnte, wenn er zu laut spräche. Nach vierzehn Minuten sagte Bogis Mutter mir dann, dass Bogi sich jetzt ausruhen müsse, und ich ging, ohne mich richtig von ihm zu verabschieden, was er aber gar nicht zu bemerken schien.

Ich wusste das mit den vierzehn Minuten so genau, weil ich sowohl beim Rein- als auch beim Rausgehen zu der Digitaluhr im Flur hochgeschaut hatte, deren Zahlen gerade klackernd umgeklappt waren.

Als ich am Tag darauf zur Station kam, wurde ich von Herrn Schnellstieg auf dem Flur abgefangen.

Er sagte mir, Bogi sei es in der Nacht sehr schlecht gegangen, und jetzt hätte er zwar keine Schmerzen mehr, sei aber nicht ganz bei sich. Was auch immer das heißen sollte. Ich konnte mir darunter nichts vorstellen und fragte mich, was er mir damit sagen wollte. Ob ich wieder gehen sollte?

Herr Schnellstieg meinte, ich solle mich erst mal zu ihm auf eine der Plasiksitzschalen im Flur vor Bogis Zimmer setzen. Dann könnten wir zusammen abwarten, wann ein guter Zeitpunkt sei reinzugehen. Bogis Mutter würde uns Bescheid geben. Mir war zwar eher danach, schnell wieder zu verschwinden, aber ich hatte weder die Kraft noch den Mut, etwas anderes zu machen als das, was Herr Schnellstieg mir vorschlug. Ich kapierte nicht wirklich, was los war. Bogis Vater sagte nichts mehr. Und ihn zu fragen, traute ich mich nicht. Ich hatte große Angst vor der Antwort.

Es war, als ob mir mein ganzes Gewicht in die Füße gerutscht und es unmöglich wäre, jemals wieder hier wegzugehen. Herr Schnellstieg stellte mir ein paar belanglose Fragen. Nach der Schule, dem Sport, der neuen Wohnung und so weiter. Ich antwortete ihm nur kurz, weil mir klar war, dass er nicht wirklich eine Antwort erwartete. Er räusperte sich dauernd, als ob er was mit dem Hals hätte.

Dann öffnete sich die Tür zu Bogis Zimmer, ich sah seine Mutter dort stehen, die erst in das helle Licht der Neonröhren auf dem Gang blinzelte und dann ihren Mann und mich auf der Bank sitzen sah. Ich fragte mich, wo eigentlich Anette, Bogis Schwester, war.

»Ganz ruhig«, sagte Bogis Mutter, als sie an uns herantrat, und ich brauchte kurz, um zu kapieren, dass sie damit Bogis Zustand meinte. Sie lächelte mit dem rechten Mundwinkel und mit dem linken nicht.

Sie sagte ihrem Mann, dass sie eine Zigarette rauchen gehen würde und dass er währenddessen bei Bogi bleiben sollte.

Herr Schnellstieg fragte sie, ob er mich mit reinnehmen

könne. Sie schien erst jetzt zu bemerken, dass ich da war, und antwortete schnell, aber desinteressiert: »Ja, klar. Warum nicht?«

Dann ging sie rauchen, und ich folgte Herrn Schnellstieg in das Zimmer, in dem, im Gegensatz zu den Tagen zuvor, die Vorhänge zugezogen waren.

»Der Manfred bekommt jetzt ziemlich starke Medikamente. Kann sein, dass er nicht versteht, was du ihm sagst, oder er jetzt ein bisschen komische Sachen redet«, sagte Herr Schnellstieg, und mir kam das alles ziemlich merkwürdig vor, weil ich doch gerade mal zwei Tage vorher mit Bogi hier Cheeseburger gegessen und über alles Mögliche gequatscht hatte. Da hatte er mich noch sehr gut verstanden. Was passierte hier eigentlich gerade?

Bogi lag da und hatte die Augen geschlossen. Ab und zu öffnete er sie ein wenig, aber man hatte nicht das Gefühl, dass er seinen Vater oder mich wirklich ansah. Es war, als ob er durch uns hindurchschaute, sodass ich mich schon umdrehen wollte, um nachzugucken, ob hinter mir noch jemand stand. Herr Schnellstieg legte seine Hand auf die von Bogi, und Bogis Daumen zuckte nach oben und sank dann wieder ganz langsam, als ob er einen großen Widerstand zu überwinden hätte.

Herr Schnellstieg sah mich an, nickte und lächelte. Ich wusste nicht, ob er von mir jetzt erwartete, dass auch ich meine Hand auf die von Bogi legte. Deswegen tat ich erst mal gar nichts. Ich wollte ihn nicht anfassen. Weil ich nicht wusste, ob das überhaupt noch Bogi war. Ich meine, er wusste das doch selbst nicht, konnte ich dann einfach so tun, als ob? Außerdem hatte ich Angst, dass sich die

Hand so anfühlen würde wie das eiskalte Händchen aus der Addams-Family.

»Na, mein Dicker«, sagte Herr Schnellstieg. Obwohl Bogi doch immer total dünn gewesen war. Und: »Tut nicht mehr so weh, nicht?« Jetzt waren da nur noch das Brummen und Knistern der Klimaanlage und der anderen Geräte. Und dann standen auch Bogis Mutter und Anette da, keine Ahnung, wann die reingekommen waren.

Nach ein paar endlosen Minuten führte mich Herr Schnellstieg wieder aus dem Raum. Ob ich noch etwas zu Bogi gesagt hatte, wusste ich schon in dem Moment, als ich wieder draußen auf dem Gang stand, nicht mehr.

Als ich auf meinem Platz saß, Herr Schnellstieg war alleine in Bogis Zimmer zurückgegangen, fragte mich eine Krankenschwester, die mit einem großen Rollwagen an mir vorbeifuhr, ob ich Hunger hätte. Offenbar sah ich so aus. Ich wusste nicht, was ich antworten sollte, und saß auf einmal mit einem Tablett auf den Knien da. Der Grießpudding schmeckte so, wie er aussah, und ich überlegte, wie ich den Rheinischen Sauerbraten schnell wieder loswerden konnte. Quer durch die dunkle Fleischscheibe zog sich eine dicke, gelb glitzernde Fettader.

Ich ging einer anderen Schwester nach, die das Geschirr schon wieder abräumte, und stellte mein Tablett, als sie in einem der Krankenzimmer verschwunden war, auf ihren Wagen. Wie wenig Zeit hatten die Patienten hier eigentlich zum Essen? In dem Moment, wo sie es bekamen, stand jedenfalls schon jemand da, der es ihnen wieder wegnehmen wollte. Komisch, dass ausgerechnet die, die sich hier einen Ast langweilten (»zu Tode«, ging mir kurz durch den Kopf), sich beim Essen beeilen sollten. Die halbe Kiwi in Frischhaltefolie behielt ich in meiner Hand und vergaß sie, bis sie ganz warm war. Dann legte ich sie neben mich auf den glänzenden Metallholm zwischen den beiden Sitzschalen.

Plötzlich wurde die Tür zu Bogis Zimmer aufgerissen, und sein Vater rief, nein brüllte in den Gang, dass schnell jemand kommen sollte. Eine Schwester rannte aus dem Stationszimmer zu Bogi, und nach ein paar Sekunden kam sie auch schon wieder raus und rief etwas, das ich nicht verstand. Ich glaube, es war Merle, die hübsche, in die Bogi verknallt war und die mir die Tür geöffnet hatte, als ich ihn hier zum ersten Mal besucht hatte. Es ging ein Alarm los wie bei den Feuerübungen in der Schule, und über Bogis Tür blinkte eine rote Lampe. Kurz danach kamen ein Arzt und mehrere Schwestern angelaufen. Die Tür blieb noch ein paar Sekunden lang offen stehen, Zeit genug, damit ich aufstehen konnte. Zwischen den ganzen Leuten hindurch sah ich, wie Bogi sich aufbäumte und nach Luft schnappte, so wie ein Fisch auf dem Trockenen nach Wasser. Seine Eltern standen am Fußende und wurden von den Schwestern und den Ärzten, mittlerweile waren noch zwei weitere angelaufen gekommen, zur Seite gedrängt.

Die Schwester, die mir vorhin das Tablett gegeben hatte, schaute kurz zu mir hin. Sie schüttelte den Kopf und ging zur Tür, schloss sie. Ich blieb stehen und horchte, versuchte, mir ein Bild von dem zu machen, was in Bogis Zimmer geschah. Irgendwann hörte ich seine Mutter schreien, und dann die tiefe Stimme eines der Ärzte, der Kommandos gab. Ich dachte an Kragler.

Mein linkes Bein knickte ein, ich konnte mich aber auffangen, setzte mich wieder auf meinen Platz und wunderte mich darüber, dass mein Sweatshirt vorne ganz nass war.

Da erst merkte ich, dass ich weinte. Eine Weile saß ich da, den Kopf in den Händen, die Ellenbogen auf meine Knie gestützt. Ab und zu tropften Tränen und Rotz auf den Boden. Was sollte ich denn jetzt machen? Ich hatte wirklich überhaupt keinen Plan. Sollte ich weiter hier sitzen bleiben und abwarten, was passierte? Oder zu Bogi reingehen? Oder einfach weglaufen, weil ich hier doch gar nicht dazugehörte? Aus Ratlosigkeit blieb ich.

Dann wurde es ganz still.

Für eine, zwei Minuten, vielleicht auch Stunden, passierte gar nichts.

Die beiden Ärzte kamen heraus, sie sprachen leise miteinander, dann folgten zwei der Schwestern. Merle blieb noch an Bogis Bett, das konnte ich sehen, aber nicht, was sie da machte.

Es war in seinem Zimmer jetzt heller als vorher. Ich sah, wie Herr Schnellstieg die Vorhänge wegzog und ein Fenster öffnete. Sein Rücken war ganz schief. Bogis Mutter sah ich nicht.

In dem Moment wusste ich, dass es vorbei war. Ich sprang auf und rannte los. Im Aufstehen konnte ich für einen Augenblick Bogis linken Fuß erkennen, der unter der Decke hervorschaute. Das war das Letzte, was ich von ihm sah.

Gleich hinter der Stationstür stieß ich mit einem der Ärzte zusammen. »He, pass doch auf, du Flegel!«, rief er mir nach. Es hallte im Treppenhaus, als ich hinunterlief. Ich dachte an nichts, oder doch, daran, dass ich die halbe Kiwi hatte liegen lassen. Immer zwei Stufen auf einmal nehmend lief ich runter und stolperte kurz vor dem ersten Stock, konnte mich aber gerade noch am Treppengeländer festhalten. Ich hatte das Gefühl, tagelang da oben gesessen zu haben, aber als ich auf die Uhr schaute, die am Pförtnerhaus hing, sah ich, dass es doch nur drei Stunden gewesen waren. Die Uhr auf der Station hatte ich immer nur klacken gehört, Minute für Minute. Angesehen hatte ich sie nie.

VIERZEHN

– Ende Mai, selber Tag –

Ich hatte überhaupt keine Ahnung, wohin ich jetzt sollte. Nach Hause zu gehen kam nicht infrage.

Auf keinen Fall wollte ich getröstet werden und vor allem über das, was eben passiert war, kein einziges Wort verlieren. Heute nicht und überhaupt niemals mehr.

Hinter dem Einfahrtstor bog ich rechts ab, dann ging ich die Kaiserallee entlang in Richtung Volkspark, zufällig und richtungslos. Ich fragte mich, ob ich mich irgendwie hätte verabschieden sollen. Nicht von Bogi, sondern von dessen Eltern. Weil wir einander wahrscheinlich nicht mehr sehen würden. Es gab dazu ja keinen Grund mehr.

Die Bewegung tat mir gut. Über die große Wiese des Volksparks ging ich in Richtung Domplatz und fing an zu laufen, einen Läufer hielt man nicht auf. Aber als ich die Innenstadt ganz durchquert hatte und an der Neuberger Landstraße stand, musste ich ausruhen.

Erst stützte ich mich keuchend an einem Metallzaun ab, dann setzte ich mich auf dem Spielplatz, der dahinter lag, auf eine der Bänke. Außer mir saßen dort nur ein paar

Mütter, die sich unterhielten und ihren spielenden Kindern zuschauten, wie sie auf den Schaukeln, Wippen und Gerüsten herumturnten. Ab und zu riefen sie nach ihren Kindern, was die aber nicht zu hören schienen.

Ich schaute ihnen eine Weile lang zu, besonders denen, die versuchten, sich gegenseitig von der Wippe zu katapultieren, und die jedes Mal, wenn sie oben waren, in die Höhe geschleudert wurden und aufschrien. Ich musste lachen, und eine der beiden Mütter auf der Bank rechts neben mir schaute mich misstrauisch an, weil sie sich wahrscheinlich fragte, weshalb ich hier schnaufend rumsaß und ihre Kinder anglotzte. Schnell stand ich auf und trabte weiter die Neuberger Landstraße runter, an deren Ende Walki wohnte. Ich wollte aber nicht zu ihm, sondern zu dem Getränkeautomaten an der Bushaltestelle gegenüber dem Hochhaus. Es hatte angefangen zu regnen, ich überlegte, mich an der nächsten Bushaltestelle unterzustellen, aber dann war es nur ein kurzer, heftiger Schauer, der mir sogar guttat. Seit ich aus dem Krankenhaus gelaufen war, hatte ich das Gefühl, als ob meine Haut glühte, manchmal auch, als ob sie gar nicht mehr da sei. Der Luftzug traf dann direkt auf mein heißes, pulsierendes Blut.

Walki und sein mittlerer Bruder Ludger hatten mit mir in den letzten Monaten an diesem Automaten das Biertrinken geübt. Er war an der Seitenwand des Kiosks angebracht, damit für den Alkoholnachschub der Neuberger auch in der Nacht gesorgt war. Ludger hatte die Kronkorken mit den Zähnen geöffnet, obwohl am Automat ein Öffner gewesen war. Am Anfang hatte ich mich blöd angestellt, weil ich das Aus-der-Flasche-Trinken nicht richtig hinbekam und mir ein paarmal der Schaum aus der Nase wieder rausgekommen war. Auch, weil es mir überhaupt nicht geschmeckt hatte. Aber das hatte sich mit der Zeit gegeben, ich hatte mich langsam an den Geschmack gewöhnt, wie beim Rauchen auch. Ludger und Walki waren geduldig gewesen, und am Ende konnte ich fast alles, also Rauchen und Trinken, meine ich.

Ich kramte in meiner Hosentasche nach einem Markstück, rieb es am Automaten, an der Seite, da, wo er schon ganz glatt und die Farbe weg war, damit es warm wurde und nicht durchrutschte. Dann öffnete ich die knarzende Klappe und zog die kalte Flasche raus. Ich öffnete sie, nicht mit den Zähnen, aber mit meinem Plastikfeuerzeug, auch das hatten die beiden Walkis mir beigebracht. Das mit den Zähnen war mir dann doch zu gruselig gewesen. Ich lehnte mich, vom Laufen sehr durstig, an die Wand des Kiosks und trank einen großen Schluck. Der Alkohol stieg mir sofort zu Kopf. Das Bier war so kalt, dass ich einen stechenden Schmerz hinter dem linken Auge fühlte. Plötzlich saß ich dort, wo ich eben noch gestanden hatte, auf den Steinen. Mein Kinn zitterte. Aber ich wollte hier auf keinen Fall schon wieder anfangen zu heulen. Ich schaute nach links auf die Böschung, ein paar Vögel hüpften in den Sträuchern herum, dahinter war die große Sportanlage, und ich hörte Rufe und das Klatschen eines mit Wasser vollgesogenen Lederballes, gegen den jemand trat.

»Probleme, Meister?«

Rechts von mir Sandalen und der Bund einer Trainingshose. Ich hob den Blick, und da stand ein Mann mit Einkaufstasche am Bierautomaten und schaute mich an. Ich wollte ihm antworten, musste mich aber erst mal räuspern, auch, weil ich seit Ewigkeiten schon kein Wort mehr gesprochen hatte.

»Nee, geht schon, danke.«

»Was hockst du hier im Dreck rum, bist du'n Penner, oder was?«

»Ja, okay. Ich … Nur, äh, kleine Pause gemacht«, sagte ich.

»Bist du'n Penner, oder was, sag ich. Schalt mal'n Gang runter. Wie alt bist'n du überhaupt«, sagte der Mann und machte dabei mit der rechten Hand eine Trinkbewegung.

»Ja. Okay. Alles klar. Ich bin …«

Er hatte sich aber schon umgedreht und war gegangen.

Ich rappelte mich hoch und wischte die Nase am Jackenärmel ab. Dann ging ich ein paar Schritte um den Kiosk herum auf die andere Seite. Als ich ausgetrunken hatte, warf ich die Flasche ins Gebüsch, stellte mich an die Bushaltestelle und wartete.

In den dritten Hundertsechzehner, der hielt, schaffte ich es dann schließlich einzusteigen.

Als ich oben in der Waldstadt an meiner, unserer alten Bushaltestelle ausstieg, begegnete mir als Erstes Schliemann mit seinem Dackel auf seinem Abendspaziergang. Schliemann stutzte zwar kurz, als ich ihm entgegenkam, aber das war wohl eher wegen der längeren Haare, die ich mittlerweile hatte und die dem Alten nicht passten. Ich glaube nicht, dass er mich erkannte. Ein paar Meter neben dem Zebrastreifen ging ich über die Straße.

Ein Auto, das noch ewig weit weg war, hupte mich an.

Ich blieb stehen und zeigte dem blöden Arschloch am Steuer den Finger. Als er dann knapp vor mir bremste, rotzte ich auf die Scheibe seiner Spießerkiste und sprang auf die Motorhaube, hüpfte ein paarmal auf und ab. Ich brach die Scheibenwischer ab, um damit dann noch mal ums Auto zu laufen und mich mit einem fetten Kratzer im Metalliclack auf allen vier Türen plus Kofferraum- und Motorhaube zu verewigen. Ich ruinierte dem Drecksack in zehn Sekunden seinen Scheißaudi.

Nein. Machte ich natürlich nicht. Schön wärs. Ich fluchte stattdessen nur kurz vor mich hin und bog gegenüber in die Kellerstraße ein. Der Arsch hupte wie blöd und fuhr drei Millimeter hinter mir vorbei.

Während der Busfahrt hatte ich mir vorgestellt, wie es sich anfühlen würde, gleich durch Bogis Straße zu gehen. Ich kannte diesen Weg besser als jeden anderen, aber mit einem Mal war er mir vollkommen fremd geworden. Eine Weile blieb ich auf der gegenüberliegenden Straßenseite stehen und beobachtete das Haus, weil ich sicher sein wollte, dass keiner da war. Im Wohnzimmer brannte Licht, aber wahrscheinlich hatte nur jemand am frühen Morgen vergessen, es auszuschalten. Wie hatten Bogis Eltern wohl das Haus verlassen? Hatte seine Mutter gesagt: »Komm, Dieter, beeil dich, wir müssen los, der Manfred stirbt«?

Ich öffnete die hölzerne Pforte und ging rechts an der Garage vorbei in den Garten. Im Dunkeln stieß ich mir das Knie an der Schubkarre, die im Durchgang herumstand. Es machte Lärm und tat höllisch weh. Ich humpelte weiter durch den Garten zum Schuppen.

An dessen rechter Seite lag Gartenkram, alles Mögliche, ein Grill, ein altes Crocketspiel, die Hängematte, bei der eine Befestigung abgerissen war, als Bogi und ich darin

Überschläge gemacht hatten. Danach hatten wir wochenlang jeder einen blauen Fleck am linken Knie gehabt.

Der Regen hatte sich endgültig verzogen, und das Mondlicht erleichterte mir die Suche. Weil ich mich immer noch gut auskannte, fand ich schnell die Paddel, von denen Bogi gesprochen hatte. Ich zog sie heraus und sah dahinter die beiden Flaschen liegen. An der Wand hing an einem Haken ein alter Turnbeutel, den ich herunternahm. Ich betastete ihn von außen. Der Stoff war klamm. Eine Spinne, die nur aus Beinen zu bestehen schien, flüchtete über meinen Arm. Der Beutel schien leer zu sein, und ich tat die beiden Amselfelderflaschen hinein, die dumpf aneinanderklackerten. Ich hängte ihn mir um die Schulter und ging zurück in Richtung Haus, sah mein Spiegelbild in der Scheibe der Terrassentür und die Rückwand der Garage, auf der eine Torwand aufgemalt war wie die aus dem Aktuellen Sportstudio. Unzählige Nachmittage, Tausende von Stunden hatten Bogi und ich damit verbracht, mit dem Ball auf die beiden Löcher zu zielen. Ich wollte jetzt schnell weg von hier und ging zur Gartenpforte zurück. Als ich draußen war, schloss ich sie hinter mir, indem ich sie leicht anhob, bis sie einrastete. Das musste man wissen. Sonst sprang sie nämlich wieder auf, wie Bogis Mutter uns immer eingetrichtert hatte. Links ging ich zur Hauptstraße runter, ich wollte am Lindenhain vorbei, wo wir früher gewohnt hatten, und dann durch den Ringwald in die Stadt zurück. Ein Auto bog in die Kellerstraße ein und kam mir entgegen.

Ich hatte so eine Ahnung, deshalb drückte ich mich in die nächste Einfahrt und versteckte mich bei den Mülltonnen. Der Wagen fuhr vorbei, und tatsächlich waren es Bogis Eltern. Erstaunlicherweise fuhr seine Mutter, ich konnte mich nicht erinnern, das schon mal gesehen zu haben. Die Gesichter waren nicht gut zu erkennen, am ehesten noch das Profil von Herrn Schnellstieg auf der Beifahrerseite. Er sah aus wie ein Dummy. Einer von denen, die im Fernsehen im Siebten Sinn in Zeitlupe durch die Scheibe geschleudert wurden, wenn das Auto gegen eine Mauer bretterte.

Wie das Leben von Bogis Eltern jetzt wohl weiterging? Nicht grundsätzlich, sondern gleich, nachdem sie geparkt hatten und ins Haus gegangen waren. Ob Herr Schnellstieg sich ein Leberwurstbrot machen würde, so wie sonst immer, wenn er nach Hause kam? Oder ob er das vielleicht nie wieder machen würde? Weil er nicht mehr konnte. Solche Sachen. Als die beiden vorbeigefahren waren, ging ich weiter bis zur Hauptstraße, hinter mir hörte ich noch das Schlagen der Autotüren, drehte mich aber nicht um. Dann am Obst- und Gemüseladen von Herrn Pommack vorbei, der mir morgens, wenn ich auf dem Weg zur Bushaltestelle war, oft einen Apfel oder eine Mandarine zugeworfen hatte, quer über die Straße, von einem Gehweg zum anderen.

In unserem alten Haus wohnten natürlich schon längst andere Leute. Es waren Kleinigkeiten, an denen man das merkte. Das Klettergerüst auf der rechten Gartenseite zum Beispiel war neu. Vor allem aber sah das Haus im Dunkeln so aus, als sei es falsch belichtet. Ja, genau, belichtet, nicht beleuchtet. Wie bei einem verdorbenen Film, alles zu hell. So, wie meine selbst entwickelten Bilder ausgesehen hatten, als ich vor zwei Jahren auf einmal Fotograf hatte werden wollen und mir von meinem Konfirmationsgeld eine Ausrüstung mit Dunkelkammer geholt hatte. Deswegen kannte ich mich mit diesen Sachen aus. Meine Ungeduld hatte mir einen Strich durch die Rechnung gemacht, wie bei den meisten Sachen. Ich war mit dem Mist nicht klargekommen, den ganzen Einstellungen, DIN und ASA und den Chemikalienbädern. Zwei Tage lang hatte ich dann versucht, mir einzureden, meine Fotos seien interessant, wie sie da an ihren Wäscheklammern hingen. Dann fand ich sie nur noch beschissen. Der ganze Fotokrempel gammelte jetzt in einer von den Gebuehrlichkisten im Keller vor sich hin.

Leute sah ich nicht in unserem ehemaligen Haus. Ich nickte kurz, als ob ich mich endgültig verabschieden wollte, und ging weiter. Dann stockte ich und blieb stehen. Während mir die Idee kam, drehte ich schon um.

An dem fast neuen Peugeot-Damenrad, das ich eben geklaut hatte, funktionierte sogar das Licht, was mir bei der Fahrt durch den Ringwald sehr nützte.

Eigentlich hatte ich auch gar nicht das Gefühl gehabt, etwas zu klauen, so selbstverständlich war es mir vorgekommen, in den Garten zu spazieren und es mir zu nehmen.

Es war ziemlich warm, auch jetzt am Abend noch, und ich genoss den Fahrtwind im Gesicht, ab und zu fiel noch ein übrig gebliebener Regentropfen von den Blättern.

Weil ich vorhin geheult hatte, spannte die Haut an meinen Wangen. Als ob da, wo die Tränen runtergelaufen waren, zwei dünne Tesafilmstreifen wären. An der Holzbrücke, zu der ich früher immer gefahren war, um zu rauchen, ruckelte ich aus Gewohnheit an einem der Pfeiler, um zu gucken, ob sie immer noch fest stand, und setzte mich dann auf das Geländer. Ohne die Fahrradlampe war es stockdunkel, nur vom Halbmond am fast wolkenlosen Himmel fiel ein wenig Licht durch die Bäume. Ich holte eine der Amselfelderflaschen aus dem Leinenbeutel und schraubte sie auf, nahm einen Schluck. Der Rotwein schmeckte süß und scharf zugleich, es brannte, erst im Hals, dann auch im Magen.

»Prost, Bogi«, brüllte ich in den Wald und hob die Flasche, fand das aber im selben Moment schon kitschig und blöd, weil es überhaupt nicht das war, wonach mir eigentlich zumute war, sondern nur etwas, das ich mir irgendwann mal so vorgestellt und ausgedacht und für diesen Moment gemerkt hatte, als ich im Bett gelegen und über Bogis Sterben nachgedacht hatte. Für diesen Moment – wie sich das anhörte. Die ganze Zeit hatte ich gehofft, dass es nicht stimmte, was alle dachten, und dass Bogi am Leben bleiben könnte. Dass er mich nicht alleine lassen würde.

Ich würgte noch mehr Wein runter, irgendwann pinkelte ich von der Brücke auf den knisternden Waldboden.

FÜNFZEHN

– Ende Mai, selber Tag –

Der Alkohol wirkte, und ich bekam doch noch Lust auf Gesellschaft.

Ich setzte mich auf das geklaute Fahrrad und eierte los, der Sattel war viel zu niedrig. Merkwürdig, alles ging viel schwerer, als wenn ich nüchtern war, und eigentlich klappte nichts mehr, aber trotzdem hatte ich das Gefühl, besser klarzukommen als vorher. Das war die Alkoholtrinkerei. Schmecken tats ja nicht. Aber wenn sich alles leichter anfühlte, *war* es ja auch leichter.

Plötzlich wusste ich, wohin ich fahren würde: zu Meinhardt Vogt, unserem Sozialkundelehrer. Hatte ich sowieso schon längst vorgehabt, also wieso nicht jetzt? Außerdem war bei Meinhardt die Gefahr, dass er schon von Bogis Tod gehört hatte, nicht sehr groß. Ich wusste beim besten Willen nicht, was ich dazu hätte sagen sollen.

Meinhardt lud uns ständig zu sich nach Hause ein. Gitti, seine Frau, und er hätten ein »Open House«, sagte er immer. Er redete allerdings so oft davon, dass keiner mehr Lust hatte hinzugehen. Aber jetzt passte mir das mit dem offenen Haus ganz gut in den Kram. Das Praktische an Meinhardt – wir durften, nein, *mussten* Meinhardt sagen und *Du* – war nämlich, dass er zwar Sozialkunde unterrichtete, aber kaum über andere – wie man bei dem Fach ja hätte meinen können –, sondern ausschließlich über sich selbst sprach. Na gut, manchmal noch über Gitti. Der Vorteil war, dass man sich nichts von dem, was er erzählte, merken musste. Das war ihm sogar ganz recht, weil er die Sachen dann in einer Schleife wiederholen konnte, immer wieder von vorn. Auch ziemlich privates Zeug übrigens, wies bei Vogts zu Hause zuging und so. Ich konnte mir nicht vorstellen, dass Gitti davon begeistert gewesen wäre, wenn sie gewusst hätte, dass die 10b auf dem neuesten Stand war, was ihre Spirale betraf. Nur mal als Beispiel.

Meinhardt Vogt wohnte in einem der kleinen Fachwerkhäuser auf der Eichenhöhe, ich musste also nur bis zum Freibad runterrollen und dann auf der gegenüberliegenden Seite ein kleines Stück den Berg wieder hoch.

Die Klingel funktionierte nicht, jedenfalls war nichts zu hören, also klopfte ich an die Haustür. Es dauerte eine ganze Weile, bis sich etwas tat. Ich schwankte ein wenig und nahm mir vor, mich wenigstens in den nächsten Minuten zusammenzureißen. Zumindest so lange, bis Meinhardt mir ein Bier angeboten hatte. Dann könnte ich das schnell runterschütten und später so tun, als hätte ich davon einen im Kahn. Und wenn mir schlecht würde und ich Meinhardt womöglich auf den Teppich reiherte, wäre er dran schuld. Meinhardt Vogt kam an die Tür und schaute von innen erst mal durch das kleine rautenförmige Fenster, um zu sehen, wer da war. Dann öffnete er und kniff die

Augen zusammen, um seine Vermutung zu überprüfen, und als er mich endgültig identifiziert hatte, sagte er: »Ah, Motte.« So, als ob das auch für mich eine Neuigkeit wäre. Meinhardt hielt sich am Türpfosten fest und guckte in den Abendhimmel.

»Asisjanding«, sagte er dann, und ich antwortete:

»Ich chachte, ich, äh, kommavobei.«

Meinhardt nickte. Er war viel betrunkener als ich.

»Ja, äh«, Meinhardt räusperte sich, »ich hab grade mit der Gitti … hehe, wir hatten grade 'n bisschen Stress weeng … Ach, komm rein. Vleicht ganz gut.«

Als ich ins Haus ging, sah ich am Ende des Flurs Gitti, Meinhardt Vogts Frau, aus der Wohnzimmertür gucken.

»Hallo, Gitti«, sagte ich und winkte.

»Grüß dich, Jakob«, knurrte sie, verschwand und knallte die Tür hinter sich zu.

Jakob, aha. Na gut. Meinhardt schnaubte wie ein alter Klepper, den man vor dem Saloon angebunden hatte, und stand erst mal unschlüssig im Flur herum. Ich glaube, er überlegte kurz, ob er den Kampf mit Gitti wieder aufnehmen sollte, entschied sich dann aber dagegen und sagte:

»Komm, äh, wir geh ma in m…, äh, mein Abeizimmer.«

Damit schob er mich durch die Tür, die gleich hinter der Haustür rechts vom Flur abging.

Bei Meinhardt und Gitti war dicke Luft, sodass es sich anfühlte, als ob man durch den Flur waten müsste, und ich dachte, dass ich eigentlich sofort wieder verschwinden sollte, um da nicht reingezogen zu werden. Wenn ich gerade etwas nicht gebrauchen konnte, dann das. Aber dann wusste ich nicht, wohin ich sonst hätte gehen sollen. Angesichts dessen, was ich heute erlebt hatte, war die Gefahr, in etwas *noch* Beschisseneres reingezogen zu werden, eher gering, und ich dachte, tja, Pech gehabt, Meinhardt, dass du uns drei Milliarden Mal gesagt hast, deine Tür stünde immer offen. Dann musst du dich jetzt auch nicht wundern, wenn wirklich mal einer hier reinspaziert durch deine offene Tür. Die Gitti muss jetzt eben mal warten. Ihr könnt euch ja später weiterstreiten. Aber Meinhardt hätte niemals zugeben können, dass es ihm gerade nicht passte, weil er in der SPD war und diese ganzen Sachen. Die *mussten* nett zu einem sein, glaube ich, das stand bei denen in der Satzung. Und einem deswegen auch die Tür aufmachen, sogar, wenn sie gerade nicht wollten oder konnten. Weil sie eben vom Programm her nette Leute waren. Bei den anderen Linken, denen von der DKP meinetwegen, war das übrigens schon wieder anders, die waren härter drauf, obwohl die ja von Amts wegen auch … na ja, egal, ich kannte mich da nicht aus. Wir hatten aber mal einen Referendar gehabt, der bei den Kommunisten war, MSB Spartakus oder wie die Graupen hießen, und der das auch rumerzählte. Ganz ehrlich, das war kein Spaß mit dem. Ich hatte vorher immer gedacht, wenn die links sind, die Lehrer, könne mans bei denen auch mal ruhiger angehen lassen. Mein lieber Schwan, von wegen! Andererseits, im Großen und Ganzen wars schon gut, dass es die alle gab. Sonst wären wir ja mit solchen Flachzangen wie Kragler ganz alleine gewesen. Der Spartakustyp kam dann irgendwann nicht mehr. Aus dem Schuldienst entfernt, hatte Gallenkamp gesagt, als wir ihn gefragt hatten. Ich hab den später noch mal an einem Infostand in der Stadt gesehen. Bin aber nicht zu ihm hingegangen. Weil, als Lehrer war der Pellkopf ja trotzdem das Letzte gewesen.

Ich stand jetzt mit Meinhardt in seinem noch dunklen Zimmer, nur von der Straßenlaterne kam etwas Licht herein.

Er fragte: »Aun Bier?« Ich: »Kla.«

Er: »Ock. Hehehe.«

Meinhardt sagte immer ock statt okay und lachte dann darüber. Ich nicht, aber das schien ihm nichts auszumachen. Er verschwand in Richtung Küche, und ich hörte, wie er sich mit Gitti anzischte. Sie redete sehr viel, schrill, und dazwischen, es klang ein bisschen wie Schafsblöken, hörte man dumpf Meinhardts Antworten:

»Da dimmt doch nich« oder »Nee, nee, nee« oder »Höddo auf«.

Meine Augen hatten sich an die Dunkelheit gewöhnt, und ich schaute auf das Bücherregal, das Meinhardt aus alten Getränkekisten zusammengezimmert hatte. Ein Buch hieß: »Ich bin O.K. – Du bist O.K.«. Auf dem Regal welkten ein paar halb vertrocknete Hängepflanzen vor sich hin. Die Geschichte der Beschaffung der Kisten und des Aufbaus dieses Regals kannte jeder Schüler von Meinhardt in allen Einzelheiten, weil deren Beschreibung mehrere Unterrichtsstunden in Anspruch genommen hatte. Schließlich kam er mit den Bieren zurück und drückte mir eins in die Hand.

»Mann, Mann, Mann ... Mann.«

Er machte eine Pause, dann kam noch ein letztes:

»Mann!«

Wieder eine Pause. Dackelfalten auf seiner Stirn.

»Überlag, äh, überleg dir das mit dem Heiraten, Marten. Ehrlich.«

»Morten.«

»Hä?«

»Morten.«

»Ach so, ja, Morten.«

Komisch, dass die Erwachsenen immer so taten, als hätte man deren Probleme wie selbstverständlich auch. Damit sie für ihren Mist nicht alleine verantwortlich waren, schon klar, so viel hatte ich kapiert. Aber ich meine, heiraten stand bei mir jetzt nicht gerade ganz oben auf der Liste, das hätte auch Meinhardt klar sein können, oder? Andererseits bekam ich von ihm das, wonach ich gesucht hatte. Ablenkung davon, dass Bogi jetzt in der Kühlkammer lag.

»Ich hab der Gitti von Anfang an gesagt, ich bin kein Stubentiger. Ich brauch meine Freiheit.« Keine Ahnung, was er mir damit sagen wollte. Von mir aus konnte er die haben. Irgendwie komisch, Meinhardt hier so quallig sitzen zu sehen, in seiner Muffbude, die nach kalter, nasser Erde roch, und ihn von Freiheit reden zu hören.

Ich fragte mich, was das für ihn war, Freiheit. Zum Einkaufen in die Metro oder einen anderen verschissenen Großmarkt zu fahren, wofür er sich von seinem Schwager einen Ausweis organisiert hatte? Elftklässlerinnen flachzulegen? In die Metro fuhr er, weil ihm das reichlich Geld sparte, wenn er, was weiß ich, dreihundert Koteletts auf einmal kaufte. Wahrscheinlich waren die Grillfeste am Ende des Schuljahrs nur dazu da, um den Müll aus Meinhardts Gefriertruhe loszuwerden. Die war so riesig, da hätten mehrere Bogis reingepasst.

Im Auto schob er auf dem Heimweg vom Großmarkt dann die Kassette mit »Born to be wild« rein und zwinkerte den Sekretärinnen zu, die zum Feierabend in ihren Ford Fiestas neben ihm an der Ampel standen. Hatte ich mir nicht ausgedacht. Das erzählte der alles im Unterricht. Wir nickten dazu oder zeichneten Männchen oder schliefen ein und bekamen dafür am Ende alle eine Zwei in Sozialkunde.

Ich hörte mir sein Geschwafel jetzt aber trotzdem ganz gerne an. Die einzelnen Wörter waren mir gar nicht so wichtig.

Obwohl Meinhardt hier schon interessante Sachen auspackte, musste man sagen. Offenbar war Gitti stinksauer, weil er fremdgegangen war. Meinhardt aß wohl ganz gerne auswärts, um es mal so zu sagen, und das Gerücht hielt sich hartnäckig, dass es im Lehrerzimmer mal fast zu einer Schlägerei gekommen war, weil Herr Rupp, der Mathe und Physik unterrichtete, dahintergekommen war, dass Meinhardt was mit seiner Frau gehabt hatte. Die Frau von Herrn Rupp war mal Miss Rheinland-Pfalz gewesen. Das war schon eine Weile her. Sie sah ziemlich gut aus, das musste man zugeben. Na ja, sie war wohl bei einem Wochenendseminar dabei gewesen, das die Rupps und eben auch Meinhardt Vogt besucht hatten, um bessere Lehrer zu werden. Den Rest konnte man sich denken, wenn man Meinhardt ein bisschen kannte.

»So eine Scheiße. Kennst du die Claudia Herbst, Morten?«, fragte Meinhardt mich.

»Du, entschuldige Meinhardt, kannst du vielleicht mal Licht anmachen?«

»Ach so, ja, hehe, Scheiße, klar.«

Meinhardt stand auf und schaltete das Deckenlicht an, so eine große Kugel aus Reispapier, offenbar mit einer 100-Watt-Birne drin. So hell hätte es jetzt auch wieder nicht sein müssen, aber egal. Er hatte sich mittlerweile etwas nüchterner gequasselt. Das ging also, sich nüchtern reden, dachte ich, während ich noch einen Schluck Bier nahm. Claudia Herbst war in der Elften, das wusste ich, weil Walki auf sie stand. Der hatte natürlich keine Chance, weil er eine Klasse unter ihr war.

»Ja, glaub schon, dass ich die kenne«, sagte ich, und dann legte Meinhardt los.

Um es kurz zu machen, Meinhardt war zur Kursfahrt der Elften letzten Monat (Wandern in den Vogesen) mit seinem eigenen Campinganhänger mitgefahren. Angeblich, um die Übernachtungskosten in der Pension zu sparen und das Geld für Gittis Musikerziehungsprojekt zu spenden. Wir hatten dafür in der Fußgängerzone mal Zettel verteilt. In Wirklichkeit aber, um es in Ruhe mit Claudia Herbst treiben zu können. Gitti war dann am Wochenende zu Besuch gekommen und hatte irgendwas von Claudia im Wohnwagen gefunden. Was, wollte Meinhardt nicht sagen, aber ihr Geodreieck wirds nicht gewesen sein. Meinhardts Wohnwagen war übrigens mit den gleichen Kisten ausgebaut worden wie sein Zimmer. Ich fragte mich, wie die Getränkeleute überhaupt noch ihre Flaschen transportierten. Na ja, wie auch immer, jetzt war hier im Haus jedenfalls schlechte Stimmung.

Schon merkwürdig, dass Meinhardt mir das alles erzählte, aber andererseits ganz angenehm anzuhören, weil es mit mir und dem, was in meiner Welt los war, so gar nichts zu tun hatte. Erholsam. Und Meinhardt war es, glaube ich, egal, wer ihm gerade gegenübersaß. Solange es nicht Gitti war und er ungestört rumtexten konnte, ohne unterbrochen zu werden. Trotzdem war es komisch, sich vorzustellen, dass Claudia Herbst mit Meinhardt schlief. Also, dass sie es offenbar *lieber* mit ihm tat als mit einem von uns. Es musste ja nicht gerade Walki sein. Zum Glück wusste der davon nichts. Ich würde es ihm auch nicht erzählen. Jan vielleicht, mal sehen, irgendwann, aber Walki nicht.

Meinhardt war bestimmt schon vierzig oder so. Er hatte diesen komischen Seehundschnäuzer und die Frisur, die alle hatten, die mal langhaarig gewesen und jetzt zu feige waren, weiter so rumzulaufen. Vielleicht weil sie meinten, ordentlicher aussehen zu müssen, so vorbildmäßig. Aber gleichzeitig wollten, dass man sah, dass ihre Haare mal lang gewesen und eigentlich immer noch so gedacht waren. Halbes Ohr frei und so, Mittelscheitel. Ich sah ja gerade, wenn man ehrlich war, bis auf den Schnäuzer so ähnlich aus, aber der entscheidende Unterschied war, dass ich auf dem Weg zu langen Haaren *hin* war und Meinhardt auf dem Weg von langen Haaren *weg*. Gut, man hätte das dranschreiben müssen, aber egal.

Eine richtige Frisur bekam Meinhardt sowieso nicht hin, weil die drahtigen Haare in alle Richtungen abstanden. Sein Schnorres sah so aus, als ob er sich seine Haarbürste, nach dem vergeblichen Versuch, sich zu kämmen, aus Verzweiflung unter die Nase geklebt hatte. Meinhardt hörte gerne italienische Musik, weil er dauernd dort hinfuhr und Weinproben machte und was weiß ich noch alles. Ich könnte ihn ja mal fragen, ob die den Wein da auch ohne Stiele und Stengel kelterten. Am Ende wäre Meinhardts Plörre sonst nämlich nicht bekömmlich, vielleicht wusste er das gar nicht und sollte besser mal umsteigen. Dann liefe es vielleicht auch mit Gitti besser. Manchmal schlenderte Meinhardt auf dem Weg in den Klassenraum im Gang vor uns her und sang irgendwas von »Amore« und »Ragazzi«, und wir lachten uns schlapp. Er merkte das zwar, aber es machte ihm nichts aus. Er war gut im Nehmen, das musste man sagen.

Und er haute keinen in die Pfanne. Er war kein Schwein, wie Kragler oder Kühnert oder der Direktor. Viel hatte ich noch nicht gelernt, aber dass es grundsätzlich eine richtige Seite gab, auf der man stehen konnte, und eine falsche, das schon. Und Meinhardt war auf der richtigen.

»Die Claudi is natürlich auch nich begeistert von der Sache«, hörte ich und merkte, dass ich Meinhardt eine ganze Weile gar nicht mehr zugehört, sondern mit offenen Augen geträumt hatte.

Nach einer Pause fragte er dann:

»Wie gehts eigentlich dem Manfred, dem Bogi? Ist der immer noch im Krankenhaus?«

Ich hatte für einen kurzen Moment tatsächlich vergessen, dass Bogi vor ein paar Stunden gestorben war. Ich konnte damit auch gar nichts anfangen. Irgendwie war dieses Gestorbensein im Moment etwas, das ihn interessant machte. Es war spannend, jetzt mit jemandem befreundet zu sein, der in diesem Zustand war. Ich kannte zumindest niemanden, der einen toten Kumpel hatte. Dass er weg war und mein Leben von heute an unwiderruflich eines ohne Bogi sein würde, hatte für mich keine Bedeutung.

»Ja, der Bogi ist noch im Krankenhaus.«

»Eine Scheiße ist das mit dem Krebs«, sagte Meinhardt. Es hörte sich an wie Krepps. Krepps Suzette, dachte ich.

»Der kommt aber bald raus. Muss ja dann die Zehnte noch mal machen.«

»Na ja, das ist ja jetzt das kleinste Problem. Ich werd das aber in der Konferenz noch mal zur Sprache bringen, dass wir irgendwie gucken müssen, dass der uns jetzt nicht auch noch deswegen aus der Gruppe rauskippt.«

Leider ist Bogi uns heute ein für alle Mal aus der Gruppe rausgekippt, lieber Meinhardt, das weißt du nur noch nicht, dachte ich, sagte aber das hier: »Ja, das wäre super, wenn ihr das machen würdet.«

Der Gedanke, dass man doch einfach so tun konnte, als sei das, was ich vor ein paar Stunden erlebt hatte, gar nicht geschehen, erleichterte mich.

»Das ist natürlich ganz wichtig, dass ihr den Manfred auffangt. Als Gruppe, meine ich, seine Freunde. Wer ist denn da noch dabei? Der Detlef?«

»Ja, und Jan. Jan Borowka.«

»Prima. Da müssen wir dann echt drauf achten, dass wir den Jungen reinholen, wenn er wieder da ist. Auch wenn er in eine andere Klasse kommt. Aber gut, dass wir beide jetzt drüber reden. Ich schreib mir das auch noch mal auf, dass ich das nicht wieder vergesse und zur Sprache bringe.«

»Ja, vergessen wäre blöd. Super. Danke, Meinhardt.«

Meinhardt stand auf und ging zur Anlage, um eine seiner italienischen Platten aufzulegen, offenbar hatte ihn unser Gespräch in Stimmung gebracht. Er konnte etwas Gutes tun.

Dass derjenige, den das betraf, tot war, wusste er ja nicht. Meinhardt würde eine Angelo-Branduardi-Platte auflegen. Obwohl ich ahnte, dass das jetzt kam, hoffte ich bis zuletzt, dass noch irgendetwas passierte, was es verhinderte. Es war die schlimmste, ekelhafteste Musik, die je gespielt und dann auch noch aufgenommen worden war. Man sah das dieser Sackfresse auf dem Cover auch sofort an. Gaukler nannten sich solche Typen. Ich hätte kotzen können. Zu spät, das Gedudel lief schon, und Meinhardt sang mit:

»Jallallallidadadadadada« – gut, dafür hätte er jetzt nicht unbedingt Italienisch lernen müssen. Diese Musik war für mich Folter. Sie tat mir wirklich weh, und zwar an den erstaunlichsten Stellen. Ich hätte jedes Geheimnis preisgegeben, damit sie aufhörte, sagte aber lieber nichts, weil ich Angst hatte, dass er dann am Ende womöglich auch noch Herman van Veen rauskramen würde. Dann müsste ich nämlich sterben, und sie könnten mich gleich zu Bogi in die Kühlkammer legen. Meinhardt machte zur Musik ein paar rhythmische Bewegungen. Er sah aus wie ein tanzender Hinkelstein.

Ich überlegte, ob ich zu Gitti gehen und ihr sagen sollte, dass Meinhardt bei uns nur noch der Waran hieß, seit Walki beobachtet hatte, wie er Martina Berger auf der Party der Theater-AG seine Zunge in den Hals geschoben hatte. Das wäre zwar gemein gewesen, aber immerhin hätte sie dann die Branduardimusik ausgemacht.

Meinhardt hatte mal gesagt, er fände Angelo Branduardi auch deswegen so toll, weil das für ihn ein »moderner Eulenspiegel« sei. Weiß der Geier, was er damit meinte. Jan hatte ihn dann gefragt, ob er eigentlich glaubte, dass ein Eulenspiegel auch Eulenspiegeleier hätte. Meinhardt fands nicht lustig. Ich schon, ich brach zusammen. Bei Branduardi verstand er keinen Spaß. Ich saß da und schaute auf den indianischen Traumfänger, der vor dem Fenster baumelte. Meinhardt tanzte.

Dann ging die Tür auf, und Gitti kam mit einem Teller Salamibroten rein. Wieder etwas, das ich nicht verstand. Ich dachte, die würden sich trennen. So hatte es sich eben noch angehört. Sie wollte auch eigentlich gleich wieder gehen, aber Meinhardt, ein Stück Gewürzgurke zwischen den Zähnen, hielt sie fest. Sie wehrte sich erst ein bisschen, aber dann wiegte sie sich schließlich zu dem Flötengedudel mit ihm mit. Meinhardt flüsterte ihr was ins Ohr, aha, der Waran, dachte ich. Gitti lachte, obwohl sie es eigentlich nicht wollte, das sah man.

»Sag mal, Motte, wie gehts eigentlich dem … dem aus deiner Klasse, der so schlimm krank ist?«, fragte sie mich plötzlich.

»Dem Bogi? Ach, dem Bogi gehts besser. Der kommt bald nach Hause.«

Wenn man Sachen zum zweiten Mal sagt oder macht, egal, wie idiotisch sie sind, ist man schon dran gewöhnt.

»Echt? Das ist ja toll! Das sah doch gar nicht gut aus mit dem. Der hatte doch dieses …«

»Non-Hodgkin-Lymphom«, sagte ich. Sie guckte irgendwie gequält.

»Die armen Eltern«, sagte sie jetzt, was ich nicht verstand, weil ich dachte, wenn schon, dann hätte es erst mal »der arme Bogi« heißen müssen, noch vor »die armen Eltern«, oder?

»Das ist ja super, dass der so die Kurve gekriegt hat. Freut mich, wirklich.« Gitti guckte mich an, als ob ich der Kranke wäre. Die beiden schaukelten immer noch vor mir rum.

Ich nahm einen Schluck Bier.

»Ja. Super. Kurve. Find ich auch«, sagte ich.

Und wieder dachte ich für einen Moment, vielleicht ist das wirklich die Lösung. Dass wir so tun, als wäre alles gut ausgegangen und Bogi noch am Leben.

»Wir wollen im Sommer zusammen Interrail machen. Der Bogi wird im Juni auch sechzehn. Bin ich ja schon. Aber die haben gesagt, dass das doch noch zu anstrengend für ihn wäre, deswegen überlegen wir uns jetzt was anderes.«

»Kommt doch zu uns nach Italien runter!«, rief Meinhardt, der erleichtert war, weil er den Streit mit Gitti offenbar wegtanzen konnte. So, wie ein Medizinmann den Regen hertanzen konnte, konnte er anscheinend so die dunklen Wolken vertreiben. Er versuchte ständig, uns zu überreden, die Ferien in Italien zu verbringen. Italien war für ihn anscheinend auch ein großes Open House. Ich hätte ihn allerdings mal sehen wollen, wenn wir tatsächlich alle da aufgekreuzt wären. Meinhardt war der Meinung, dass es, wenn alle nur noch das tun würden, was er gut fand, keine Probleme mehr auf der Welt gäbe. Weil aber niemand auf ihn hörte, wurde er traurig und musste getröstet werden, zum Beispiel von Claudia Herbst. Ich sagte, dass das eine gute Idee wäre mit Italien, und wir fingen ernsthaft an, unsere gemeinsamen Sommerferien zu planen. Bogi und ich würden also den Nachtzug nach Bologna nehmen, Liegewagen, und dann umsteigen und bis nach Perugia fahren, da würden Gitti oder er uns abholen. In Bologna hätten wir Zeit zum Frühstücken, da könnte Meinhardt uns eine Superadresse geben, und wenn wir dem Carlo sagen würden, dass wir »Studente« von ihm wären, dann wäre da vielleicht was los, das könne er mir jetzt schon sagen, der würde uns wahrscheinlich gar nicht mehr weglassen, der Carlo … Ich stellte mir das alles vor, das Bier wirkte und machte mich dösig, sogar der Branduardi machte mir nicht mehr so viel aus. Dann fiel mir aber wieder ein, dass der Plan nicht funktionieren konnte, weil einer der Teilnehmer die Reise nicht würde antreten können.

Irgendwann stand Dario, der kleine Sohn von Gitti und Meinhardt, in der Tür und wollte was, und Gitti verschwand mit ihm. Ich hatte nie rausbekommen, wie viele Kinder die beiden eigentlich hatten, es waren aber einige. Die waren alle gleich alt, keine Ahnung, wie die das gemacht hatten.

Meinhardt lächelte mich an und nickte, ich hatte das Gefühl, er brachte mich irgendwie in Verbindung damit, dass Gitti sich wieder mit ihm vertrug. Vielleicht, weil das Ablenkungsmanöver mit dem Italienurlaub funktioniert hatte. Vom Eigentlichen ablenken, das konnte ich allerdings ziemlich gut. Im Grunde basierte meine ganze bis jetzt halbwegs erfolgreiche Schullaufbahn auf dieser Methode. Und darauf, dass ich mich in den entscheidenden Momenten unsichtbar machen konnte. Komisch eigentlich, dass Meinhardt meine Hilfe brauchte. Ich meine, wenn das einer noch besser konnte als ich, dann doch er.

»Hast du eigentlich schon den Streifen von der Schleifahrt gesehen?«, fragte Meinhardt mich jetzt. Meinhardt nannte seine Super-8-Filme immer Streifen. Er war »Cineast«, wie er sagte. Was, wenn ich das richtig verstanden hatte, hieß, dass man langweilige Filme gut fand, die außer einem selbst und ein paar anderen Spezialisten keine Sau interessierten.

»Nee, ich glaub nicht. Ich weiß auch gar nicht, ob ich jetzt unbedingt Lust ...«

Aber da war Meinhardt schon mit dem Projektor zugange. Dafür, dass er solchen Wert darauf legte, alles antiautoritär zu regeln, war er ziemlich bestimmend. Er zog hinter dem Getränkekistenregal eine Metallröhre mit einem Stativ heraus, die Leinwand. Die trug er zum Schreibtisch und begann, sie davor aufzubauen. Was nicht gleich klappte, Meinhardt klemmte sich zweimal die Finger (»Scheiße, verdammte!«). Aber dann stand das Ding, und er ging wieder zum Projektor am anderen Ende des Raumes. Im Regal hatte er in Plastikhüllen die Filmrollen verstaut und sie säuberlich beschriftet. »München (mit Konzentr.lag.Dachau)«, »Ciao Italia 1–4«, »Kursfahrt Prag«, »Vogesen! Herbst« und so weiter. Als ich »Vogesen! Herbst« las, wunderte ich mich über das Ausrufezeichen, aber dann konnte ich mir schon denken, warum das da stand. Und dass mit Herbst wahrscheinlich nicht nur die Jahreszeit gemeint war, sondern auch Claudia. Andererseits hätte das Ausrufezeichen doch dann hinter Herbst gehört und nicht hinter Vogesen, oder? Egal.

Wir waren im letzten Frühjahr für drei Tage zum Segeln an die Schlei gefahren, was ziemlich lustig gewesen war. Vor allem deswegen, weil wir alle, bis auf Meinhardt, gar nicht segeln konnten. Überhaupt machten Sachen, bei denen keiner so genau wusste, wie das ging, eigentlich am meisten Spaß, fiel mir gerade auf.

Meinhardt zeigte seine Filme immer mit Musik, und zwar immer mit derselben, egal, was in dem Film zu sehen war.

Mike Oldfield, »Tubular Bells«. Er fand wohl einfach, dass die gut zu den Bildern passte. Einmal hatte er, wahrscheinlich, weil wir gemeckert hatten, dass zu jedem Film dieselbe Musik lief, einen Versuch mit Pink Floyd gemacht, war damit aber nicht zurechtgekommen. Er hatte auch mal erzählt, er würde die Mike-Oldfield-Musik schon beim Filmen hören, innerlich, und seine Einstellungen schon danach aussuchen, ob sie gut zur Musik passten. Das mit den Einstellungen hatte Jan mir dann erklärt. Das war der Bildausschnitt. Jedenfalls nicht irgendwas, was man an der Kamera einstellte, wie ich gedacht und deswegen nicht verstanden hatte, wieso man dazu Musikbegleitung brauchte. Nachdem Meinhardt den Film ein- und die Platte aufgelegt hatte – er musste seine Arme weit ausbreiten, um gleichzeitig den Projektor und den Plattenspieler zu starten –, machte er die Deckenleuchte aus, und wir saßen wieder im Dunkeln, bis auf den flackernden, quer durch den Raum verlaufenden Lichttrichter, in dem Staubkörner tanzten.

Zum Glockengedudel der LP sah man jetzt Vorspann und Titel des Films. Meinhardt hatte sich da etwas ausgedacht und offenbar mit viel Mühe umgesetzt: Mit seinem Hund hatte er den berühmten brüllenden Löwen nachgestellt. Er fand das unfassbar lustig. Dann las man »Klassenfahrt 9b, Schlei« und sah Birgit Körner, wie sie als Letzte winkend in den Bus einstieg. Man dachte natürlich immer, das sei kein Zufall, dass jemand als Erstes zu sehen war. Wenn es sich um ein Mädchen oder eine Frau handelte, meine ich. Man dachte: was? Birgit Körner auch? Nur als Beispiel jetzt. Aber da konnte er sich jetzt auch nicht drüber beschweren, das hatte er sich selbst eingebrockt. Dann kamen ein paar Bilder von der Hinfahrt, Pause an der Autobahnraststätte und so weiter. Aber das, worauf ich genauso neugierig war, wie ich mich davor fürchtete, sah man noch nicht. Erst als der Film startete, war mir klar geworden, dass in ihm natürlich auch Bogi vorkam. Ich überlegte, ob ich unter irgendeinem Vorwand doch noch verhindern konnte, das zu sehen, ob ich die Vorführung des Films irgendwie stoppen oder einfach flüchten könnte. Aber dann war ich einfach zu gespannt und wollte wissen, ob ich auch dann noch, wenn ich ihn im Film rumspringen sah, weiter so tun konnte, als ob Bogi noch am Leben war. Vielleicht war das in diesem Moment meine Angst, dass Bogi zwar, solange ich hier sitzen blieb, noch lebte, aber wenn ich diesen Ort verließ und wieder nach draußen ging, sterben würde. Falls das stimmte, wäre ich dann also in gewisser Weise für seinen endgültigen Tod verantwortlich. Also blieb ich sitzen und wartete ab, was mit mir geschehen würde.

Mittlerweile waren wir im Film bei der Jugendherberge in Kappeln angekommen, man sah uns um den Bus herumwuseln, und schließlich gingen Bogi und ich nebeneinander zum Eingang. Wir waren nur von hinten zu sehen, aber man hatte den Eindruck eines Paares. Wenns nicht komisch gewesen wäre, weil das ja ich war, der da zu sehen war, hätte ich gesagt, dass die beiden zusammengehörten. Vielleicht redete ich mir das aber auch ein, jetzt, im Nachhinein. Wir gingen ganz unterschiedlich, aber im selben Rhythmus. Ich eher wiegend, als ob ich den Fuß jeweils ganz abrollte und dann, bevor der andere aufsetzte, noch einen kleinen, bekräftigenden Hüpfer machte, und Bogi ging wie immer so, als hätte sein Körper Mühe, sich darauf zu konzentrieren. Er schlackerte ziellos in der Gegend herum. Dabei war er immer schneller als ich. Gewesen.

Ich trug meinen Rucksack mit dem Metallgestell, an den außen lauter Zeug drangebunden und gehakt war, und Bogi über der Schulter seinen alten Seesack, in dem er alles verstaut hatte, was er für die drei Tage brauchte. Der Seesack stammte sicher von seinem Opa oder seinem Uropa oder was weiß ich. Wie alles in Bogis Familie. Bei mir gab es so was nicht, man konnte das Gefühl haben, meine Eltern seien vom Baum gefallen, ich hatte keinerlei Erinnerung an meine Großeltern, die alle schon tot gewesen waren, als ich zur Welt gekommen war. Wenn ich nach ihnen fragte, bekam ich ausweichende Antworten, so, als hätten auch meine Eltern mit dem, woher sie kamen, nie etwas zu tun gehabt und auch keine Lust, daran erinnert zu werden.

Als Nächstes sah man die Klasse jetzt schon beim Segeln in den winzigen Booten, Optimisten hießen die, wie wir gelernt hatten. Wackelnde Nussschalen, in denen jeweils zwei von uns saßen und versuchten, mit den Segeln und dem ausschlagenden Ding, das Meinhardt Großbaum nannte, zurechtzukommen. Bogi und ich hatten ein Boot, Jan und Walki ein anderes. Am nächsten Tag hatten wir dann gewechselt, weil Meinhardt gemeint hatte, Walki und ich würden uns besser ergänzen, was aber Quatsch gewesen war, weil wir genauso rumeierten wie vorher Bogi und ich. Meinhardt kurvte in einem kleinen Motorboot rum und krächzte Anweisungen in seine Flüstertüte. Die Mädchen waren ehrgeiziger gewesen als die Jungs, und ein paar hatten es auf Anhieb wirklich gut hinbekommen. Bogi und ich trieben nur durch die Gegend, richtungslos, wir brüllten rum und wären vor Lachen fast gekentert, spätestens als ich zweimal hintereinander den Großbaum an den Schädel bekommen hatte.

Es war natürlich komisch, uns, vor allem Bogi, zuzuschauen, aber irgendwie war es auch schön, und ich wurde fast euphorisch. Es war lange her, dass er so gewesen war. Eigentlich konnte ich uns auf Meinhardts verwackeltem Film gar nicht erkennen. Aber weil ich mich erinnerte, sah ich doch alles ganz klar vor mir. Einmal fuhr Meinhardt im Film an unserem Boot vorbei, Bogi zog eine Grimasse und grinste in die Kamera, man sah mich hinter ihm etwas rufen, ich wusste aber nicht mehr, was es gewesen war.

Meinhardt blies den Rauch seines Zigarillos aus, er waberte zwischen dem Projektor und der Leinwand herum, und kurz sah man Bogi und mich als Gespenster in diesem Nebel. Dann entfernte sich die Kamera, bis unser Boot nur noch ganz klein zu sehen war, und am Ende schwenkte sie auf das Ufer, wo gerade ein Schwarm Enten aufflog.

Meinhardt war seit einiger Zeit still. Wahrscheinlich war er erschöpft vom Streit mit Gitti und der vielen Biersauferei. Jetzt war das Lagerfeuer zu sehen, an dem wir am letzten Abend gesessen hatten. Am Nachmittag hatten wir das Ufer und das kleine Wäldchen neben der Jugendherberge nach Brennholz abgesucht, und als die Dunkelheit einbrach, hatten wir es auf dem steinigen Ufer angezündet. Eigentlich war es dafür noch zu kalt gewesen, weil es ja noch vor den Osterferien gewesen war, aber wir hatten Meinhardt schließlich überredet. Wir trugen Winterjacken und -mützen, viele – außer denen, die das zu uncool fanden – auch Handschuhe. Ich dachte plötzlich, dass man sich, wenn man im Sommer Filmaufnahmen sah, die im Winter gemacht worden waren, nie vorstellen konnte, dass es jemals so kalt gewesen war, geschweige denn wieder werden würde.

Dann sah ich Bogis Gesicht auf der Leinwand und merkte, dass ich mir noch ganz andere Sachen nicht vorstellen konnte. Dass der jetzt tot war zum Beispiel.

Meinhardt hatte uns beschworen, keinen Alkohol mitzubringen oder zu organisieren, weil wir damals erst in der Neunten waren und er in Teufels Küche kommen würde, wenn einem von uns was passierte, das Übliche eben. Lustigerweise hatte sich ausgerechnet das Udo-Mönch-Zimmer dann nicht daran gehalten, der Bundeswehr-Fanclub. Die übten schon mal für später und spielten Kaserne, was weiß ich. Jedenfalls kotzten die in der Nacht ihr Zimmer und das Klo voll, einer von denen auch eins der Pissbecken, und es gab am nächsten Tag unheimlichen Stress, weil keiner es gewesen sein wollte. Ich glaube, Meinhardt hat es dann sauber machen müssen. Jedenfalls hat er den restlichen Tag kein Wort mehr geredet.

Bogi und ich hatten als Letzte am Feuer gesessen und uns unterhalten. Darüber, was wir später mal machen würden, nach der Schule meine ich. Er wusste schon, was er werden wollte, Biologe, er kannte sich unheimlich gut mit Tieren und Pflanzen aus, weil er schon als ganz kleiner Junge immer mit seinem Opa unterwegs gewesen war, der ihm das alles gezeigt und beigebracht hatte. Jedenfalls wollte Bogi später mal an alle möglichen Orte reisen, um zu forschen, und irgendwie hatten wir uns das dort am Feuer vorgestellt und waren dann ganz still geworden, als wir daran gedacht hatten. Weil wir uns gefragt hatten, ob wir dann noch Freunde sein würden. Und, falls ja, wie das gehen sollte. Also ich vor allem war traurig geworden, weil ich ja im Gegensatz zu Bogi mit allen seinen Plänen überhaupt noch nicht wusste, wie mein Leben aussehen sollte, und deswegen das Gefühl hatte, übrig zu bleiben, während er mir von seinen Expeditionen vorschwärmte, die er unternehmen würde. War ja dann auch so gekommen, dass ich übrig blieb, anders, als wir damals gedacht hatten.

Bogi konnte sich total begeistern, wenn er sich das vorstellte, und wahrscheinlich war ich eifersüchtig gewesen, dass er so viel zielstrebiger war als ich. Ich hätte auch gerne gesagt, *das* werde ich mal machen, egal was, ohne zu denken, dass es dann sowieso nicht klappen würde. Aber letztendlich war diese Eifersucht nicht lange geblieben. Ich hoffte, er würde für immer mein Freund bleiben. Und ich könnte an allem, was er mir damals ausmalte, teilhaben.

Was ich jetzt hier in Meinhardts Film sah, war gerade mal ein gutes Jahr her. Seitdem hatte sich alles verändert.

Mit unseren Mezzomixflaschen hatten wir am Feuer gesessen, und Bogi hatte mir von einem Mädchen erzählt, das er mochte. Wir hatten darüber bis jetzt nur blöde Witze gemacht, vielleicht, weil wir schon irgendwie ahnten, dass das Thema unsere Freundschaft verändern würde. Bis dahin waren wir beide füreinander die wichtigsten Menschen gewesen, so viel stand fest. Bogi hatte mir erzählt, dass er Judith Schröder aus der 8a toll fand, aber nicht wusste, wie er ihr das zeigen sollte. Ich konnte ihm da nicht helfen. Es war zwar noch lange vor der Jacqueline-Schmiedebach-Katastrophe gewesen, aber ich war nun wirklich kein Experte darin, jemandem näherzukommen. Wir hatten uns darüber unterhalten, was wir fühlten und uns wünschten und so. Was das anging, hatte ich mir bis dahin gar nicht vorstellen können, was sich in dem kleinen Bogi so alles abspielte. Er war zwar ein Jahr jünger als ich, aber er war immer der Schlauere von uns beiden gewesen, ganz ehrlich. Ich hatte mich gewundert, dass Bogi schon so genaue Vorstellungen davon gehabt hatte, wie er mit Judith Schröder die ganzen Expeditionen machen würde. Er sah sich schon mit ihr den Amazonas runterpaddeln und irgendwelche Käfer einsammeln. Ich meine, die gute Judith Schröder wusste ja noch nichts von ihrem Glück.

An diesem Abend hatte ich das Gefühl, mehr auf Bogis Träume aufpassen zu müssen als auf mich selbst. Und obwohl er ganz anders war als ich, verstand ich alles, was er dachte und sagte, ganz genau. Weil er mein bester Freund war. Aber warum hatten wir uns dann fast verloren, als Bogi krank wurde?

Ich habe damals aufgegeben und ihn allein gelassen. Weil ich nur damit beschäftigt war, dass ich mit seiner Krankheit nicht zurechtkam.

Der Film lief immer noch, ab und zu streifte uns Meinhardts Kamera, und man sah unsere ernsten, konzentrierten Gesichter im flackernden Licht des Lagerfeuers.

Neben mir hörte ich ein Schnarchen.

Ich musste hier raus. Vorsichtig stand ich auf, hob meinen Turnbeutel mit den Amselfelderflaschen hoch, ertastete unter dem Stoff die beiden Flaschenhälse, hielt sie fest, damit die Flaschen nicht aneinanderschlugen, und schlich über die knarrenden Dielen zur Tür. Ich sah mich noch einmal um, auf Meinhardts schweißglänzendem Gesicht spiegelten sich die letzten Filmbilder. Als ich die Haustür öffnete, schlug mir die klare, kalte Nachtluft entgegen. Auf der Straße war kein Mensch zu sehen. Ich nahm mein geklautes Fahrrad, das ich gegen die Hecke gelehnt hatte, und rollte leise die Eichenhöhe runter, um den schlafenden Meinhardt nicht aufzuwecken.

SECHZEHN

– Ende Mai, selber Tag –

Eine sonderbare Welt war das, die von Gitti und Meinhardt, aber die letzten beiden Stunden, die ich in ihr verbracht hatte, waren auf ihre Art sicher gewesen. Ich fragte mich, wie lange ich wohl noch mit Leuten zu tun haben könnte, die nicht wussten, dass Bogi tot war. Und ob er vielleicht erst dann *richtig* tot wäre, wenn es wirklich jeder wusste und er eben nicht mehr einfach der Bogi, sondern nur noch der tote Bogi wäre.

Ich hatte keine Ahnung, wohin. Nach Hause wollte ich jedenfalls nicht. Ich ließ meine Füße neben dem Rad schleifen und stoppte.

Jetzt wäre ich doch gerne Raucher gewesen. So wie Jan, der immer, wenn gerade nichts anderes zu tun war, seinen Tabak rausholte und sich eine drehte. Stattdessen griff ich in den Turnbeutel. Ich nahm die angebrochene Amselfelderflasche raus und trank einen großen Schluck, schüttelte mich. Dann zog ich den Reißverschluss meiner Armeejacke zu und stellte den Kragen auf.

Rechts unten sah ich das Freibad liegen. Nach einem

langen Winter wartete es darauf, in den nächsten Tagen wieder geöffnet und mit Wasser, Sonne und Leben geflutet zu werden.

Beim ersten Versuch, über den Zaun des Freibades zu klettern, hatte ich das Gleichgewicht verloren und war auf den Rücken gefallen. Die Flaschen im Turnbeutel hatten laut gescheppert, waren aber ganz geblieben. Wegen des Lärms fing irgendwo in der Nähe ein Hund an zu bellen. Beim nächsten Mal schaffte ich es, riss mir aber beim Runterklettern an dem Maschendraht meine Jeans auf, ein langer Kratzer zog sich an meinem Oberschenkel entlang, um den jetzt das zerrissene linke Hosenbein schlackerte. Hauptsächlich wunderte ich mich immer noch darüber, dass mein Zustand nichts mit dem zu tun zu haben schien, was ich mir unter der Trauer über Bogis Tod in den letzten Wochen und Monaten vorgestellt hatte. Vom Zaun aus ging ich auf die Liegewiese rechts neben dem großen Becken. Es war ziemlich hell auf dem Rasen, und ich dachte, dass zwischen den Pappeln am Rand der Wiese der Mond hindurchscheinen würde, aber es war nur eine der Laternen, die auf dem Waldweg standen, der hinter dem Zaun um das Freibad herumlief. Also die eine Laterne, die noch funktionierte und noch nicht mit einer Zwille zu Schrott geschossen worden war.

Die Wiese war heute gemäht worden, am Rand dampfte ein frischer Haufen Grasschnitt vor sich hin. Sehr wahrscheinlich war in dem Moment, als Bogi starb, jemand seelenruhig mit seinem Rasenmäher hier entlanggelaufen. Überhaupt waren ja in diesem Moment lauter ganz normale Sachen geschehen. So wie immer. Wenn man es so betrachtete, machte es auch nur für ganz wenige Leute einen Unterschied, ob Bogi da war oder eben nicht. Und wenn nicht Bogi diese Scheißkrankheit bekommen hätte, sondern ich, dann wäre es genauso gewesen. Es war – außer vielleicht für die paar Menschen, die einen kannten, und nicht mal das war sicher – vollkommen bedeutungslos, ob man da war oder nicht.

Im Becken war schon Wasser, die Chlordämpfe brannten in meinen Augen. Ich schaute zu den Umkleiden auf der gegenüberliegenden Seite. »Damen« und »Herren« stand da, und »Duschen« in dieser alten Schrift, in der es so aussah wie »Dufchen«. Keiner von uns war jemals auf die Idee gekommen, sich hier umzuziehen. Man kam in Badehose angeradelt und fuhr so auch wieder nach Hause. Sie war beim Wegfahren immer noch nass, und weil sie auf dem Kunststoffsattel nicht trocknete, sondern am Hintern festklebte, musste ich immer wieder im Stehen fahren und den Stoff mit Daumen und Zeigefinger von meiner ganz aufgeweichten und juckenden Haut abziehen, sodass der Fahrtwind durch den Gummibund pfiff.

Ich ging hinüber zu den Sprungtürmen, blieb kurz davor stehen und schaute nach oben. Es war wirklich sehr hoch. Vielleicht könnte ich erst mal nur auf den Dreier. Oft hatte ich schon auf dem Zehner gestanden und war dann, wenn die Leiter gerade leer war, doch wieder zum Fünfer heruntergeklettert und ganz schnell gesprungen, in der Hoffnung, dass keiner zugesehen hatte, weder beim Herunterklettern noch bei meinem staksigen Fußsprung.

Ich spürte das kalte Metall des Geländers unter den

Händen, einmal rutschte ich mit einer Hand ab und wurde vom Schreck kurz nüchtern, aber dann saß ich auch schon auf dem rauen, körnigen Sandpapierboden des Dreimeterbretts und schaute auf die Lichttupfen hinter den Baumwipfeln. Dahinten musste die Innenstadt sein und links davon Neuberg, wo Walki wohnte. Rechts unten, auf der anderen Flussseite, war Kiesheim, und einer dieser Lichttupfen war Jacquelines Haus. Jacqueline, an die ich schon so lange nicht mehr gedacht hatte. Aber jetzt gerade wusste ich wieder ganz genau, wie es gewesen war, als sie mit dem Fahrrad hinter mir gehalten hatte. »Na du«, hatte sie gesagt, als ihr Vorderreifen an mein Schutzblech gestoßen war.

Ich ging ein Stück vor, dorthin, wo das Sprungbrett schon zu schwingen begann, aber noch nicht so weit, dass ich an den Seiten hätte hinunterschauen können. Hüpfte ein bisschen auf und ab, die Amselfelderflasche in der Hand. »Joing, joing, joing«, das Brett sprach, wenn es federte.

Ich setzte mich hin, lehnte am Geländer und versuchte, endlich ein paar Tränen herauszupressen. Aber mehr als eine Grimasse, die das Weinen nur nachäffte, bekam ich nicht hin. Während ich das versuchte, schaute ich mir dabei gleichzeitig zu. Als ob es noch einen von mir gäbe.

Ich kletterte wieder runter und hangelte mich dann nebenan bis hoch auf den Zehner. Oben war ich vollkommen leer und dachte und fühlte nichts mehr. Guckte nur noch. Und als mir sogar das zu viel war, schloss ich die Augen, aber das war keine gute Idee, weil sich sofort alles zu drehen begann. Mir war so schlecht, dass ich sofort ins Wasser hätte runterreihern können. Die Rotweinkotze sähe darin so aus, als ob der weiße Hai unterwegs gewesen wäre. Es kam aber nichts, keine Tränen, kein Wein. Ich legte mich auf den Rücken und schaute in den Himmel. Versuchte, die Sterne zu zählen, kam aber immer durcheinander und musste wieder von vorne anfangen. Es war kalt geworden, aber je mehr ich trank, desto weniger merkte ich davon. Ich holte die zweite Flasche aus dem Beutel, die erste warf ich in hohem Bogen in Richtung des Beckens, und als ich sie fast schon wieder vergessen hatte, hörte ich, wie sie ins Wasser klatschte. Es war wirklich verdammt hoch hier.

»Am-sel-fel-der!«, brüllte ich sinnloserweise in die Nacht, wie einen Fangesang beim Fußball. Und dann gleich hinterher »Black-bird-fiel-der!«. Ich drehte den Schraubverschluss lange in die falsche Richtung und wunderte mich, warum die Flasche nicht aufging. Dann hörte ich mein Echo aus dem Wald:

»Hamsää-fääl-daa, Bäck-ööd-iel-daa!«.

Plötzlich gingen unten die Lichter an, und einer rief:

»Hallo? Was machen Sie denn da?«

Als ich vorsichtig durch die Stahlstäbe des Geländers schaute, sah ich zwischen den Umkleiden und dem Kassenhäuschen am Eingang jemanden stehen und mit einer Taschenlampe herumleuchten. Er hatte mich dann auch schnell gefunden. Kein Wunder bei dem Radau, den ich hier veranstaltete.

»Runter da! Aber ganz schnell!«

Der Ton kam mir bekannt vor. Das war der übliche

Sportlehrer-, Nachbar-, Hausmeister-, Verkehrspolizisten-, Bademeisterbefehlssound. Es gab offenbar nur die Netten, wie Meinhardt, die brüllten einen nicht an, waren dann aber auch sonst wie Pudding, und auf der anderen Seite die Brüllaffen wie Kragler mit ihrer Kommandosprache. Irgendwas dazwischen konnte anscheinend nur Frau Standfuss.

»Hörst du mich, mein Freund?«

Ich erkannte an der Stimme, dass es der Bademeister war, der hier im Sommer täglich ums Becken stolzierte und in seine Trillerpfeife blies, wenn jemand es wagte, vom Beckenrand aus ins Wasser zu springen. Ich konnte ihn nicht sehen, weil ich vom Strahl der Taschenlampe geblendet wurde. Seinen Namen wusste ich nicht, weil ich immer darauf geachtet hatte, ihm aus dem Weg zu gehen. Er trug meistens kurze Hosen, die ein bisschen zu klein waren, sodass der Ansatz seiner Arschritze zu sehen war. In seinem Hosenbund steckten vorne eine Schachtel Camel Filter und hinten in der Tasche eine Flasche »Tiroler Nussöl«. An den Füßen hatte er Plastikschlappen getragen und manchmal, wenn die Sonne richtig runterknallte, eine Kapitänsmütze mit einem Ankerwappen auf den nach hinten gekämmten sehr schwarzen Haaren. Er hatte breite, buschige Koteletten, und weil er oft eine Pilotensonnenbrille mit goldenem Rahmen trug, hatten wir ihn Elvis getauft. Er kam jetzt in meine Richtung.

»Ich hab dich schon längst gesehen, Kamerad. Komm sofort runter!«

Ich überlegte, wie ich ihm klarmachen sollte, dass ich viel zu betrunken war, um die Leiter wieder runterzuklettern. Ich würde so lange hier oben bleiben müssen, bis ich nüchterner war. Es sei denn, ich sprang vom Zehner ins Wasser. Aber das hatte ich mich noch nie getraut und hatte nicht vor, ausgerechnet jetzt damit anzufangen.

Ich versuchte aufzustehen, was gar nicht so einfach war. Zum Glück konnte ich mich am Geländer festhalten. Ich kniff die Augen zusammen und schaute direkt in das Licht der Taschenlampe.

»Aha!«, hörte ich von unten.

»Hallo«, sagte ich.

Und als ich runterschaute und wieder merkte, wie hoch das hier war – und wie tief unter mir der rettende Boden –, machte mein Magen einen kleinen Hüpfer, und als Nächstes schoss dann auch schon eine rote Fontäne aus meinem Mund und pladderte unten auf die Fliesen.

»Ach du Scheiße!«, hörte ich Elvis schreien.

»Die machst du aber gleich weg, die Sauerei!«

Ich reiherte gleich noch eine Ladung hinterher. Elvis sprang zur Seite, damit er nicht von den Spritzern getroffen wurde. Ich hasste diese Kotzerei, weil es sich so anfühlte, als ob nicht nur der Mageninhalt herauskatapultiert wurde, sondern sich auch noch meine ganzen Innereien nach außen stülpen wollten. Der Gedanke war irgendwie lustig, weil genau das ja von mir immer erwartet wurde. Dass ich mein Inneres nach außen kehrte. »Zeig doch endlich mal, wie es in dir drin aussieht, Motte!« So in der Art. Tat ich doch jetzt. Die Pfütze da unten, so sahs in mir aus.

Ich rieb mir den Mund ab, an meinem rechten Handrücken war jetzt ein bisschen Schleim, und ich wusste nicht, wo ich ihn abwischen sollte. Am Ende blieb nur die Jeans, ich nahm aber wenigstens das zerrissene Hosenbein.

»Wirds bald?«, rief Elvis. Das zappelige Rumgeleuchte mit der Taschenlampe ging mir wirklich auf den Sack. Er wusste doch längst, dass ich hier oben war, Herrgott noch mal.

»Ich glaub, ich kann hier gerade nicht runter. Selbst wenn ich wollte«, sagte ich.

»Was? Ich versteh kein Wort.«

»Ich glaub, ich kann hier jetzt nicht runterklettern. Mir gehts gerade nicht so gut.«

»Du bist doch auch raufgekommen.«

»Da hatte ich aber den, äh, noch nicht getrunken.«

Ich wollte das Wort Amselfelder nicht sagen, weil ich Angst hatte, dann wieder kotzen zu müssen.

»Ich glaub, ich spinne. Soll ich die Feuerwehr holen, oder was? Sollen die dich mit der Drehleiter da runterholen, weil du zu besoffen bist?«

Ich wusste wirklich nicht, was ich dazu sagen sollte, das waren mehrere komplizierte Fragen auf einmal, also sagte ich:

»Keine Ahnung.«

Obwohl mir für einen kurzen Moment die Aussicht, mit dem Kran hier oben abgeholt zu werden, ziemlich reizvoll erschien. Ich konnte auch wirklich nicht sagen, ob sich mein Zustand jemals so verbessern würde, dass ich es von alleine wieder runterschaffte. Falls nicht, müsste ich hierbleiben, so wie einer von diesen Pfahlsitzern im Freizeitpark, denen man ab und zu ein paar Lebensmittel hochwarf, damit sie ihren dämlichen Rekord aufstellen konnten.

»Ja, wie stellst du dir denn jetzt den weiteren Ablauf vor, Meister?«

Eine Frage nach der anderen. Das war keine gute Idee. Wenn ich nüchtern war, schon nicht und jetzt eben erst recht nicht.

»Gib mir mal die Telefonnummer von deinen Eltern. Da sollen die sich drum kümmern. Ich steh ja hier nicht die ganze Nacht rum und lass mir von dir vor die Füße kübeln.«

»Hab ich vergessen.«

»Was vergessen?«

»Die Telefonnummer. Hab ich vergessen. Wir sind gerade ungezogen. Nee, umgezogen, meine ich, umgezogen.«

»Willst du mich verarschen?«

»Nein. Ehrlich nicht.«

»Mann, Mann, Mann.«

Er guckte zu mir hoch, dann auf die Kotze, dann leuchtete er aufs Wasser, die Flaschenpost meiner Doofheit schaukelte dort herum.

»Hast du die etwa da reingeschmissen?«

»Aus Versehen.«

»Wie, aus Versehen?«

»Mir gehts nicht so gut.«

»Das ist doch eine Scheiße hier alles«, sagte er, während er das an den Sprungturm angelehnte Netz, den Kescher, nahm.

Als er die Amselfelderflasche rausgefischt und in den Mülleimer geworfen hatte, ging er auf die andere Seite des Sprungturms, und im nächsten Moment hörte ich, wie das Geländer ächzte, als er begann hochzuklettern.

Ich überlegte, ob es hier oben etwas aufzuräumen gab. Ich hätte die Weinflasche in den Beutel stecken können, das war alles, aber das wäre ja albern gewesen, nachdem ich ihm den Inhalt der vorigen schon vor die Füße geeimert hatte. Das Geländer knarzte immer bedrohlicher, und kurz hatte ich die Hoffnung, dass es abbrechen und Elvis in die Tiefe stürzen würde. Und dann? Ich hier oben, da unten meine Kotze und ein toter Bademeister, wie sähe das denn aus?

»Ich glaubs ja nicht. Bald ein Uhr nachts. Das interessiert natürlich keinen.«

Die ganze Zeit über, während er hochkletterte, hörte ich ihn mit sich selbst reden.

»Was beschweren Sie sich denn, Herr Reuser, Sie haben doch ein schönes Leben, den ganzen Tag an der Sonne, da würden andere Sie drum beneiden ... Jaja, ihr Arschlöcher. Wer holt denn den Penner hier vom Turm, wenn normale Leute im Bett liegen?«

Für eine Weile war nur die Mütze von Elvis an der Kante der Plattform, auf der ich saß, zu sehen. Er schnaufte. Offenbar machte er kurz vor dem Ziel noch einmal Pause.

»Junge, was machst du denn?«, sagte er, ohne dass ich ihn sah. Er klang traurig, fast flehend.

Dann: »Ich werde noch bekloppt.«

Und damit schwang er sich über die Kante, hoch zu mir auf das Plateau. Als Erstes schauten wir uns einfach nur an.

Ich sah die paar Lichter der Stadt. Viele Gründe, hier nachts das Licht anzuschalten oder brennen zu lassen, gab es ja nicht. Aus dem Ringwald kamen Tiergeräusche.

»Amselfelder?«, fragte Elvis und zeigte auf meine Flasche.

»Hol ich mir auch gerne. Ist bekömmlicher, weil die da die Stiele und Stengel nicht mitkeltern.«

Mitkeltern, dafür hatte sich die ganze Kletterei gelohnt, dass ich hören durfte, wie das jemand wirklich mal sagte.

»Schlückchen?«, sagte ich und hielt ihm die Flasche hin.

Elvis guckte erst in den Himmel, dann auf seine Füße, dann seufzte er und sagte: »Hm.«

Was so viel bedeutete wie ja.

Ich reichte ihm die Flasche, und er wischte die Öffnung am Saum seines Polohemds gründlich ab, bevor er trank: »Aaaaaah.«

»Wie heißt du, Junge?«

»Morten.«

»Torben?«

»Nein, Morten. Morten Schumacher. Ist dänisch, der Name, für Martin. Meine Mutter … ist ja auch egal. Könnten Sie mich vielleicht einfach gehen lassen? Ich lass Ihnen auch den Amselfelder da. Bitte.«

»Und wie willst du hier alleine runterkommen, du Spezialist?« Damit hatte er nicht ganz unrecht, das musste ich zugeben.

»Wo wohnst du denn?«

»Am Lindenhain 4, Waldstadt.«

Eine Weile horchte ich meinen eigenen Worten nach, irgendwas stimmte nicht, ich wusste aber noch nicht, was. Ach so, klar.

»Nee, Klostergarten. Neue Stadt. Seit äh …«

»Und wie kriegen wir dich da jetzt hin?«

Ich musste mir irgendwas einfallen lassen, um den Bademeister abzulenken.

»Wissen Sie eigentlich, dass alle Sie Elvis nennen?«

Er guckte erst überrascht, als ob ich ihn hochnehmen wollte, und dann, als ich ihm zunickte, zog sich ein Lächeln über sein Gesicht.

»Ehrlich?«

»Ja. Wegen der Frisur. Und der goldenen Sonnenbrille und so.«

Er fuhr sich mit der rechten Hand durch die Haare, als ob er sie noch mal richtig in Form bringen wollte, um das, was ich gerade gesagt hatte, zu bestätigen.

»Das ist ja … hehe, na ja, das ist ja immerhin der King. Ich wusste nicht, dass ihr da auch … Ihr hört ja mehr so …«

Er war verlegen. Ernsthaft.

Dann setzte er sich plötzlich neben mich, die Flasche immer noch in der Hand. Er wollte sie mir reichen, aber ich konnte nicht mehr. Er nahm noch einen Schluck.

»Ich bin der Günter«, sagte er. »Günter Reuser. Grüß dich, Holger.«

Damit streckte er mir die Hand entgegen.

»Morten. Ist dänisch. Für Martin.«

»Ach so, ja klar, hatte ich schon wieder vergessen.« Dann fing er an zu summen.

Ich erkannte schnell, dass er »Hound Dog« summte, weil mein Vater auch Elvis-Fan war und ich das ganze Zeug früher rauf und runter gehört hatte. Ich fing an, den Takt mitzuklatschen. Günter war hin und weg und sang: »*You ain't nothin' but a hound dog, cryin' all the time …*«

Ich wusste genau, wann der Chor einsetzte, und machte an den richtigen Stellen »*Aaaaaaah*«, und es wurde ziemlich laut auf dem Zehner.

»*Well you ain't never caught a rabbit and you ain't no friend of mine.*«

Ich trommelte auf meinen Oberschenkeln den Wirbel am Ende des Liedes, und dann lachten wir. Günter nahm den letzten Schluck, und jetzt war sie auch leer, dachte ich kurz, die letzte der beiden einzigen Weinflaschen, die Bogi in seinem Leben gekauft hatte.

Dann erzählte Günter mir davon, wie Elvis, also der echte, gestorben war und dass er deswegen damals so fertig gewesen sei, dass er dachte, auch sein Leben sei jetzt zu Ende, und er würde nie wieder im Sommer in seine Adiletten steigen und in seine Trillerpfeife pusten können und so, und dass er dann aber von diesen Wettbewerben gehört hatte, wo der beste Elvis-Imitator gesucht wurde. Und dass er sich da dann richtig reingekniet hätte, auch weil er das Gefühl gehabt hatte, dass der King, also der echte Elvis, weiterleben würde, solange man seine Lieder sang. Oder so. Die Christa, seine Frau, hätte ihn dabei auch unheimlich unterstützt.

Und was sollte ich jetzt damit anfangen? Bogi-Imitator werden? Na ja, das konnte Günter ja nicht wissen.

»Hast du eigentlich schon 'ne kleine Freundin, Mortin?«, fragte Günter auf einmal. Jetzt fing der auch noch mit der kleinen Freundin an.

»Morten. 1 Meter 58«, sagte ich, »aber wir wissen das, glaube ich, nicht so genau. Also nicht, wie groß sie ist, sondern ob wir zusammen sind.«

Günter guckte erst, und dann musste er ziemlich lachen. Danach war für eine Weile Ruhe.

»Läuft gerade nicht so rund bei dir, oder?«, fragte er.

Ich sagte lieber nichts, und weil Günter in Ordnung war, fragte er nicht weiter. Das war dann zwar alles in allem kein zielführendes Gespräch hier, aber jedenfalls wurde keiner dazu gezwungen, über Sachen zu reden, über die er nicht reden *wollte*. Und das war ja schon eine Menge, weil das sonst ständig passierte. Ich hatte mir das übrigens bei Meinhardt Vogt abgehört, »zielführend« und so. Deshalb klang ich oft klüger, als ich war. Altklug, sagte meine Mutter. Immer wenn wir uns stritten und ich sie in die Ecke geredet hatte und sie nicht mehr weiterwusste, kam das. Altklug.

Das war dann jedenfalls der Moment, in dem ich Günter in mein Herz geschlossen habe, wenn man das so sagen kann. Als er nicht weitergefragt hat. Mehr kann man manchmal nicht tun, finde ich. Nicht weiterfragen, aber dableiben.

»Hast du eigentlich ein Lieblingslied vom King?«, fragte Günter.

»Pff, ja weiß nicht, ich bin da nicht so …«

»Na sag schon.«

»›All shook up‹, keine Frage.«

Und schon fing Günter an zu singen, und ich klopfte dazu den Takt, indem ich die Sohlen meiner Basketballschuhe, die ich längst ausgezogen hatte, aneinanderschlug. Im Original war das auf einem Stuhl getrommelt worden, hatte mein Vater, der große Gerhard Klugschiss Schumacher, mir mal erzählt. Aber hier war ja kein Stuhl. Bei der zweiten Strophe stieg ich dann ein.

»… *I'm in love I'm all shook up uhuhu,hu,yay,yay,yay.*«

Ich hatte das Zeug ziemlich gut drauf, muss man sagen, und mittendrin bekam ich sogar Angst, dass Günter mich fragen würde, ob ich nicht auch mal zu so einem komischen Elvis-Treffen mitkommen würde. Irgendwann wollte er dann wissen, was ich eigentlich hier oben mache, also, wie ich auf die Idee gekommen sei, mitten in der Nacht mit besoffenem Kopf auf den Zehner zu klettern. Komische Frage. Was sollte ich denn darauf antworten? Ich bin gerade hier vorbeigekommen und hatte nichts Besseres zu tun? Mein Kumpel ist gerade gestorben, und ich hab einen Platz gesucht, an dem ich in Ruhe gelassen werde, was ja offenbar nicht so richtig funktioniert hat? Oder was?

Stattdessen sagte ich: »Ich wollte mal gucken, ob ich immer noch Angst habe.«

Günter nickte, ohne dass ich ihm erklärt hätte, was genau das bedeutete und wie die Sachen alle miteinander zusammenhingen und so. Vielleicht hatte er auch keine Lust, weil er merkte, dass es richtig kompliziert geworden wäre, wenn er genauer nachgefragt hätte. Deshalb tat er einfach so, als ob er wüsste, was ich meinte, und nickte. Weiß der Geier. So hätte ich es jedenfalls an seiner Stelle gemacht.

»Bist du denn überhaupt schon mal hier runtergesprungen?«

»Nee, wie denn, wenn ich eben gesagt habe, dass ich Angst habe und mir erst mal einen auf die Lampe gießen musste, damit ich es überhaupt hier hoch schaffe?«

»Dass man Angst hat, bedeutet ja nicht, dass mans nicht machen kann. Nur weil irgendein Idiot mal in die Welt gesetzt hat, dass man keine Angst haben darf. Was meinst du, wie ich mir ins Hemd gemacht habe, als ich mit den Elvis-Shows angefangen habe. Aber egal, ich habs gemacht. Und es kann doch sein, dass es viel mutiger ist, was trotzdem zu tun, auch wenn man Angst davor hat.«

Oha, Günter lief zu großer Form auf. Ich musste über ihn lachen, was aber nichts daran änderte, dass es toll war, was er erzählte. Wahrscheinlich hat mir in dieser ganzen Zeit, als ich nicht wusste, wie das jetzt werden soll erst mit, dann ohne Bogi, keiner so was Vernünftiges gesagt wie Günter. Außer Steffi vielleicht.

Noch was: Als Günter mir gegenübersaß und den philosophischen Kram ausbreitete, guckte ihm die ganze Zeit über das linke Ei aus seiner Adidas-Turnhose, und ich musste da dauernd hinsehen. Ich hab aber nichts gesagt, weil das für ihn ja irgendwie doof gewesen wäre.

Es kam dann eins zum anderen. Ich fand es wichtig, dass ich den Sprungturm diesmal nicht wieder über die Leiter verließ, und auf einmal – Günter hatte noch mal angefangen zu singen, *»Heartbreak Hotel«* hauchte er mit geschlossenen Augen ganz in sich versunken in die Nacht – stand ich, ohne eigentlich zu wissen, wie ich da hingekommen war, an der Kante des Zehners. Ich schaute nach unten auf die glitzernde Wasseroberfläche, und dann kippte ich auch schon vornüber.

Während ich flog, hörte ich Günter von oben brüllen – »Torsteeeeeeeeeen! Pass auuuuuuuu…« –, und es dauerte so lange, dass ich zwischendurch, während ich mich überschlug, nicht wusste, ob ich jemals unten ankommen würde. Irgendwo, vermutlich zwischen dem Fünfer und dem Dreier, war ich mir sicher, dass ich diesen Sprung niemals würde überleben können. Aber dann zog ich im letzten Moment die Beine an, machte mich ganz klein und tauchte so ins Wasser ein, mit dem lautesten Knall, den ich jemals gehört hatte. Weil er nicht irgendwo außerhalb von mir dröhnte, sondern mich ganz umschloss, sodass ich selbst ein Teil dieses Knalls wurde. Mein Kopf schlug nach hinten, und dann wurde mir für eine Weile schwarz vor Augen. Das Tauchen dauerte viel länger als das Fliegen, wahnsinnig langsam war jetzt plötzlich alles, der Suff und die Müdigkeit waren weg. Ich schrie und schluckte viel Wasser, als ich Luft holen wollte. Der Kratzer an meinem Bein brannte im Chlorwasser. Aber schließlich wurde alles ganz ruhig und leicht, ich sank zum Boden des Beckens und schaute an die Oberfläche, sah den Schatten von Elvis da oben vor den Scheinwerfern zappeln. Zum ersten Mal, seit ich aus dem Krankenhaus rausgelaufen war, merkte ich, wie groß diese Traurigkeit wirklich war und dass sie vielleicht für immer bleiben würde.

In diesem Moment wurde mir ganz klar, dass ich nie wieder ein Wort sprechen würde, weil das ganze Gequatsche daran nichts ändern würde.

Und dass ich einfach nicht wusste, wie ich weiterleben sollte, ohne meinen besten Freund.

SIEBZEHN

– Sechs Wochen später, Mitte Juli –

Es war doch vollkommen verrückt, dass er tatsächlich in diesem Ding drin sein sollte, das dort vorne stand. Also das, was von ihm übrig war.

Seit wir uns hier in dem Raum, in dem die Trauerfeier stattfinden würde, hingesetzt hatten, starrte ich auf die Büchse. Sie erinnerte mich an die, in der bei uns zu Hause der Nescafé aufbewahrt wurde. In unserem neuen Zuhause, dem von meiner Mutter und mir. Und seit Kurzem auch dem von Dieter.

Das wäre schön, dachte ich, wenn ich den Instant-Bogi in seiner Büchse einfach mit heißem Wasser aufgießen könnte und er dann wieder vor mir stünde, so wie früher.

Steffi saß neben mir und hatte sich den Underberggürtel um die Schulter gelegt. Wie eine Soldatin. Sie hatte das Ding in der Umleitung mitgehen lassen. Hier würde der eine oder andere bestimmt einen Kurzen vertragen können, hatte sie gedacht.

Ein paar von Bogis Verwandten hatten deswegen draußen, wo wir uns versammelt hatten, bevor die Tür geöffnet wurde, komisch geguckt. Aber das war ihr egal. Steffi war so was immer egal.

Im Auto hierher, mit Steffi und Jan und Walki – meine Mutter war gefahren, und neben ihr saß ihr neuer Freund, der Dieter –, war mir dann doch noch mal ziemlich mulmig geworden. Obwohl Dr. Siedler mich bei der letzten Therapiestunde zugetextet und gemeint hatte, ich müsse mich darauf vorbereiten und so, und dass es nicht schlimm sei, wenn ich dann trotzdem weinen würde. Aber ehrlich, wer will denn so was? Vor den ganzen Leuten? Ich glaube, die hatten nach dem ganzen Theater im Schwimmbad und der Zeit, in der ich in der Klapse gewesen war, Schiss, dass ich bei der Beerdigung wieder ausrasten würde.

Wir hatten da also zu viert auf der Rückbank gesessen, halb neben- und halb übereinander, weil wir auf jeden Fall zusammenbleiben wollten.

Als wir am Friedhof ankamen, sahen wir vor dem schmiedeeisernen Tor ein paar Leute von der Schule stehen, die entweder auf jemand warteten oder in dem Blumenladen an der Ecke noch was kaufen wollten, was sie auf den Sarg legen oder ins Grab werfen konnten. Vielleicht hätte man ihnen vorher sagen sollen, dass es gar keinen Sarg gab, sondern eine Büchse, und dass in dem kleinen Erdloch vermutlich nicht viel Platz für ihr Zeug wäre.

Wir waren zu spät und stellten den Wagen auf dem zum Friedhof gehörenden Parkplatz ab. Irgendwie guckten hier sogar die Autos traurig, dachte ich, als wir zum Eingangstor gingen. Rechts standen ein paar Leute, die ich nicht kannte. Wahrscheinlich gehörten die zu einer anderen Beerdigung, die schon vorbei war. Sie redeten ziemlich aufgeregt, einer von ihnen lachte laut, so, als ob er vorher viel zu lange hatte still sein müssen. Die hatten es also schon hinter sich. Komisch, ich erkannte beinahe alle Leute, die hier herumstanden und zu Bogis Beerdigung wollten, aber es war trotzdem anders als noch vor Kurzem, wo sie so selbstverständlich immer da gewesen waren und ich sie deswegen nicht anders wahrgenommen hatte als Möbelstücke. Aber damals war ja sowieso alles anders gewesen.

In den letzten Wochen war ich nicht zur Schule gegangen, sondern hatte in der Klapsmühle gesessen. Also die ersten zwei Wochen ständig, nachdem ich im Schwimmbad aus den Latschen gekippt war. Dann durfte ich wieder nach Hause und ging nur noch für die Termine mit der Gruppe und mit Dr. Siedler und für den Bastelscheiß hin. Weil ich nicht mehr redete und so. Obwohl ich ehrlich gesagt gar nicht das Gefühl hatte, dass ich nicht redete. Ich meine, in mir drin redete ich ja. Und die, mit denen ich zu tun hatte, hatten sich dran gewöhnt, dass nichts rauskam. Meine Mutter hatte mal gesagt, das sei kindisch und »unangemessen«, weil ich jetzt bald siebzehn werden würde, aber ich kapierte nicht, was das damit zu tun haben sollte. Egal, wenns gar nicht anders ging, drückte ich denen eben einen Zettel in die Hand. Ich glaube, Steffi war manchmal traurig deswegen, aber ich konnte nichts daran ändern.

Die Klapsmühle, das Sozialpädiatrische Zentrum, war auf demselben Gelände wie die Klinik, in der Bogi gewesen war. Wäre ich ein bisschen früher verrückt geworden, hätte ich ihn öfter besuchen können. Oder mich nicht dauernd davor drücken können, wie mans nimmt. Aber an dem Gedanken stimmte natürlich was nicht, reihenfolgemäßig, meine ich. Das konnte ich jetzt aber nicht zu Ende denken, hier vor dem Südwestfriedhof, dessen Name sich so anhörte, als müsse man zu ihm hinsegeln, dabei lag er nur einen halben Kilometer von der Autobahn weg, man konnte sie rauschen hören.

Steffi nannte mich, seit sie mich das erste Mal in der Klinik besucht hatte, den Klapsmüller. »Wie stehn die Aktien, Klapsmüller?«, rief sie über den Flur meiner Station. Jetzt war ich schon so eine Art Behinderter und wurde trotzdem noch verarscht.

»Komm, Motte, wir sollten jetzt … Sonst ist noch …« Der Dieter legte mir die Hand auf den Rücken. Er wollte gar nichts Bestimmtes von mir, glaube ich, sondern machte das nur so. Dieter war in Ordnung, das musste man sagen. Dabei hatte meine Mutter ziemlichen Schiss gehabt, mir zu erzählen, dass es den jetzt gab. Auch, wenn sie eigentlich hätte wissen müssen, dass ich heilfroh war, dass sich jemand um sie kümmerte, damit sie nicht mehr so neben der Spur war. Oder beim Neben-der-Spur-Sein nicht mehr so allein, wie mans nahm. Ich war da ja ein Ausfall. Dieters Problem, wenn man das so nennen konnte, war nur, dass er die Sätze nie zu Ende sprach, sondern wohl meinte, es reiche, wenn er sie nur anfing, den Rest könne man sich dann schon selber denken. Das stimmte zwar meistens sogar, aber nerven tat es doch. Eigentlich hätte man ihn nicht mit meiner Mutter, sondern mit der von Walki zusammenbringen sollen, weil die nämlich die Sätze, die die anderen anfingen, immer komplettierte. Keine Ahnung, was das jetzt wieder sollte. Wenn man meinetwegen »Ich war gestern …« anfing, sagte sie »…im Kino. Nicht?« Obwohl sie das gar nicht wissen konnte. Der Dieter und sie würden jedenfalls lustige Gespräche führen können.

Hätte er aber gar nicht tun müssen, mir die Hand auf den Rücken legen, der Dieter. Also nicht, falls er Angst hatte, dass ich hier wieder den Klappmann machen würde, meine ich. Weil ich ganz ruhig war. Klar, das war schon alles tierisch traurig, aber ich wusste, ich kriege das hin. Und wenn das mal kurz nicht so war, musste ich nur zu Steffi rübergucken.

Es war auch nicht so, dass ich überrascht gewesen wäre. Ich wusste ja, dass Bogi tot war. Das war jetzt schon sechs Wochen her. Wenn ich zufällig und ahnungslos hier vorbeigekommen wäre und da hätten ein paar Leute rumgestanden und ich hätte gefragt, was los sei – und die hätten aus heiterem Himmel gesagt, dass hier doch gleich der Bogi beerdigt würde, ob ich das denn nicht wüsste –, das wäre was anderes gewesen, aber so?

Dann sagte meine Mutter, dass wir uns jetzt mal langsam auf den Weg machen sollten. Es war noch ein ganzes Stück die asphaltierte Auffahrt hoch, bis zu dem Gebäude, wo die Feier, oder wie man das nennen sollte, stattfand. Feier war ja wohl irgendwie daneben, wenn jemand gestorben war. Aber Begräbnis stimmte auch nicht, weil das ja erst danach war, also nach der Veranstaltung. Außerdem ging Beerdigung nicht ohne Erde, dies da drin nicht gab, logisch. Ich meine, er würde ja wohl nicht eingemauert werden wie die Mumien in den Pyramiden. Begräbnisvorveranstaltung? War auch egal jetzt.

Wir gingen durch das Eingangstor und dann den Weg rechts an der großen Wiese entlang. Wenn man sich frei entscheiden kann, geht man immer rechts. Es standen schon ziemlich viele Leute vor dem Gebäude herum, ich erkannte von Weitem einige von den Lehrern, Meinhardt und Gitti Vogt waren da und auch Frau Standfuss, Schüler sowieso und eine andere Gruppe, die abseits stand. Die kannte ich nicht, die gehörte wohl zu Bogis Verwandtschaft.

Auf einem kleinen hölzernen Wegweiser stand »Zur Aussegnungshalle«, jetzt wusste ich wenigstens, wie die Hütte hieß. Ob ich das Wort dann auch benutzte, stand ja auf einem anderen Blatt. Eher nicht.

Vor der – ja, gut, so schnell fiel mir da jetzt auch nichts anderes ein – Aussegnungshalle war ein Pult aufgebaut, mit einem Buch drauf, in das man sich eintragen sollte. Beziehungsweise sollte man da was reinschreiben, was einem zu Bogi einfiel oder einem in Verbindung mit ihm besonders wichtig war, oder so. Also es war jetzt nicht einfach eine Anwesenheitsliste wie bei einer AG, meine ich damit, wo man nur seinen Namen hinschrieb. Darauf war ich nicht vorbereitet gewesen, keine Ahnung, was ich da reinschreiben sollte. Und ob ich überhaupt wollte, dass der Typ von der Beerdigungsfirma, der in seinen Hochwasserhosen danebenstand und auf das Buch aufpasste, das las. Das war ja immerhin persönlich.

Jan und Walki machten dann den Anfang und schrieben irgendwas hin. »Machs gut, Bogator, altes Haus«, so ungefähr, und ich unterschrieb einfach mit. Hauptsache, es war erledigt. Danach war Jan schon mit den Nerven am

Ende und musste heulen. Walki ging mit ihm hinter der Aussegnungshalle eine rauchen. Rauchen war einfach besser, wenn man es heimlich tat. Ausgerechnet Jan machte jetzt schlapp, der in letzter Zeit immer so abgeklärt getan hatte. Aber es war immerhin das erste Mal, dass einer von uns gestorben war. Ich meine, unsere Eltern und so, die hatten da Routine, das war ja ein ständiges Rumgesterbe bei denen, alleine mit den ganzen Opas und Omas. Ich konnte Steffi davon abhalten, den beiden hinterherzugehen und Jan jetzt schon einen von ihren Underbergs anzudrehen.

Dann wurde die Tür geöffnet, und alle gingen rein. Obwohl Hochsommer war, war es kalt in dem Raum, wo Bogi in seiner Büchse stand. Es gab ein buntes Fenster wie in einer Kirche, sodass die Leute, als sie sich jetzt hier in die Holzbänke setzten, rote, grüne, gelbe und blaue Gesichter hatten.

Wir saßen in der dritten Reihe rechts, also meine Mutter und der Dieter, Walki, Jan, Steffi und ich. Vor uns zwei Leute, die ich nicht kannte, beide hatten schon eine Packung Tempos in der Hand, anscheinend vorsorglich, was ich dämlich fand. Ich meine, man konnte ja zumindest erst mal *versuchen,* das hier auch ohne Geplinse über die Bühne zu bringen. Aber mit ihren Papiertaschentüchern in der Hand hatten sie schon vorher aufgegeben. Es waren noch nicht mal richtige Tempos, sondern die billigen Dinger vom Drogeriemarkt. Die, die immer sofort kaputt rissen, wenn man richtig reinschnäuzte.

Es dauerte endlos, bevor es losging, und man hatte während der Veranstaltung das Gefühl, dass nach jedem einzelnen Programmpunkt, oder wie man das nannte, keiner mehr wusste, wies jetzt weitergehen soll. Obwohl die Frau, die uns gesagt hatte, wo wir uns hinsetzen sollten, die Kollegin von dem Hochwassermann, mit einem Klemmbrett an der Seite stand und ununterbrochen draufschaute. Ich meine, was sollte denn da sonst stehen, wenn nicht der Ablauf dieser Sache hier? So kompliziert war das ja nun auch wieder nicht, oder? Vielleicht wollte sie den Plan auswendig lernen. Aber selbst damit müsste sie dann langsam mal fertig sein.

Als Erstes spielte ein Mädchen Gitarre, eine Cousine von Bogi, ungefähr so alt wie Anette, seine Schwester. Die saß natürlich mit ihren Eltern ganz vorne. Fast hätte ich sie nicht erkannt, weil sie sich die langen Haare abgeschnitten hatte. Bogis Familie war erst reingekommen, als alle anderen schon saßen. Ich hatte sie auch draußen nicht gesehen, sie hatten sich wohl irgendwo in der Nähe versteckt, um sich das Beileidsgelaber nicht anhören zu müssen. Auf der Karte, die sie geschickt hatten, hatte jedenfalls gestanden, dass man sie nicht anquatschen sollte, natürlich nicht so. Aber Idioten, die das dann trotzdem machten, gab es ja immer. Zum Kotzen.

Das erste Stück, das die Cousine spielte, war eins von diesen schwierigen spanischen, die man nur in der Gitarrenschule lernte. Tierisch schwer zu greifen, man musste üben wie ein Blöder, und es hörte sich dann trotzdem beschissen an. Weil das nämlich nur Genies spielen konnten. Das sagte den Schülern aber nie einer, weil man denen ja weiter ein Schweinegeld für sinnlose Unterrichtsstunden aus der Tasche ziehen wollte. Deswegen wurde auch immer von allen so getan, als würde der Schrott fantastisch klingen. Der armen Cousine hier würde das spätestens heute Abend, wenn der ganze Beerdigungszauber vorbei war, auch erzählt werden. Dabei wars nicht zum Aushalten. Immerhin spielte sie danach noch »Blackbird«. Das war leichter und eins von Bogis Lieblingsstücken. Deshalb machte es mich jetzt auch ziemlich fertig. Aber das mit dem Singen hätte sie sich trotzdem sparen können.

Weil ich gerade nicht wusste, wohin mit mir, lehnte ich mich ein bisschen nach links, sodass ich Steffis Arm spüren konnte, und sie schaute mich an, kräuselte ihre Nase und guckte dann wieder nach vorne. Und dann ging es mir auch schon wieder besser.

Jetzt ging der Pfarrer nach vorn, Herr Martiny, bei dem Bogi und ich konfirmiert worden waren. Obwohl das erst zwei Jahre her war, konnte ich mich an überhaupt nichts mehr erinnern, worüber dort gesprochen worden war, kein einziges Wort. Seine Frau und er hatten einen Sack voll Kinder. Als wir ein Konfirmandenwochenende bei Martinys zu Hause gehabt hatten, war ich mal aufs Klo gegangen und dabei am Schlafzimmer vorbeigekommen. An der Tür hatte ein selbst gebranntes Keramikschild geklebt, auf dem »Spielwiese« stand.

Es war dann aber eigentlich gar nicht so doof, was er sagte. Nur wenn mich einer gefragt hätte, worum es in seiner Rede eigentlich gegangen war, hätte ich schon wieder passen müssen. Genau wie früher bei den ganzen Predigten auch. Irgendwas mit Ungerechtigkeit und Gottes Wegen, die wir manchmal nicht nachvollziehen können.

Na ja, was die eben so quatschen. Immer, wenn sie was schönreden müssen, sagen sie, das läge daran, dass man eben noch nicht so weit sei, das zu verstehen. Na toll. So hatten meine Eltern, als ich fünf war, mit mir geredet. Und selbst da hatte ich schon gemerkt, dass was nicht stimmte.

Egal, Bogis Eltern schien das, was der Pfarrer erzählte, etwas zu bedeuten. Die saßen ganz aufmerksam da, und es wirkte, als ob sie Martiny, der ja nur zwei Meter vor ihnen stand und ziemlich laut sprach, gar nicht hörten, sondern ihm jedes Wort von den Lippen ablesen mussten. Schwerhörig waren sie eigentlich nicht. Jedenfalls waren sie es nicht gewesen, als ich das letzte Mal mit ihnen zu tun gehabt hatte. Und das war nicht so lange her, auch wenn es sich so anfühlte.

Nach Martiny kam wieder Musik, diesmal vom Band. Und jetzt wurde ich wirklich sauer. Es lief »Über den Wolken« von Reinhard Mey! Ja, schon klar, das hatte Bogi mal gemocht. Aber mit acht! Das war damals im Kinderfernsehen gelaufen, Leute! Das konnte man doch jetzt nicht hier als seinen Lieblingssong präsentieren. Meine Güte, das warf doch ein falsches Licht auf ihn!

Es sei denn, man stellte sich auf den Standpunkt, dass dem armen Bogi in seiner Büchse alles schnurz sein konnte und dass alles, was hier jetzt passierte, sowieso nur für die veranstaltet wurde, die noch lebten, und dann war es eigentlich wirklich egal. So legte ich es mir wenigstens zurecht, damit ich nicht anfing, Terror zu machen.

Und richtig hart wurde es sowieso erst danach.

Der nächste Programmpunkt war eine Rede von Bogis Eltern. Sie hatten sich wohl überlegt, dass sie das lieber zusammen machen wollten. Falls der eine nicht mehr konnte, hätte dann der andere weiterreden können, oder so. Sie rappelten sich jedenfalls von ihren Plätzen in der ersten Reihe hoch, Bogis Schwester Anette blieb bei den Großeltern sitzen. Die heulte durch, seit sie reingekommen war. Sie hatte sich zwar mit Bogi fast immer nur gestritten, aber das spielte in dem Zusammenhang wohl keine Rolle.

»Untröstlich müssen wir Abschied nehmen von unserem geliebten Sohn, Bruder und Enkel Manfred Gunnar Schnellstieg« hatte auf der Karte gestanden, die in dem Umschlag mit dem schwarzen Rand gewesen war. Natürlich auch noch mehr, aber ich war beim Namen hängen geblieben, weil ich das mit Gunnar vergessen hatte. Ich war auch der einzige von Bogis Freunden gewesen, der das überhaupt wissen durfte. Schlimmer als Manfred könnte es nicht kommen, hatte ich immer gedacht. Doch, konnte es: Gunnar.

Herr Schnellstieg räusperte sich und fing seine Rede mit dem Text an, der wortwörtlich so auch auf der Karte gestanden hatte. »Untröstlich müssen wir ...« und so weiter. Dass es das Schlimmste, was Eltern passieren konnte, war, das eigene Kind beerdigen zu müssen, sagte er auch noch. Als damals der Brief mit der Todesanzeige gekommen war, hatte ich ihn nicht öffnen wollen, weil ich dachte, dass ich damit besiegeln würde, dass Bogi tot war. Ich weiß, was drinsteht, weil meine Mutter auch einen bekommen hat und ich bei ihr nachgesehen habe.

Herr Schnellstieg sprach ganz leise und machte immer irrsinnig lange Pausen zwischen den Sätzen, in denen er nur atmete, und deshalb war es echt schwer, dem, was er sagte, zu folgen. Er wollte ein paar Geschichten aus der Zeit erzählen, in der Bogi noch klein gewesen war und so. Aber er bekam das alles nicht so gut hin, obwohl er sich, wie gesagt, große Mühe gab. Bogis Mutter stand währenddessen daneben, guckte auf den Boden und nickte ab und zu.

Aber dann dachte ich, dass dieses Nichthinkriegen eigentlich das Beste war, was man in dem Zusammenhang tun konnte. Ganz ehrlich, was gab es denn da auch groß zu sagen? Also war das Gestammel von Herrn Schnellstieg okay. Vielleicht redete ich mir das aber auch nur ein, weil ich selbst die Zähne nicht auseinanderbekam und mich interessant machen wollte, was weiß ich. Ich war nämlich gefragt worden, ob ich hier vielleicht auch was sagen würde, im Namen der Freunde oder so. Meine Mutter hatte mir das ausgerichtet, nachdem sie mit Bogis Mutter telefoniert hatte. Ich hatte ihr dann auf einen Zettel geschrieben, wie das denn bitte schön gehen sollte, wenn ich nicht sprach.

Dann fing Bogis Mutter auf einmal furchtbar an zu weinen, und es sah so aus, als ob sie umkippen würde, ihr Mann musste seine Rede abbrechen und sie zum Platz zurückbringen. Sie saßen noch ungefähr drei Sekunden lang und liefen dann raus. Als sie den Mittelgang entlangtorkelten, Anette hinterher, taten alle so, als würden sie nicht hingucken. Machten sie aber doch, aus den Augenwinkeln. Ich habs gesehen, weil ich das natürlich auch gemacht habe.

Es gab erst mal wieder eine lange Pause, weil keiner

wusste, wie es jetzt weitergehen sollte. Die Frau mit dem Klemmbrett, die das am ehesten hätte sagen können, war Bogis Eltern vorausgegangen, hatte die Tür aufgehalten und war jetzt draußen.

Und dann merkte ich, wie Steffi neben mir auf ihrem Platz unruhig wurde und schließlich aufstand.

Sie bahnte sich ihren Weg durch unsere Sitzreihe zum Mittelgang hin. Jetzt erst sah ich, dass auf der anderen Seite des Ganges der Bademeister vom Freibad saß, Elvis. Mit seiner Frau. Als wir uns ansahen, zwinkerte er mir zu.

Steffi stand da vorne und hatte ihren Underberggürtel um und die Jutetasche in der Hand, in der der Kassettenrecorder war, weil wir Bogi nachher am Grab noch was vorspielen wollten. Dem Bogi in der Büchse. Ich hätte gerne gewusst, was sie vorhatte.

Bogi hatte sie ja gar nicht wirklich gekannt, weil Steffi und ich uns erst getroffen hatten, als er schon in der Klinik war. Sie war nur einmal mit gewesen, als ich ihn besucht hatte. Da ging es ihm schon sehr schlecht. Sie hatte unten auf mich gewartet, weil Bogi nicht gewollt hatte, dass sie mit reinkäme. Damals, als er den furchtbar trockenen Mund gehabt hatte und ich ihm den mit Wattestäbchen hatte befeuchten müssen. Er wollte nicht, dass sie ihn so sah. Steffi hatte sich einfach unten auf die Bank gesetzt und gewartet, und als ich nach einer halben Ewigkeit wiedergekommen war, hatte sie gelacht und mich in den Arm genommen, als ob die Warterei das Selbstverständlichste von der Welt gewesen wäre. Dabei konnte sie sonst echt gnatzig werden, wenn ich mal ein paar Minuten zu spät kam.

Und jetzt stand sie da vorne.

»Ich heiße Steffi Fuchs und hatte zwar selbst nicht das Vergnügen, mit dem Bogi befreundet zu sein« – ratlose Blicke von Bogis Verwandtschaft. Die wussten ja gar nicht, dass Bogi, also Manfred, bei uns Bogi hieß. »Aber Motte, mein Freund, war der beste Freund vom Bogi.« Mein Freund! Die ganze Belegschaft guckte jetzt zu mir hin, weil Steffi dabei auf mich gezeigt hatte. »Und die beiden haben immer viel echt lustiges Zeug gemacht, früher zum Beispiel so Telefonstreiche. Also Leute angerufen und so getan, als ob sie denen ein Warzenschwein verkaufen wollten, solche Sachen ...« – jetzt verzettelte sie sich ein bisschen –, »und sie haben zusammen Musik gehört, obwohl sie ganz unterschiedliche Sachen gut fanden, und ich dachte, dass das hier auch ...« – das Wort fiel ihr gerade nicht ein, es wusste aber auch so jeder, was sie meinte – »...sollte, wenn wir uns vom Bogi ... Ja.«

Sie drückte auf die Play-Taste.

Es dauerte eine Weile, bis man was hörte, weil die Kassette ganz zurückgespult war und zuerst das durchsichtige Stück vom Band, das, auf dem nichts drauf war, durchlaufen musste. Steffi hatte die Ruhe weg und lächelte uns an. Die Leute guckten, als sei sie ein Wesen von einem anderen Stern.

Als »Horse with no Name« dann losging, wollte ich aufspringen, um die Sache noch irgendwie zu stoppen. Das lief doch jetzt alles in eine ziemlich peinliche Richtung.

Das Gute war, dass ich bei der ganzen Aufregung vergaß, traurig zu sein. Wenigstens für ein paar Augenblicke.

Aber ich musste was unternehmen. Immerhin war ich ja

mit dieser Musik in Verbindung gebracht worden, sie hatte zwar nicht meinen Namen gesagt, aber »mein Freund«! Die dachten also jetzt alle, sie hätten das Gedudel mir zu verdanken.

Horse with no Name. America. Du lieber Himmel. Mädchenmusik.

Ja, verdammt, das war eins von Bogis Lieblingsliedern, und ich hatte das vielleicht auch mal ganz gerne gehört, aber das war doch hundert Jahre her! Außerdem war das mit der Musik zwischen Bogi und mir immer ein haariges Thema gewesen. Sagen wir mal so, er hatte es immer gerne ein bisschen gefühlsduseliger gehabt als ich. Gefühlsduselig! Frau Standfuss wäre jetzt stolz auf mich gewesen.

Steffi hatte den Rekorder neben Bogis Büchse gestellt und setzte sich wieder neben mich. Alle hörten zu und guckten auf den kleinen Apparat. Steffi neben mir begann ein bisschen zu wippen und sang an einer Stelle sogar leise mit, da, wos keinen Text gab, sondern nur das »Na-na-nanana«, das jeder kannte. Die Sonne schien rein, und ihr Gesicht war blau und meins gelb, wenn es dieselbe Farbe hatte wie meine Schulter, über die ich sie jetzt anschaute. Und da beruhigte ich mich, weil Steffi recht hatte. Es ging nur darum, dass das Lied über das Pferd ohne Namen Bogi gefallen hatte. Um sonst nichts. Ob mir das gefiel oder nicht, ob es eigentlich öliger Mist war, war egal. Nicht grundsätzlich, aber jetzt gerade. Das war das Tolle an Steffi. Sie wusste, worum es ging.

Wir wippten vor uns hin, und das war der erste Moment in dieser ganzen schrägen Veranstaltung hier, in dem ich einfach an ihn denken und mich an ihn erinnern konnte.

Ich fing an zu lachen, und der Typ neben mir reichte mir eins von seinen Billigtaschentüchern, weil er dachte, ich heule. Vielleicht hatte er sogar recht, keine Ahnung.

Das Lied war irgendwann zu Ende gewesen, sonst war auf der Kassette nichts mehr drauf, und wir hatten noch ein bisschen in der Trauerhalle herumgesessen. Keiner hatte gewusst, wie es jetzt weitergehen sollte. Und weil dann ein paar Leute gemeint hatten, dass das vielleicht ein ganz guter Abschluss für die ganze Chose gewesen war, und weil irgendwie klar war, dass Bogis Eltern auch nicht wieder reinkommen würden, standen sie auf und gingen nach draußen. Die anderen machten es ihnen nach, und das war dann das Ende der Trauerfeier. Herdentrieb und so.

Draußen schien immer noch die Sonne, deswegen hatten viele Leute Sonnenbrillen auf. Es sah hier auf einmal so aus wie in einem Mafiafilm. Das hätte Bogi bestimmt gefallen.

Wir vier blieben zusammen, als wir uns rechts entlang zu den Gräbern auf den Weg machten. Jemand ging in Richtung Friedhofstor, schon weit weg, und kehrte uns den Rücken zu. Ich war mir ziemlich sicher, dass es Merle war, die Krankenschwester. Steffi direkt neben mir bot den Leuten um uns herum wieder einen Underberg an, aber nur Walki und Jan tranken tatsächlich einen. Dieter wollte eigentlich auch, aber als meine Mutter ihn lange genug anguckte, drehte er den kleinen grünen Deckel wieder drauf und ließ das Fläschchen in seiner Jackentasche verschwinden.

Während wir die Schotterwege entlanggingen, den anderen hinterher, die den Weg offenbar kannten, las ich die Namen auf den Grabsteinen rechts und links des Weges. Oder besser, sie zogen an mir vorbei, diese Namen, wie Werbeslogans, wenn die Kamera bei Fußballspielen über die Banden im Stadion schwenkte. Die Männer, die hier begraben waren, hießen Heinrich oder Wilhelm, die Frauen entweder Erna, Auguste oder Charlotte.

Steffi tippte mich an und zeigte auf das Eichhörnchen, das rechts auf der Wiese an der dreistämmigen Birke saß und den Trauerzug anglotzte. Ein graues, kein rotes.

Als wir uns Bogis Grab näherten, stoppte ich plötzlich, weil ich merkte, dass ich keinen Schritt mehr würde weitergehen können. Ohne dass ich mir vorher darüber Gedanken gemacht hatte, war mir auf einmal ganz klar, dass ich zwar hier sein und alles, was passierte, ganz genau sehen wollte, mehr aber auch nicht. Ich wollte auf keinen Fall Teil dieser Veranstaltung sein. Bogi zu beerdigen, meine ich. Das wäre mir so vorgekommen, als würde ich ihn damit verraten. Deswegen blieb ich stehen, kletterte auf die Parkbank links neben uns und stellte mich dort oben hin, um über die dicht gedrängt stehenden Leute hinwegschauen zu können. Die anderen guckten zwar komisch, besonders meine Mutter hätte mich gerne dazu gekriegt, wieder runterzukommen, aber irgendwie war sogar ihr klar, dass da nichts zu machen war.

Die Leute, die um das Grab standen, bildeten eine Gasse für Bogis Eltern und Anette. Bogis Vater trug die Urne. Keine Ahnung, wo die drei so plötzlich herkamen. Während wir zum Grab gelaufen waren, war keiner hinter uns gewesen.

Dann sagte Pfarrer Martiny noch irgendwelches religiöses Zeug, und schließlich wurde Bogi in seiner Urne in das Erdloch gesteckt. Und immer noch war es so, dass ich ganz genau hinschauen musste, obwohl ich hier eigentlich nicht dazugehörte. Keinen einzigen Moment durfte ich verpassen. Ich merkte, wie vor allem Steffi mich anschaute und hoffte, ich würde ihren Blick erwidern, aber das ging gerade beim besten Willen nicht.

Zwischendurch dachte ich, dass die Leute, wie sie in ihren schwarzen Klamotten um das Grab herumstanden, ein bisschen so aussahen wie der Bienenschwarm, den die Feuerwehr mal von unserer Regenrinne hatte absammeln müssen. Oder besser, der Imker, den die angerufen hatten. Bogi und ich hatten unten gestanden und zugeguckt, wir waren vielleicht sieben Jahre alt gewesen. Bogi hatte schon viel über Bienenvölker gewusst und den Tanz, den die machten, um sich zu erzählen, wo der beste Nektar war und so. Ich hatte ihm nicht richtig zugehört, und das tat mir jetzt leid. Unter dem, was die Feuerwehrleute gemeint hatten, als sie davon redeten, das könne nur »der Imker« in den Griff kriegen, hatte ich mir sonst was vorgestellt. Es klang, als müssten sie Batman zu Hilfe holen, mindestens. Und als der Imker dann gekommen war, war es nur Herr Pommack gewesen, der Obst- und Gemüsehändler. Herr Pommack hatte seinen weißen Imkeranzug angezogen, der ihm ein bisschen zu eng geworden war, hatte dann noch den Helm aufgesetzt und war die Leiter hochgestiegen. Die Viecher hatte er eingesammelt wie andere ihre Katze. So, als ob die vielen tausend Bienen eigentlich nur ein Tier gewesen wären. Und so wirkten die schwarzen Leute an Bogis Grab jetzt eben auch. Wie ein einziger schwarzer Trauerkloß.

Sie traten dann nacheinander an das Erdloch und warfen mit einer kleinen Schippe Sand rein, die ihnen der Typ vom Beerdigungsunternehmen gab. Anette, sah ich, setzte den kleinen Teddy auf die Urne, den Bogi im Krankenhaus dabeigehabt hatte, Lucky. Und das war dann auch der Moment, wo ich dachte, jetzt kann ich nicht mehr weiter. Meine Mutter nickte mir zu, weil sie meinte, wir sollten jetzt auch zum Sandschmeißen hingehen, aber keine zehn Pferde hätten mich von meiner Bank runterbekommen. Ich blieb einfach stehen und guckte mir weiter an, wie sie Bogi und Lucky, den sie auf ihn draufgesetzt hatten, mit Erde bewarfen.

Am Schluss stand Bogis Familie neben dem Grab, und die anderen gingen der Reihe nach hin und gaben ihnen die Hand, manche redeten auf sie ein. Ich sah, wie Bogis Mutter die ganze Zeit mechanisch mit dem Kopf nickte, egal, ob sie jemand ansprach oder nicht. Wie ein Wackeldackel. Ich glaube, das war das Traurigste, was ich jemals gesehen habe.

Am Ende gingen meine Leute auch hin und gaben Bogis Eltern die Hand. Nur Steffi blieb bei mir. Meine Mutter umarmte Bogis Mutter, und beide schluchzten laut, und ich hatte diesen Kloß im Hals, weswegen ich dann doch noch von meiner Bank runterspringen und weglaufen musste, irgendwohin, wo ich in Ruhe ein bisschen Luft schnappen konnte. Ich ging ein paar Grabreihen weiter zwischen den Steinen auf und ab und schnaufte. Las dabei die Namen der Leute, die hier begraben waren. Bogis neue Nachbarn gewissermaßen. Karl Petri, Rotraud Schlegel, Winnetou Rademacher. Ohne Scheiß jetzt, ich schwöre, der hieß wirklich so. Ich meine, warum sollte man das sonst auf den Stein schreiben lassen? Ein kleinerer Stein war da auch noch in der Reihe von Winnetou Rademacher, auf dem Grab lagen angegammelte Blumen, viel mehr als bei den anderen. »Unser Tobias« stand da nur, dann das Geburts- und Todesdatum. Das nervte mich total. Hatte der keinen Nachnamen? Nur, weil er nicht mit hundert, sondern schon mit vierzehn gestorben war? Tobias war im selben Jahr und Monat geboren wie Bogi, drei Tage später, um genau zu sein, aber schon vor acht Monaten gestorben. Ich fragte mich, ob der dann eigentlich gleich alt war wie Bogi oder mittlerweile eben acht Monate jünger. Und ich würde jetzt mit jedem Tag älter werden als Bogi, im Herbst wäre ich schon siebzehn, also zwei Jahre älter als er, und irgendwann wäre ich so weit von ihm entfernt wie sein Opa. Na ja, hing vielleicht auch davon ab, ob noch irgendwas kam, nachdem man gestorben war. Da gabs ja die erstaunlichsten Geschichten, und wer an die glaubte, war natürlich fein raus.

Jedenfalls gut, dachte ich, dass Bogi jemanden in der Nähe hatte, der so alt war wie er. Und nicht nur diese ganzen alten Säcke.

Ich musste eine ganze Weile vor dem Grab von »Unser Tobias« gestanden haben, denn als ich jetzt aufschaute, sahen mich Walki, Jan und Steffi aus ein paar Metern Entfernung an.

»Is vorbei jetzt. Also, das, äh, hier am ...«, sagte Walki. Wenn er nicht aufpasste, würde er mit seinen halben Sätzen Dieter bald Konkurrenz machen.

Ich zuckte mit den Schultern.

»Komm, Klapsmüller, wir wollten doch noch das andere Lied und so …«, sagte Steffi.

Wir hatten uns vorgenommen, uns noch mal alleine, ohne die ganzen anderen Leute, von Bogi zu verabschieden, wenn der Zauber vorbei wäre.

Auf dem Weg zurück zu Bogis Grab rastete Jan dann schon wieder aus und fing an, wie wild gegen einen von den Kompostkäfigen, wo das alte Laub und die vergammelten Kränze und Blumensträuße drin waren, zu treten und rumzubrüllen, was für eine Scheiße das alles sei. Wir hatten ziemliche Mühe, ihn zu beruhigen, bevor er überall den stinkenden Kompost verteilte und womöglich noch jemand kam und uns rausschmiss. Das mit Jans Ausrastern war in letzter Zeit schlimmer geworden, und wenn er so weitermachte, würden wir demnächst zusammen in die Bekloppten-Bastelgruppe gehen können, so viel war klar. Jan festzuhalten war ganz schön anstrengend, Walki und ich hatten ziemliche Mühe, und wenn Jan Ernst gemacht hätte, judotechnisch, meine ich, wären wir im Friedhofsstaub gelandet, so viel steht fest. Aber ich glaube, es ging ihm eher ums Festgehaltenwerden als darum, uns zu besiegen.

Dann saßen wir zu viert auf der Bank an Bogis Grab. Jan als Einziger oben auf der Rückenlehne, die Füße auf der Sitzfläche. Er wollte zeigen, dass er nur hier war, weil wir ihn dazu gezwungen hatten.

Es war, als ob die Stille hier sich über uns legte, eine Stille, die wir nicht kannten, weil es sie woanders nicht gab. Ich meine, was hatten wir denn auf einem Friedhof verloren?

Walki baute einen Joint, und wir reichten ihn uns vorsichtig weiter, er wanderte auf unserer Bank einmal von links nach rechts und dann wieder zurück. Als Steffi zum zweiten Mal dran zog, stand der Dieter plötzlich vor uns, weiß der Henker, wo der auf einmal hergekommen war.

»Hallo«, sagte er verlegen, als ob wir uns lange nicht gesehen hätten. Dabei war er ja gerade mal vor einer Viertelstunde gegangen.

»Wie gehts euch?«, fragte er.

Erst mal antwortete keiner, ich ja sowieso nicht, und die anderen, weil sie nicht wussten, was sie dazu sagen sollten, und herauszubekommen versuchten, wo der Haken daran war, dass Dieter so nett war.

»Roter Afghane?«, fragte er dann ziemlich unvermittelt.

Steffi hatte den Joint mittlerweile fallen lassen, er kokelte noch ein bisschen vor sich hin.

Ich wurde auf einmal unheimlich wütend, weil man hier offenbar nicht mal fünf Minuten seine Ruhe haben und sich von seinem Kumpel verabschieden konnte. Ich holte meinen kleinen Block und den Kuli aus der Jackentasche und schrieb in einem Affenzahn: ES GIBT KEINEN ROTEN AFGHANEN, DIETER! ES GIBT SCHWARZEN AFGHANEN! UND ROTEN LIBANESEN! WARUM HÄLTST DU NICHT EINFACH DIE SCHNAUZE, WENN DU DAVON NICHTS VERSTEHST? WÄRE DOCH GANZ EINFACH! STATTDESSEN NERVST DU EINEN MIT IRGENDWELCHEN SCHEISSFRAGEN ZU SACHEN, BEI DENEN MAN NACH ZWEI SEKUNDEN MERKT, DASS DU KEINE AHNUNG HAST!

Bevor ich den Zettel Dieter geben konnte, nahm Steffi ihn mir aus der Hand und las. Dann lächelte sie und sagte ganz ruhig:

»Es gibt keinen roten Afghanen, Dieter. Es gibt schwarzen Afghanen. Und roten Libanesen. Und das hier«, sie zeigte auf den Rest des Joints zu ihren Füßen und grinste noch breiter, »ist übrigens Gras.«

Dieter stammelte: »Hehehe, ja, das ist, äh, auch ... Also, ich wollte fragen, ob ihr mir vielleicht ... Ich würde einfach ganz gerne, nach dem Ganzen hier.«

Hörte ich richtig? Der Dieter wollte was zu rauchen haben? Von uns? Und meine Mutter? Ich meine, was war denn mit meiner Mutter?

Wir saßen stumm auf der Bank und guckten ihn verständnislos an, nur Walki kicherte.

»Hier, schenk ich dir. Ich geb einen aus, ist Bogitag«, sagte Jan jetzt, während er ein kleines Zellophantütchen aus dem hohlen Absatz seines abgelatschten Cowboystiefels friemelte und es Dieter gab.

»Nee, das ist doch nicht ...«, sagte Dieter.

Dieter. Bitte. Sprich. Den Satz. Zu Ende.

Obwohl, wie kam ausgerechnet ich dazu, das zu denken? Andererseits war ich wenigstens konsequent und hielt ganz die Klappe.

Schließlich dackelte er mit den paar Krümeln, die noch in dem Tütchen waren, glücklich weg. Wir guckten ihm nach.

»Süß«, sagte Steffi, und ich überlegte, ob es wirklich sein könnte, dass Dieter mit meiner Mutter kiffen ging. Aber irgendwie war das jetzt auch schon egal.

Wir schauten alle vier auf das Erdloch, in dem Bogi in seiner Büchse lag. Steffi holte ihren Kassettenrekorder aus dem Jutebeutel und drückte auf Play, und dann lief »Year of the Cat« von Al Stewart.

»Bogi, der alte Schwuli. Nur Mädchenlieder«, flüsterte Jan.

»Und lauter Tiere«, sagte Steffi.

»Haltet mal die Klappe jetzt«, zischte Walki.

Wir konnten das Lied nicht zu Ende hören, weil Steffi vergessen hatte, neue Batterien in den Rekorder zu tun. Immerhin hatte das Teil nicht vorhin in der Halle schlappgemacht. Und eigentlich passte das ja auch ganz gut zu Bogis Karnevalskostüm damals, der ausgelaufenen Batterie.

Dann packte Walki Jan am Arm, und die beiden standen auf. Sie nickten erst Steffi und mir und dann noch dem Erdloch zu und machten sich auf den Weg.

Steffi und ich waren allein.

Sie schraubte zwei Underberg auf, die klemmten wir zwischen die Zähne und legten den Kopf in den Nacken, das Zeug brannte mir fast den Schlund weg, und dann küssten wir uns. Ich staunte, wie gut das schmeckte, nach Salz und Pfefferminz und Fusel und Rauch und Wärme und nach etwas, was ich nicht verstand. Küssen war, als ob ich eine Sprache zwar nicht konnte, mich aber von jetzt an nur noch in ihr unterhalten wollte.

Schließlich hörten wir ein Brummen, und als wir uns voneinander lösten, sahen wir den Friedhofsgärtner auf einem kleinen Bagger sitzen. Er schaute schnell weg und begann, mit der Baggerschaufel die Erde von dem Hügel neben dem Grab auf Bogi in seiner Grube zu schütten. Jedes Mal, wenn er vor- oder zurücksetzte, stieß der Auspuff eine kleine blaue Wolke aus.

Es dauerte fünf Minuten, vielleicht auch zehn, dann war das Loch zu, und er stieg ab und planierte das Ganze noch mit dem Spaten, der hinten an dem Bagger festgebunden gewesen war. Die ganze Zeit über würdigte er uns keines Blickes und fuhr nun wieder weg.

»Kannst du mich mal in den Arm nehmen, ich hab gerade Angst vorm schwarzen Mann«, sagte Steffi. Irgendwie komisch, so was ausgerechnet von einer Schornsteinfegerin zu hören.

»Okee – eh«, krächzte ich, mein Kehlkopf stolperte über den Laut, den ersten, den er nach so vielen Wochen herausbrachte. Steffi sah mich lange an und schüttelte den Kopf.

»Hallo. Da bist du ja wieder, Klapsmüller.«

Ich legte den Arm um sie. Ob es ein gutes oder schlechtes Zeichen war, dass sie weinte, wusste ich nicht. Ich war sehr traurig und hoffte gleichzeitig, dass ich Steffis Narben heute noch zu sehen bekäme. Das war mir vor Bogi in seinem Erdloch ein bisschen peinlich. Aber nicht wirklich. Der Tropfen an Steffis Kinn wurde immer größer, und als er runterfiel, spiegelte sich in ihm die ganze Welt.

Aus Verantwortung für die Umwelt hat sich der *Verlag Kiepenheuer & Witsch* zu einer nachhaltigen Buchproduktion verpflichtet. Der bewusste Umgang mit unseren Ressourcen, der Schutz unseres Klimas und der Natur gehören zu unseren obersten Unternehmenszielen.

Gemeinsam mit unseren Partnern und Lieferanten setzen wir uns für eine klimaneutrale Buchproduktion ein, die den Erwerb von Klimazertifikaten zur Kompensation des CO_2-Ausstoßes einschließt.

Weitere Informationen finden Sie unter:
www.klimaneutralerverlag.de

FSC
www.fsc.org
MIX
Papier | Fördert gute Waldnutzung
FSC® C083411

7. Auflage 2022

Umschlaggestaltung Barbara Thoben, nach einem Entwurf von Patricia Finnern
Umschlagmotiv © Stephan Storp 2019
Gesetzt aus der Arno Pro
Satz Buch-Werkstatt GmbH, Bad Aibling
Druck und Bindung CPI books GmbH, Leck
ISBN 978-3-462-00142-6

Matthias Brandts Geschichten sind literarische Reisen in einen Kosmos, den jeder kennt, den Kosmos der eigenen Kindheit. In diesem Fall einer Kindheit in den Siebzigerjahren des letzten Jahrhunderts in einer kleinen Stadt am Rhein, die damals Bundeshauptstadt war.

»Matthias Brandt vergrößert Momente. Lässt sie ins Allgemeingültige für eine ganze bundesrepublikanische Kindheit kippen.« *Elmar Krekeler, SWR-Bestenliste*